史中兴 著

生命的色彩

文匯出版社

目录

第二辑　难忘师友　073

第三辑　美哉，江山　131

第四辑　浅看那边风景　199

第一辑

老境

老 境

炎炎夏日，枝叶茂密，夹道挺立的梧桐，携手搭建了一道密不透风的绿荫顶盖，给行人带来了凉爽。

瞬间，绿荫顶盖出现缝隙，地上有了斑斑点点的光影。

瞬间，缝隙扩大成大大小小的窟窿，地上有了落叶。

瞬间，桐叶成片坠落。

瞬间，梧桐秃露着枝干，挂在枝头上的几片残叶还在风中抖动。过不多久，它们就悄无声息地飘落而去。

人生也是瞬间。“朝如青丝暮成雪”（李白）只是人的自我认知，常常落后于现实。老了，却不知老之已至。第一次在公交车上被人让座，第一次被叫作某老，还心里嘀咕：“我真的老了吗？”回家一照镜子，可不是嘛。身体感觉已经不对了。大嗓门变成了细喉咙，不是不想叫，是叫不动了。爬过泰山十八盘，现在连几级台阶也视若畏途了。原来能听见隔壁的人在说悄悄话，现在得在耳膜前敲鼓了。眼镜换了一副又一副，还是适应不了看书写字的需要。夜晚难眠，辗转反侧，往往从黑夜煎熬至黎明。头痛医头、脚痛医脚已经应接不暇了。老友相聚，话题离不开身体。各人情况不同，但都有这病那病，什么病也没有的基本为零。如此一来，大家反倒释然了。我们都老了。身体机能的退行性病变一视同仁地到来了，这是不可逆的自然而然的现象。“官应老病休”，在杜甫的感受里，老和病是手牵着手的。于是共鸣，不再为身体机能的退化大惊小怪了。在这个意义上，老而不知老之已至，就无可厚非了。从古至今，老而以老顽童自居并广为传诵的大有人在。苏轼说“老夫聊发少年狂”，晚年抱病仍能吟唱：“谁道人生无再少，门前流水仍能西。”今人丁聪，20 岁发表作品用的名字是小丁，一直用了七十多年，直到 93 岁离世前，用的名字依然是小丁，也是老顽童一个。

有老而不知老之已至感觉的，大抵都是觉得在这个世上还是有点事做的。能做什么，不能做什么，不同的老人，差异就大了去了。老布什 90 岁还能从空中跳伞，94 岁离世。金庸 81 岁到伦敦剑桥读比较文学博士学位，也是 94 岁离世。我国科学院、工程院、中西医队列中，耄耋之年还在带研究生、治病救人的不乏其人。这样的老人，是人中翘楚、凤毛麟角，生命力强矣，但也不会永远是挂在树上的叶子，临了也是要飘落而去，带着微笑。

大多数老人晚境不会这么潇洒优雅，但他们也有一份尊严。我认识一位菜场老大妈，我买菜时，由于听力减退，常常听错摊主报出的价格，一次我在老大妈的摊上买了几根山药，她过秤后报价 47 元，我付出 5 张 10 元票子，她却找给我 33 元，我说你多找了，把多找的钱退给她，她却把钱推了回来，原来是我听错了，把 27 元听成了 47 元。她对我说，我不会少收你的钱，也不会多收你一分钱。我外出数月归来，去菜场不见老大妈，一旁年轻的摊主告诉我："老人家 80 多了，上个月走了，我们都想念她。平常我不在的时候，都是她帮我看摊子收钱，有空了，我们还一起玩扑克。"这位老大妈的晚境，也是充实的，有尊严的。

"晚年唯好静，万事不关心。"王维的诗句是老境的平和宁静、恬淡悠然。并非真的万事不关心，王维这首诗就是写来劝慰一位友人的，这岂不也是一种关心？只是无须你关心也关心不了的事，就不必自作多情、自寻烦恼了。你的时代已经过去了，但往事并未随风飘逝，记忆总是有的。我们这些随新中国一起成长的老人，经历了多少年颠倒过去再颠倒过来的折腾啊。我们曾在丽日蓝天下放声歌唱，也经受疾风暴雨的扑打，终于又迎来追回失去青春岁月的历史机遇。在改革开放、思想解放创造的广阔平台上，过着平凡人生，有一分热，发一分光。遇到过诸多要对他们感恩的师友，历历往事，记忆里难以一一泯灭。不久前，家里意外迎来一位从澳大利亚归来的老翁，是四十年前在"五七"干校同一田头劳动的伙伴，干校一别，天各一方，容貌大变，但还保留着底色，他叫得出我的名字，我也认出他是老方。落座一聊，他却向我道歉，说当年批判我的那张署名千钧棒的大字报，作者就是他。我说你还把这事放在心上，那个时候，有几个人不写大字报，不抡起千钧棒呀。其实，你早就用行动向我道歉过了，我还对你感恩呢。那次挖河挑河泥劳动，从七点干到十二点，筋疲力尽，肚子饿得咕咕叫，终于到了收工吃饭时，到食堂一摸口袋，饭票没了。顿时头昏眼花，这顿饭要是吃不上，下午还怎么干活，不又要加上消极怠工的罪名拉出来批一通？当时一只手伸过来，递给我五两饭票，这是你的手啊。几十年过去，这只手我一直忘不了，有时候做梦也梦见它。老方听了默然无语。又说起当年女同事中一位有名的“碎嘴婆子”，说那次对你火药味很浓的升级批判，大家都声嘶力竭，“碎嘴婆子”却紧闭嘴巴，一声不吭。主持会议的造反派头头目光逼视着她，她依然面无表情。由于她出身好，又不写文章，头上没有辫子，屁股上没有尾巴，造反派对她无可奈何。我说我头低着，眼望两只脚，谁吼叫，谁一声不吭，我是看不见的。也是前些年，闲聊中有人对我说起此事，我登门向“碎嘴婆子”表示称赞，她听了哈哈大笑，有这事吗？下次不许你再提，不然，我就叫你“碎嘴老头”了！

这次出乎意料的交谈勾起的往事回忆，使我感慨不已。人生的每一步，都会留下深深浅浅的足印。多数都深埋在岁月的尘埃里，消失不见。有的却经历时光的磨洗，痕迹犹在。一连串面孔在脑海中闪现，有该在他面前由衷地说一声谢谢的，有该在他面前表示愧悔自责的，无论感恩还是愧悔自责，重温这样的记忆，表明老人日益硬化的血管里流淌的血液还是有温度的，这也是健康快乐老人精神生活的一部分吧。

严寒冬日，马路两旁梧桐枝干上的最后几片叶子依然保持着生命的尊严。它曾经浓荫蔽日，多少个夜晚，月影下，我和家人从绿荫长廊的这头走到那头，又从那头走到这头，我恍惚走出老境，“昔日相识怎能相忘，一起度过的那些时光”的乐声又在我耳畔轻轻响起。

夕阳景

夕阳和朝阳不能同日而语，但两者发出的都是红色的光芒。李商隐曾有名句“夕阳无限好，只是近黄昏”，不免有几分惆怅。借来改为“夕阳依然好，伴我走归程”。像日出日落一样，升起时光华闪耀，沉落时晚霞满天，完成的是一个完整的生命历程。

我很难忘记夕阳下登上敦煌鸣沙山最高山脊时心中涌起的激动。夕阳经过长途跋涉，饱览世事沧桑，它披着金色的外衣，在陡峭的沙坡上画下一道道起伏有致的曲线，回眸观望，曲线有深有浅：浅处，曲线飞掠而过，透着几分轻快潇洒；深处，留下坑洼，透着几分艰辛劳累。没有什么场合像立在鸣沙山顶端这样，能把身后留下的曲线看得这么清楚，哪儿轻松，哪儿艰难，使过劲，洒过汗水，镌刻得这么清晰。

回顾这一道道曲线，常会引起一些很不相同的心情。挫折带来的烦恼，虚度年华的悔恨，攀比优胜者的失落，有时也会有一种欣慰和满足，那是一串终于走过来了付出汗水辛劳的履历。如果曾经有过什么成绩，又成了可以夸耀于人的资本，就像终于登上了鸣沙山山顶那样，不免有几分沾沾自喜。然而转脸再看陡峭的沙坡，坡面形状大变，出现了新的曲线，旧的曲线已经消失不见了。

老人犹如这样的夕阳，它在消失前仍在奉献着余温、余热、余劲，奉献着美。

老人身处这个急剧发展变化中的社会，波涛汹涌，五光十色，每天看书、读报、上网，靠近它，感受它，就能从中汲取热量。新的时代，层出不穷的新人新事新潮新貌，对老人的头脑起着一种激活作用，使它不致处于休眠状态。一些离退休多年的老同志依然没有丧失对现实关注的热情和兴趣，依然没有离群，没有离开社会、退出社会，依然在做自己有兴趣做又能做的事。

夕阳美，美在可以尽情品尝友情的醇酒。工作数十年，转换多个岗位，共事、交往的同志、朋友，总有几位离退休后断不了联系，不在一地的只能打打电话，发发微信，通通电子邮件；在一地的就不同了，虽散居城市的各个角落，一两个月也能聚到一起吃顿饭。每次有人负责通知跟各位商定时间，有号称美食家的人负责订餐点菜，实行的是AA制，目的不是吃饭，是坐在一起聊聊，谁也不看手机，人在座心也在座，国家大事、民间议论、影视观感，乃至身体状况、进养老院的利弊，等等，话题多多，两个小时过去，言犹未尽。这样的群洋溢着友谊的温馨，给老年生活增添了乐趣。这里我要说到一个意义非凡的群，就是我们上海报业集团老同志离退休支部群。这里有离退休多年的人，也有刚退下不久的人，每月一至两次相聚，或学习文件，或漫谈社会热点问题，不分长幼，都各抒己见，坦诚相见，每次会议，相互启发，收获多多。每遇救灾捐献、资助贫困学生，大家都争先恐后。值得一提的是，这个支部前些年还办了个小小刊物《笔汇晚情》，一年四期，历史回顾、现实关注、理论评述、散文游记、知识小品、人生感悟，诗、画、摄影无不涉及。刊物主编是《新民晚报》原副总编李森华，人人都是愉快的义务工。集团原一把手自愿报名担任校对。仅此一例，也可略窥这个群里人的精神状态。人是要有一点精神的，精神是可以相互感染的，入芝兰之室，闻到的自然都是芳香。我们是一天比一天老了，可每次见面，仍然觉得每一个今天都是年轻的。这个群体也有真正的年轻人，那是老干办的几位同志，他们热情似火，对老同志充满关爱，待老同志如亲人。老同志也从他们身上汲取到了年轻的气息。

最后要说到的是亲人群，这是前面两个群都不能代替的。这个群说到底就是老夫老妻，日夜相伴，须臾不离。一位医生朋友说，他和老伴分卧两室，夜里起床小解，要去老伴卧室摸摸老伴的鼻孔，看看呼吸有没有异样。

老两口日常居家，兴趣爱好并非完全一致，饭菜口味也有差异。饭，一个喜欢吃硬的，一个喜欢吃软烂的，两人就注意相互照顾对方，一个煮饭就多放两勺水，一个煮饭就少放两勺水。一个菜吃得可口，由衷地点赞厨艺好，一个会回一句，是你菜买得好。家务事愉快分担，你做饭，我就当采买。难得进一次影院，片子必定是两人都想看的，看电视就不一致了，她想看的我没兴趣，就一边去翻翻书报。对人对事的看法有时也会意见相左，甚至还争论不休，谁也不服谁，争了还要争，都想当赢家。想当赢家偏偏当不了赢家，那就认输。这也是老年生活中的小插曲、小乐趣。怕的是相对无言，两人世界也不能是无声的世界。一遇病痛，两人更是呼吸连着呼吸。一方虽不能说是另一方肚子里的蛔虫，但状况不对，必定最先察觉。叫救护车，挂急诊号，推轮椅，做相关检查，两口子谁也离不开谁。子女不在身边，一听老爸老妈出现状况，立即乘飞机赶到，送来温暖和爱。

“日既暮而犹烟霞绚烂，岁将晚而更橙橘芳馨。”夕阳不能跟朝阳比，夕阳自有夕阳景，夕阳也是美丽的！

邻 居

荒山野岭，偶尔出现人家，往往也是单门独户。豪门大宅，在一片屋群中，则又顾盼自雄，与众不同。平民百姓，普通人家，无论城乡，无论住平房还是住楼屋，都是有左邻右舍的。住同一幢楼里，上上下下，点个头，打声招呼总是有的。关系好的，还时有往来，孩子结婚，添儿生女，还会给邻居送上一包喜糖。要邻居帮个忙，也总能得到热情相助："好，你说吧，什么事？冰箱坏了，把冷冻食品放我家冰箱里去。装修房子，不要把东西都堆放在门口，我家还有空间，拿几件放我家去。"

近些年，我和老伴每年都要去北京住上几个月。我订的包括单位赠阅的多份报刊，两三天不拿，信箱就塞满，怎么办，只有靠邻居老章、小王两口子帮忙了。每天拿一次，这可是要花时间的，而且占地方，几个月下来，占的空间可不小，碰上他一家出去旅游，又得转托他人代拿，真是个麻烦事。每回我们都是感激不尽。老张、小王总是说没事没事。报刊按月整理，放入几个纸箱，看我们年纪大了，还把纸箱搬进我家。老章、小王原住我隔壁，后来换了大房子搬楼上去了，依然年年如此。这真是太麻烦他俩了，而我们能帮他俩做什么事呢？

最让我难忘的，是 20 世纪 60 年代起我在那住了二十多年大杂院里的邻居。其实，那是一幢花园洋房，原是一个资本家建造的独家住宅。昔日的主人于解放前夕离去，新的住户陆陆续续搬进 19 家。楼上楼下的房间统统进行了切削分割，连小小园子的一角也搭出一间住房。工人、技术员、教师、医生、机关干部、个体户，称得上是各色人等，兼容并蓄。平日，谁家门前横满自行车，谁家多占了一块搁物的地方，免不了矛盾纠葛。但是同居一楼，许多时候倒是利害与共。隔壁工厂的马达日夜轰鸣，害得人无法安眠，去与工厂交涉的时候，各户派出代表排着一长队，一个个情绪激动，义正词严，谁打头阵，谁中间插话，事先没有排练，倒是配合默契。下水道堵塞，化粪池溢出，房管所不三请四邀是不会予以理睬的。于是，去房管所催促的人，今天你，明天我，后天他，自动排好顺序，谁也不逃脱。

这所大杂院的外观还是很挺拔的，三层楼的花园洋房，一面墙上爬满常青藤，两扇黑漆大门常年紧闭。从边门进院，一侧是大厨房，踏入一段进楼过道，你便有了异样的感觉。横在两边墙上的东一条电线西一条电线穿墙走壁，凿得好端端的墙壁东一个窟窿西一个窟窿。公用大灯泡摘除了，每家在上头挂一只小灯泡。底层七家合用的大厨房里的电灯，也是房顶、墙上东一只西一只，节假日大家都回来做饭，七八只电灯一齐开，那倒是灯火明亮，一翻热闹景象。用水就卡壳了。装在水斗上的五六只水龙头，不能一齐开，大家都站在水斗旁，自从装小水表开了个头，家家都精打细算，于是就形成了这个格局。但是大家并不争先恐后，是先后有序，相互礼让。

这幢花园洋房大杂院人们感情交流表现得最充分的场所，是在这底层七家合用的大厨房里。节假日，尤其是大年三十晚上，这里热气腾腾，香气扑鼻，各家的年夜饭，各有各的拿手绝活，做蛋饺的，炒虾仁的，相互观摩学习。话语多多，信息纷纷。肉票可以使用到哪天，青菜一斤又涨了几铟，谁在菜场吃了一包气，谁做头发挨了“斩”，谁给在黑龙江插队的孩子又寄了几斤粮票，嬉笑怒骂，声声感叹。在这厨房待一会，即使你平日足不出户，对市场动向、市民心态就已知八九了。

这种邻里关系在那动乱的岁月里尤为可贵。这里也贴过大字报，没有闹得很凶，也出过造反派小头头，平日见面，倒也并不金刚怒目，大概也属兔子不吃窝边草吧。我在乡下干校走“五七”道路，妻子有时出差，放在托儿所的女儿，邻居的大姐姐竟自告奋勇去接，而且晚上陪同睡眠，照顾得妥妥帖帖。我母亲去世，跟遗体告别的时候，站在我两旁的婆母、阿姨、叔叔、兄长，都是我的邻居，这使我这个在上海没有什么亲属的人感动不已。这个难忘的场面我一直珍藏在自己的记忆里。就是在那梦魇般的日子里，人间的真情也是没有泯灭的。

近日，当年大杂院的老邻居小洪，陪她已逾古稀之年的妈妈上门看望，她是在大杂院出生的，和我女儿是小学同学，一个院子里的玩伴。当了多年驾驶员，听说我多年前写过一本以大杂院十九家人生活为背景的长篇小说《暂憩园》，说现在退休有时间了，想要一本看看，我说我只有一本了，她说她就上网去看。一个多小时的闲聊，交流了不少信息，施家婆婆、李家伯伯，不少老人都走了，在这里出生的婴儿长大后又有了自己的婴儿，小洪有两个女儿，如今已经在职场拼搏了，让人不胜感叹时光的无情又有情。去年我在华疗，遇到一位休养员张某，我还没有认出他，他已经叫出我的名字，也是大杂院的老邻居，三四十年未见，话可多了，饭堂服务员都在收拾了，我们还有说不完的话。第二天，他找到我房间，说另一位邻居的孩子，现居美国，网上看到《暂憩园》这本书，知道我在这里碰到你，要问你要一本，我说可惜没有了，我送他别的书吧。

古人说得好，远亲不如近邻。老邻居把我带回当年的社会生活场景，重温了昨日的青春岁月，有时我乘车路过这个大杂院，总不禁朝它多望几眼，外观还是那个样子，物是人非，这也是人世沧桑的一个小小的缩影吧。

想起了亨利

亨利是美国著名音乐剧《异想天开》中的一个角色。多年前，中央歌剧院来沪演出此剧，留下很深印象的就是这个亨利。观众笑声不绝，多由他引起，他从声音到动作都太逗了，当他下场时钻进大箱子还回头向观众频频送吻，高喊着“只有小角色，没有小演员”，那一刻，观众席上的掌声简直爆了。

亨利原是一个专演莎士比亚戏剧的古典演员，有辉煌的过去，演过大主角，走红过。今天他衰老了，但他是一个乐观又好强的人，他不服老，总觉得自己还和年轻时一样，总想证明自己仍是一个伟大的演员，但他那力不从心的蹒跚脚步，那为掩盖皱纹施粉过多的面孔，千疮百孔的戏装，都和他那过高的心气形成了强烈的反差，构成了一系列滑稽可笑的言论和行动，笑声有嬉笑嘲弄的，但观众仍能从亨利的一招一式、一言一语中体会到他一生的艰辛。扮演亨利的沈振翮先生，是中央歌剧院一级演员，他把这个人物演绝了，既极度夸张又十分真实，使不少有过一段辉煌的老人，从中看到了自己的影子。

老沈是我的好友，近日在京相聚。他演亨利时是50岁，今年80岁，我问他，你身体还好，现在还能演亨利吗？他笑答，当然不能了，不仅体力不行，对角色的认识把握也不能回到过去了。俗话说，旁观者清，当局者迷。人往往是看不清自己的，老人也一样。故老子有言，知人者智，自知者明。自知比知人难得多了。

人生是一部长剧，不同阶段扮演的是不同的角色，有时是大角色，有时是小角色，有时是没有名字的龙套，最后连上台也没你的份了。日子就不要过了吗？自然要过，而且要过得有意思，过得精彩，不是大红大紫才叫精彩，精彩是内心的充实，精神世界的丰富，每个阶段有每个阶段的精彩。

对老人的不服老，人们的看法很不相同，有带嘲弄眼光的，像看亨利的表演，滑稽可笑，这老家伙，多大啦，还玩什么命，年轻人一把把的，没你的事啦。有带惋惜语气的，你怎么啦，条件这么好，不到处走走逛逛，享享清福，还折腾什么呀。当然也有理解欣赏的，这老头子，闲不下来的，干点事，是他生命存在的形式，不让他干点他能干的事，毋宁要他死。

中华民族尽管有“烈士暮年，壮心不已”“凭谁问，廉颇老矣，尚能饭否”之类的老人自励豪言千古传诵，但在他人眼里，老人往往是悲悯的对象。唐人刘希夷《代悲白头翁》中的诗句，“寄言全盛红颜子，应怜半死白头翁。此翁白头真可怜，伊昔红颜美少年”，表现的就是这种悲悯之情。

新时代里，不服老的老者似乎多了。著名学者周有光先生 111 岁高龄，还在写文章，时发忧国之论，这自然是突出的例子。一位年逾 80 岁的翻译家朋友告诉我，他赴俄罗斯访问，安检过关，关员查阅他护照盯着他看，你这么大年纪，还出国？他回答，这是人家会议的邀请信，你看我去不去？可见，不服老的人，身上确有余热可发。2015 年我国纪念抗日战争胜利 70 周年，一批国际友人应邀前来参加庆典，据央视报道，他们的行列中，有位老太太是坐轮椅被人推着进会场的，她是陈香梅，20 世纪 90 年代初我在华盛顿采访过她，她也是不服老，近 20 个小时的飞行可不轻松，这样的老人，还有什么欲求吗，内心的火焰没有熄灭而已。

老人不服老，作为一种积极乐观的精神状态，无可厚非。“发愤忘食，乐以忘忧，不知老之将至。”孔子这里说的是不知老之将至，今天是不知老之已至，其实知是知道的，是老了，但是不服老，发挥余热不需发愤忘食，却可乐以忘忧。老人也不是人人一个模样，情况不同，人各有志，也是各有各的活法，不必趋同的。不服老的，自然身体、精力允许，做点什么，也是在力所能及的范围之内，并不是还有什么奢求，还要跟年轻人同台竞技。看待老人的不服老，不妨多一点理解欣赏，不需要悲悯，嬉笑嘲弄就不必了。作为也是不服老的老人，不妨也想想，自己不也是一个亨利？

家祭无忘告乃翁

早年读陆游的《示儿》诗，首句“死去原知万事空”，令人警悟，跟着悲从中来，“但悲不见九州同”。没让这份悲凉惆怅留步，立转激昂，“王师北定中原日，家祭无忘告乃翁”。连死后也不忘国家兴亡，这样的牵挂，哪里是万事空啊。读到这里，不由得不对放翁倍增敬仰之情。

陆游生当宋、金两国对峙的年代，国土分裂，战争频繁，朝政腐败，人民水深火热。他一生以诗文为武器，呼吁国家统一，整顿朝纲，减轻赋税，发愤图强。死后还念念不忘王师北定中原，这是何等崇高的爱国情怀。

人一生奔波忙碌，最后埋尸荒丘，“卧龙跃马终黄土”“晋代衣冠成古丘”。今天是一把火化成灰烬，生命之火是熄灭了，却并不是成了空无。有的人，人不在了思想在精神在，可以影响后世几千年，怎么空得了呢？放翁的诗词、品格，不是传颂至今吗？这自然是那些大思想家、大学问家，造福于民族的英雄豪杰之类人物，即使是祸国殃民的大奸臣、大坏蛋之类，也是空不了的。八百多年前的那个秦桧，不是至今还反剪着双手跪在岳飞墓前被游人吐唾沫吗？

这讲的是大人物，没有那么杰出、伟大，却拥有豪宅、名车、权位、巨量资财的呢？似乎也不太可能万事皆空，有钱的会操心子孙会不会为争夺遗产闹上公堂，让老头子阴间丢脸；有权的担心后代能不能远离腐败，让死去的老子保住一世英名。如此等等，死后自然是一概不知，死前的操心却是少不了的。就像那个严监生，临死前，还伸着两个指头不肯断气。

我等凡夫俗子又如何呢？也是各有各的纠结。没有豪宅，一套住房还是有的，丢下老伴怎么过活，住房跟孩子怎么分割？房产证上写谁的名字，也是放不下心思的。穷人也希望子孙有脱贫致富的一天，真的什么牵挂也没有的，怕是不多吧。

老死是谁也免不了的，怕的是人还没死，就觉得万事皆空，对生活丧失兴趣，对现实失去关注热情，不看新闻报道，国事、家事一概与我无关，这样的生活，不等到死，就已经空了，真的没啥意思、没啥活头了。

春节期间，复旦一位老友上门，赠我一本该校老干部工作处编印的离休干部《我的革命历程》征文集，其中几位是我的师友，都进入耄耋之年，前副校长邹剑秋同志，前几年和几位复旦老友还经常聚一聚吃顿饭，AA 制，他 1945 年作为地下党员考入复旦新闻系，随学校由渝迁沪，毕业后留校，直到离休。70 年来，复旦从平房陋屋到雄伟大厦的发展变化，每个阶段，他都竭尽所能，为之添砖加瓦，做出自己的一份贡献。他说，新闻馆当时被称作"复旦的延安"，和反动当局斗争激烈尖锐，时有生命危险。他在职时平易近人，轻声慢语，态度谦和，和青年学生能够说到一起，丝毫看不出是一位经历过生死斗争考验的"老革命"。令我难过的是，他回忆文章的署名已加了黑框，他在文中回顾当年地下斗争经历后写道："我们这些小伙子，现在都老了，我们可以毫不后悔地说，我们没有虚度年华。我们是一批把生命置之度外的革命青年。是我们这一代青年的骄傲，是复旦人的骄傲。今天的复旦人走在新的征途上，我牵挂的是，他们一定会创造出新的辉煌，跻身世界一流名校之林。"这就是他留下的类似"无忘告乃翁"的心愿和期待。许多老同志都有同样的心声。对后来者，也是一种激励吧。

道不同，何以相处

一句耳熟能详的“子曰”是“道不同，不相为谋”。可不是吗？当年的革命先辈志同道合，才能为了一个共同目标走到一起，创建了新中国。改革开放，没有对历史经验、国内外形势认知一致的同道者全力以赴，今日的辉煌成就难以想象。不争论，你说你的，我干我的，不把时间浪费在无谓的争论上，也算是不相为谋吧。

在我们的日常生活中，不相为谋如何相处，就颇有讲究。不相为谋者，共生于一个社会，不可能相互隔绝，还得相互往来。如果癖好相同的人，紧紧抱成一团，而对不同的思想观点，视若无睹，不屑一顾，甚至排斥打击，恶语相加，自己艳若桃花，对方弃如粪土。岂不就走到邪路上去了，就像我们曾经历过的那个年代那样，非把对方“打翻在地再踏上一只脚”不可。

互联网时代带来许多新风，也有一股歪风：掐架成风。对某人某事某物，你说是，我说非，你说丑，我说美。道不同者，均属“非我族类”，必压之、灭之而后快。往往还没看过听过对方说的写的是什么，就跟着起哄。毕竟不是大字报年代，只有一方有话语权，现在不同了，你能说，我也能说，灭不了了，于是众声喧哗，你骂过来，我骂过去，相互撕咬。圈外人看得莫名其妙，这是干吗呀？哭笑不得。

人的局限性，无论何道中人，似乎谁也不能例外。与其长年封闭于一个道中，不妨走出你这个道，听清楚不同观点见解的人是怎么说的怎么写的。你反对人家，总该知道人家说的是什么，为什么会那样说，有没有道理、根据。你讨厌对方的某些意见，也许击中的正是你的软肋。他从不同渠道获取的信息，也许正是你茫然无知的领域。而一些凶狠其实是无谓的掐架，其源恰恰是来自信息的不对称，你脑子里还是大字报的老皇历，人家是上网、是智能手机里的微信群了。

就说微信群，无以计数，这是个信息市场。一个群里的人，不受单位、地域限制，不都是老面孔。有老有少，有熟人也有陌生人。有观点相同的，传发的是你喜欢看的信息，也有喜好不同的，传发的是你闻所未闻见所未见的信息，还有你不喜欢甚至厌恶的信息。真个是五光十色。只要你保持理性，又肯动脑筋，就不会人云亦云，照传不误，就不能不引起比较、辨别，反思自己的某些固有观念是不是那么完全正确。

笔者属耄耋老人，起始对微信颇不以为然，以为那些碎片化信息浪费生命，经友人一再邀约，也入了几个群，有几十人一群的，也有三五人一群的。花的时间，限制在每天一小时左右。不是有来必看，有看必转。不让信息把你淹没，而是你来把控。最大的感受是扩大了视野，开了眼界。听惯了独唱，这里是交响乐。增加了知识、见闻。对某些人和事的看法，打破了固有模式，成群粉丝拥戴或反对的“非我族类”，往往与事实相去甚远。不相为谋即相为敌，实在毫无根据。自然也有偏执一端铁杆到底者，那就不必理睬。还有流言、谣言，你相不相信？这对自己的智力、认知就是一个考验，就看你有没有脑子了。曾不止一次收到某某重要谈话、某某致全国人民的一封信，我看了即给转发者回信，你相信这是真的吗？果然，不过一天，某某就在网上辟谣了。

也是孔子说的，君子和而不同。这个不同，自然是道不同。在一个共同目标下，道不同，还是可以和睦共处的。这该是君子之间吧。

人不知而不愠

与一位在复习《论语》的老友闲聊，他说，《论语》开卷的三句话，勤学（学而时习之，不亦说乎？）、交友（有朋自远方来，不亦乐乎？）这两句，他基本做到了，但是“人不知而不愠，不亦君子乎”？这第三句，他也想做，但真正做到就难了。

友人说，你有才，但你不是名人，人家不了解、不重视，不把你的意见、建议当一回事，你不要“愠”，不要生气，不要不高兴，不要往心里去，你做得到吗？坦率地说，我做不到。一次会议发言，我是认真准备的，坐我对面的一位，却在埋头看他的手机。轮到他发言，我说的他像是未听见，又来炒冷饭。那好，我即以其人之道，还治其人之身。我也埋头看我的手机。他不听我说，我就要非听他说不成吗？清楚了吧，这里说的“人不知”，这个人指的不是不相干的陌生人，而是熟人，相互认识，甚至是一个单位里的同事，本该是相知、相互尊重的。老友反问我，换了你，你怎么做？

我说我也做不了君子，但我不会也埋头看手机，既然那是个坏样子，我为什么也学这个坏样子呢？我还是认真听他发言，即使他讲的是拾人牙慧，也还是耐心听下去。

有一种人自视甚高，他不需知人，人们却都该知道他，他自我感觉超级好，大有天下无人不识君的气概，什么事你都得请教他，听他说，他是媒体的常客，他说了才权威。你竟然不知道他，他讲的话你当作耳边风，这还了得！如果他是有权的，你就麻烦了。人不知而不愠，对这种人是绝对不适用的。

我近日在一家三甲医院看病，主诊的是一位有名的专家、教授，我是知名而来，挂了专家号，他却请另外一位乔教授给我做这项检查，说乔教授对这项检查比他更有经验。做检查这天，叫到我的号，上来给我做检查的是五位年轻女医生，一人坐着，四人站在她身后，盯着屏幕，你一言我一语，检查中途，一位年纪稍大的女医生进来坐到屏幕前接着检查。事后我把检查过程报告给名专家，问他，乔教授怎么没有来给我检查？名专家说，你说的那位半途进来的年纪稍大的女医生就是乔教授。第二天我拿到检查报告，果然是乔教授签名，报告的各项数据都更加清晰。我见到乔教授，她对病人很亲切。我想，这位乔教授倒是人不知而不愠，这让我敬佩。

“人不知”的情形各式各样，为“人不知”而“愠”，是自寻烦恼，大可不必。人们相处，成为朋友，来自相互尊重、相互理解。人各有所长，也各有所短。取人之长，补己之短，能做大事的，未必会做小事，当老板的，车间生产线上出了故障，可能会一筹莫展。责任担当有轻有重，但谁也不能看轻谁，没有谁是完美无缺的。自视甚高的，有人比你更高。人家有眼不识泰山，小丘得有自知之明。人“知”也好，“人不知”也好，毫不惊诧，始终保持一份平常心，不自己折磨自己。老友同意，虽然难，这才是我们该学习努力追求的境界。

爱与信赖

曾经当过一对年轻夫妇的证婚人。两人才貌双全，是非常般配的一对。婚后两人去美深造，都学有所成，成了优秀的专业人士。归国后和我再见，两人是先后来看我的。不曾想到，两人已劳燕分飞。不便细问，交谈中得知，双方已经互不信赖。就像一首流行歌曲里唱的，“最爱的人又不敢信赖”。信赖不存，爱将焉附？两人都说，我们没吵没闹，是友好分手的，但以后不会往来了。

失去信赖，自然也失去了爱。

爱和信赖应是一致的却又不能画等号。我信赖你不一定我也爱你，我爱你却一定是我也信赖你。

爱不限于婚恋关系中。西方有学者把爱定义为“生活的意义在于对爱的追求”，爱对于被爱的人来说具有评价和赠予的意义。这位学者还把爱区分为有性之爱、自我之爱、组织或社会之爱，以及宗教之爱。我们不能只从婚恋上来看爱和信赖。

人和人之间的爱和信赖，是动态的，不是一成不变的。一方变，另一方也在变。士别三日，当刮目相看。相看结果，一是更信赖他也更爱他了，我当初就没有把这个人看错。他从前是这样，现在还是这样。二是相反，这个人怎么变得完全两样了，我当初真是瞎了眼睛。这说的是被看的人。看人的人呢，自己也在对方的审视中。也有只看别人不看自己的人。人就是有这个毛病，在最不需要忘我的时候，偏偏把我给忘掉。就像从不体检的人，毛病发现不了，就把治疗的时机耽误了。

婚恋中从互相信赖到互不信赖，也许各有可以理解的原因，影响范围有限。在社会生活中，情况就完全不同了。某些被观众信赖深爱的明星、大腕，某些被观众信赖拥戴的所谓公众人物，他们的种种不堪行为一旦暴露在光天化日之下，粉丝们无不痛感受骗上当，还会再奢谈信赖和爱吗？那些在主席台上信誓旦旦要把反腐进行到底，曾被人们目为清廉从而对其无限信赖和爱的官员，一旦东窗事发，人去楼空，人们惊问，这个人以前不错呀，工作很有成绩呀，我们都被他做的那些报告打动过呀，怎么变得这样丧心病狂、贪腐成性呢?

癌变不会发生在一个早上。这类人从前嘴上那些动听的辞藻也许并不全是假话，有的人还心怀大志，想的是干一番事业。谁料想，不知不觉间，花花世界，红红绿绿，弄得他目眩神迷，他晕了，魂丢了。原来这里面别有一番滋味在心头，声声警告，全当耳边风，他已经上了瘾，收不了手，止不住步，一往无前，不可救药，直到跌入罪恶的深渊。

这类人的得病，源自免疫力从缺乏直到完全丧失。人们每年体检，发现免疫力低下，都会引起警觉，一旦免疫力缺乏，各种病毒都会在身体里兴妖作怪，人们就会听从医生的忠告，采取应对措施。另有一种免疫力缺乏，却是科学检测手段检测不出的，它在思想里、价值观里，别人看不见。信教的人，也许以为冥冥中上帝在看，没有信仰的人不存在这个顾虑。但是你周围的一双双眼睛，从你行为方式的变化，还是能看出一点蛛丝马迹来的。最好的选择是自测，也像每年体检那样，自己给自己提几个问题，看看自己的思想观念、行为方式起了哪些变化，是良变还是恶变。从良变到恶变总是由量变积累而成的，防微杜渐，无病安心，小病早治，决心大，改正快，也许还能转危为安，即所谓“亡羊补牢，犹未晚也”。

别问人家为什么不再爱我，先问自己还值不值得人家信赖。为什么失去人家信赖，这要你自己来回答。

今与昔

又是一年今成昔。

倒退一年昔变今，有这个可能吗？

几位美国科学家做了一个有趣的实验，把一群老年人放在模拟的二三十年前的环境中，吃的喝的玩的唱的看的，一切的一切，都是当年的原汁原味，这群老年人竟真的焕发青春，回到往昔了。这毕竟是个游戏实验，往昔却是越走越远，再也回不到往昔了。

还能回到往昔吗？多年不遇的老朋友见面，竟也成了熟悉的陌生人。熟悉的是残留一点底色的苍老容颜，陌生的是完全不在一个频道里的思想。你说你的，我说我的，再也不可能舆论一律了，天地宽了，视界广了，世界不再是只有黑与白，而是色彩缤纷、五颜六色了。往昔年月，各自扮演过不同的角色，而今角色转换。有破茧而出的，看见了大千世界，觉得今是而昨非，有还没有跳出井底的，充耳不闻大海的浪涛滚滚，依然故我，新时代的九斤老头老太。

夏虫不可以语于冰，人们都是从自己的切身经验感受时代感受世界的。在那颠来倒去的岁月里，有的被颠进了沟底再也没有站起，有的半个身子下去，有的战战兢兢，身子还在沟沿，有的颠倒了过去，又颠倒了过来。不同的境遇、不同的经历、不同的角色、不同的感受、不同的友伴、不同的信息来源，在各自头脑里自会打上不同的烙印。有隐去烙印的，把昨日从记忆里完全埋葬，有心有余悸、终其一生也去不了这个烙印，再也不会把昨天忘记。

在沸腾的潮水中，会有冰的藏身之地？你也一夏虫，我也一夏虫，同是夏虫，有咬人的，有被咬的，咬人的也被咬过，被咬的也咬过人，有心甘情愿的，有迫不得已的，有随大溜跟风两面倒的，有只是跟着举举手喊喊口号的，自然也有保持沉默、守住做人底线从不咬人的。

如何认识今与昔，不同的人在网上争论不休，争论本来是好事，通过争论，或达成共识，或各自保留自己观点，等待实践检验。气势汹汹，把不同观点看成异类，非把对方降服不可。双方距离不是拉近了，而是推远了，这样的争论与其参与不如退出。“夏虫不可以语于冰”，庄子这话说得太妙了，北极熊跟萤火虫争论，哪码对哪码呀？

谁对谁错，不是没有一贯“众人皆醉我独醒”的贤者，你是吗？深深悔恨的，轻轻自责的，侥幸的，何以有此差异？各人自我反思多少取得的一点共识是，个人抵抗不了大潮，但是可以把控自己。

觉得今是而昨非者，思想打开了新天地，看清了昨日的自己，脑袋回到自己的肩膀上，自己掌控自己、指挥自己，不再人云亦云，脚步沉稳，在人生的最后岁月里，终于扳回了一局，此生没有完全虚度。依然故我者，步履蹒跚，力不从心，还是一颗螺丝钉，已经生锈，没有什么地方好去，年华虚度，只剩下无奈地叹息了。

已经走远的往昔，历历犹在眼前，现实里也许还有它的影子，有人影子不时眼前闪现，不堪回首往昔者，影子不再闪现了。

今日，一觉醒来，今已成昔。别了昨天，把握今天，明天更美丽。

伸与缩

陈毅同志是位功勋卓著的元帅，却也喜欢作诗，当年有一名句曾广为传诵：“手莫伸，伸手必被捉。”那还是个清贫时期，即有此当头棒喝。可见伸手族由来已久。《红楼梦》第二回，写到失业塾师贾雨村出门散心，走到一座“墙垣朽败”的庙宇前，看到门旁的一副对联：“身后有余忘缩手，眼前无路想回头。”按贾雨村的说法是，“其文虽甚浅，其意则颇深”。“忘缩手”和陈诗的“手莫伸”实有异曲同工之妙。

从缩手到伸手，路径不长，但中间横着一条无形的红线，人们知道，这条红线是跨不得的，说白了，就是不是自己的东西，自己不可以伸手拿，可又总是有人要跨越这条红线，这条红线无形又有形，闪闪烁烁，有时看不见，有时是个触目的大警号。

第一次伸手，不会不假思索，这红包该不该拿，礼品该不该收，宴请该不该去，是有一番思想斗争的，可能经历了几次伸缩，伸出了，看见了红线，赶紧缩回，意志打败了贪欲，这一个回合胜了。经不起多次的较量，一个闪失，手伸出去了，拿了人家的东西，茅台也好，字画也罢，一不退回，二不交公，神不知鬼不觉，这个口子一开，再一次伸手，没那么多顾虑，第三次伸手，熟门熟路，习惯了，什么事一成了习惯，就难改了。手就越伸越长了。一路下去，就不怕翻车吗？侥幸心理作怪吧。

贪欲是没有止境的，口子越开越大，直至眼前无路，这才想回头，已经来不及了，等着他的是铁窗和刑场。一纸忏悔书，是不能豁免罪行的。

缩伸之间，是个渐变过程。花花世界，诱惑多多。大权在握，你不伸手，把金卡送到你家里，把股份放到你家人名下，没有定力的人是经不起这种送上门来的诱惑的。开始你还缩着手，羞羞答答，脸红心跳，慢慢就半推半就，尝到了甜头，上了瘾，就心安理得，红线看不见了，伸手的又不是我一个，你干我就不能干？一不做，二不休，厚颜无耻，赤裸裸地把手伸出来，你有的，我也得有，家里茅台成堆，名表成串，不是捞一点，而是身后有余也不缩手，国外的房子都买好，老婆孩子都送出去，还有回头的路吗？

这人你还认识吗？活动的圈子已经不同了，频繁进出于豪华会所、高级俱乐部，普通人是禁止涉足的，成了所谓高端人士。真个是手伸人就阔、一阔胆就大。如入鲍鱼之肆，久而不闻其臭了。

他又在电视上出现。这是他曾经多次光临的地方，可这一次，物是人非，他不是容光焕发地坐在主席台上，慷慨激昂地做反腐报告，而是神色灰暗地戴着手铐，在法庭上接受审判呢。

莫把“手莫伸”当耳边风，大贪腐是从小贪腐发展而来，一切贪腐都是从伸手开始的。防微杜渐，记住“手莫伸”的告诫，就不会有“必被捉”的忧虑了。

镜 子

人的眼睛能够看见自然界的五光十色，却要借助镜子，才能看见自己的容颜。古代的铜镜，影像模糊，现代的玻璃镜子，才看得纤毫毕现。少男少女，一脸童真稚气，青年男女又是阳光又是梦幻，人到中年一脸沧桑，老翁老妪，会倍加珍惜岁月给自己留下的每一天。无论男女老少，生活中都不会离开镜子。演员上舞台，公众人物上电视，更得先面对镜子，让化妆师为之着意打扮美容。

玻璃镜子只能照见自己的姿容，人要真正看清自己，还得面对广阔的世界。

唐太宗有个有名的“三镜”说。这位皇帝打下江山后，一次问侍臣：“创业与守成孰难？”房玄龄的回答是，草昧之初，与群雄并起，角力而后臣之，创业难矣。魏徵说，自古帝王莫不得之于艰难，失之于安逸，守成难矣。太宗赞同谁的观点呢？你看他怎么说，玄龄与吾取天下，出百死得一生。故知创业之难。徵与吾安天下，常恐骄奢生于富贵，祸乱生于所忽，故知守成之难。然创业之难，既已往矣，守成之难，方当与诸公慎之。你看这个皇帝多有头脑，两位大臣说得都有道理，但都只说了一面，一个历史阶段，前一阶段已经过去，慎在当前。用现在的语言，就是仗已经不打了，不搞阶级斗争，如今要和诸公一门心思谨慎搞经济建设了。

所以魏徵死了，太宗伤心，对侍臣们说，人以铜为镜，可以正衣冠，以古为镜，可以知兴替，以人为镜，可以知得失，魏徵殁，朕亡一镜矣。镜子人人会照，有人嘴歪眼斜怪镜子，一怒就把镜子摔碎了。这样的皇帝，《资治通鉴》也记载了几个，言者轻则革职、打屁股，重则关进大牢或发配边地。

魏徵不怕被摔碎，就是敢说。《谏太宗十思疏》还是讲的大道理。《十渐不克终疏》就是一条条列举太宗的过失了。要太宗“傲不可长，乐不可极，志不可满”。这在历代封建王朝中是十分罕见的。魏徵敢于这样说，表现出的是他对大唐皇朝的忠贞不贰。他也是很讲策略的，每疏必有一番歌功颂德之语，这正是唐太宗最为赞赏的。魏徵殁，太宗命厚葬，百官九品以上皆赴丧，魏徵妻悉辞不受，说魏徵平生俭素，今葬以一品羽仪，非亡者之志，坚持以布车载柩而葬。这也是打铁先得本身硬，一不求生前富贵，二不要死后哀荣，为了大唐江山，就没有什么不敢说的了。

太宗能够这样照镜子，也是自信江山牢固，权威已立，没有谁敢挑战他的皇位了。志得意满之余，尚能保持清醒，不是把逆耳忠言利于行说在嘴上，也有几分落实到自己身上了。

如此看来，只以镜子来看容颜、正衣冠是远远不够的，还得以史为镜，以人为镜。这对我们这些普通人来说，也是有意义的。我们不能只习惯于梳妆台、穿衣镜前照镜子，过往的经验教训，师友的批评点拨，成长过程的顺逆得失，大潮中的何去何从，都是一面面镜子。玻璃镜子让你看见自己的容颜，却不能改变你的容颜，让你今年二十，明年十八。这后头的一面面镜子，得用脑去想，用心去感受，它却具有改变你行径的特异功能，让你得意时不再忘乎所以，失意时努力重新站起，知道错了就认错、改错。先贤有云，吾日三省吾身。怎么个“省”法，不就是给自己照照这样的镜子吗！

当惊世界殊

照相簿上的几张老照片，保存了记忆，这是时代的几个站头，经久难忘。

团长王守基

一张集体照，照片上标明，摄于新中国刚诞生不久的1950年6月，是安徽滁县地委农村工作团全体人员五百多人的合影。这个工作团下辖六个工作队，分布在地区六个县的广大农村。这是难得的一次聚会。摄影队形成梯形排成九排，第一排的人没有位子，是席地而坐，坐在地上的不是我们这些队员，而是团长，团部各个股的股长，六个工作队的队长、指导员，团长戴着灰制帽，手按拱着的双膝，面露笑容，坐在第一排左首靠边的一个位置上。在这张照片上，你看不出哪个是领导。

团长王守基，脸孔黑瘦，看上去严肃，一开口说话就跟你没有一点距离感了。他让我这个从驻村工作队上调到团部、刚入党不久的小鬼跟着他下乡，他从不待在团部机关，一年的大部分时间都在六个县的农村跑。随从还有一位警卫员。那时这个县到那个县没有公路交通，几十里、上百里路全靠步行，有时还要翻山越岭。我那时十六七岁，警卫员二十多岁，王守基同志的年龄比我们大一大截子，他从不叫累，路上，反而问我们要不要歇歇，在他的激励下，我们自然不会松劲，跟着他一路前行，也从不叫累。一次，到了工作组驻地村庄，过了吃饭时间，这里是灾区，一天吃两顿，主人给我们端上一盆煮熟的胡萝卜，我们填饱了肚子，就很心满意足了。

填饱肚子后，休息片刻，王守基同志就听取工作组的工作汇报，汇报后，王守基同志提了几个问题，经过讨论，让我针对讨论中得到的比较一致的看法，写一篇小文章在地区出版的内刊上发表。有时问题比较

1950年6月，作者（第四排右起第十七人）赴安徽滁县参加地委工作团合影

大，我建议用他的名字发表，他不同意，说："小干事就不能谈大一点的问题吗？"一次等我拿到内刊，不禁吃了一惊，他在文章上面署名了，可竟然署在我的名字后面。

王守基同志行事常让人意外。这次拍集体照，他不在中间找个座位，却坐到地上，而且是在第一排最不惹人注意的边沿上。虽然意外，实则深受感召。我的目光，在他身上留下的时间最长。

奥地利人眼中的中国新闻代表团

这张和奥地利企业家的合影，是由和维也纳几个老妇人的合影引起的。那是 1984 年，我们改革开放后的日子，在维也纳城市公园。约翰·施特劳斯的青铜雕像站在高高的乐坛上拉着提琴。岁月的磨蚀，使这位圆舞曲之王身体变黑了，但他还是那么全神贯注、专心致志，在大理石群像浮雕的拱门下，不知疲倦地为游人演奏着无声的《蓝色多瑙河》。我们正在驻足观赏，也在一旁观赏的几位老妇人，以为我们是日本人，陪同我们参观的奥新闻局伊丽莎白·楚克博士立即纠正她们说，他们是中国人，是中国新闻代表团，应我国政府邀请，前来进行友好访问的。这几个老妇人一下子变得热情起来，要跟我们一起合个影，我们感受到她们的友情，自然高兴上前。楚克博士为我们拍下了一张珍贵的照片。

我们这个代表团是由人民日报社、光明日报社、北京日报社、文汇报社、陕西日报社各派一位同志组成的。除了团长、人民日报社的王飞同志外，都是第一次走出国门。西方世界在我们眼里很陌生，我们在西方人眼里更陌生。回到旅馆，我们议论今天碰到的事，把我们当成日本人的事，我们在维也纳碰到过的不止一次了。原因在于我们国家刚刚实行改革开放，民间还没有人出国旅游过。奥地利是一个旅游业发达的国家，据奥地利联邦政府副总理兼工商部长施塔格尔告诉我们，奥地利 750 余万人口，每年接待旅游者 12500 万人次（过一夜算一次），等于本国人口的 18 倍，其中，本国人占了 3 000 万人次，欧洲国家的占 7 000 万人次，其余来自美洲、亚洲等地。按人口平均，奥旅游收入居世界之冠。外汇收入 1/3 来自旅游。在我们下榻的旅馆，陈列的印制精美的介绍资料

中国新闻代表团与奥地利工商界人士合影，右起第七人为作者

有德文的、英文的、法文的，也有日文的，就是不见中文的。在旅游名城巴特施伊尔市，市旅游局局长在晚宴上说，很多国家的游客都到过这里，遗憾的是，我们还没有接待过世界人口最多国家的游客。如果经过各位记者的介绍，我们能够接待中国游客，我们将感到莫大荣幸。他提出，第一个从中国来的游客，我们免费接待。

更对我们代表团到访感兴趣的是奥地利的工商界，楚克博士表示，她要再为我们拍一张珍贵的照片。忙不迭地代我们接受施泰尔汽车制造厂的邀请。这是这家企业董事长为首的管理层会见我们新闻代表团的合影。我国驻奥大使馆参赞也参加进来。这家企业从董事长、总经理到工程师，交谈中无不鼓吹自己的产品如何先进，如何适合中国的需要，进口他们的产品如何合算。他们尤其重视新闻记者的来访，我们代表团成员来自五家报纸，五家报纸各自的发行量，他们都问得很仔细。他们也许据此判断对我们的接待是不是值得吧。因时间所限，来不及参观的一个项目，等我们回到旅馆，这个项目的有关介绍资料已经放在我们房间里了。

如今，看着这张合影，无论经贸还是旅游，中国人在奥地利已经是熟门熟路了。朋友多多，中国人不会再被错认了。当年那些错认者，如果仍然健在，该会睁大眼睛，当惊世界殊吧。

纽约拜访“中国通”蓝普顿先生

这张照片是1993年摄于纽约曼哈顿美中关系全国委员会办公室。

走进美中关系全国委员会主席蓝普顿先生的办公室，窗外一侧耸立着联合国大厦，窗内却使我感受到一股浓浓的中国氛围。墙上挂的书法横幅，是上海玉佛寺法师的墨迹，壁毯、壁橱里唐三彩和挂在墙上的一排与中国领导人及各界人士的照片，还有小姐端来的红茶，使我怀疑并不是置身于一个外国人的办公室。微笑从蓝普顿闪闪发光的镜片里透出，他颇为得意地告诉我们，我们方才看到的挂在门口的那块汉字楷书“美中关系全国委员会”的牌子，是他在上海福州路逛街时在一家店里定做的。上海的一些地方他已经熟门熟路。其实不仅上海，北京和全国其他的一些城市，他也是驾轻就熟，你如果知道十余年来他访问中国已达40次，你对此就不会感到惊讶了。

1976年他访问上海时感觉可不太好。他在宾馆听到外面街上敲锣打鼓，从窗口朝下望，欢欣鼓舞的市民在墙上写着大幅标语，他问宾馆服

作者（右）采访美中关系全国委员会主席蓝普顿，1993年摄于纽约

务员是怎么回事，服务员支支吾吾，不敢告诉他是打倒“四人帮”的标语。“你看，你们公开了的事，对外国人还要封闭。现在，你们国家的变化太大了。”蓝普顿兴奋地打了一个响指，“最大的变化是思想，打破了封闭状态，经济体制变革形成了一批中产阶级”。他历数着他所感受到的变化，认为中国经济的高速发展，使它作为联合国五个常任理事国之一，在世界事务上发挥的作用影响越来越大。

“听说有的美国人还是从赛珍珠的小说里看中国的，现在是中国人对美国人了解得多些，还是美国人对中国人了解得多些？”

“双方对对方都还了解得不够。”蓝普顿不假思索地说，“中国一些知识分子熟悉美国，可中国的八亿农民呢？对美国来说也是一样，由于文化背景、价值观念不同，中国发生的许多事，美国人感到不可理解。由于相互缺乏理解，容易发生顶撞。所以相互了解是重要的，要相互理解、宽容，谁也不能指手画脚。双方有双方的情况，谁也不能对对方期望过高。”

从窗口望出去，联合国大厦前那一长溜色彩缤纷的旗帜在微风中飘扬，每天看着这些旗帜，一定会受到它潜移默化的影响。地球上居住着上千个民族，联合国会员国达到一百几十个，你喜欢也罢，不喜欢也罢，世界上存在的无限多样性是谁也抹杀不了的现实。聪明的办法自然是了解这个现实，尊重这个现实，而不是以为世界上的旗帜只有一种颜色，更不是以为自己喜欢的颜色就是最美的颜色。

在促进美中关系上，蓝普顿先生投注了极大的热忱，但又很冷静。根据他的观察，继续发挥他的见解：“美国人重个人主义，以个人为中心，当然问题也不少，如果每人都想拥有一架机关枪，社会要对此付出多大的代价？中国人重团体，每人都在一个组织里，但随着改革开放，中国个人主义也会多起来，美国在这方面的教训是很多的。”

能够在一个外国人面前坦率承认自己国家也有问题，“教训也很多”，这让我感到蓝普顿先生是一个实事求是的人。他说话风趣，侃侃而谈，喜欢用手势加强自己的语气，兴致上来，又打了一个响指，“现在是双方对对方了解越来越多的时候了。中国领导人能够熟练地用英语背一段林肯的演说词，美国还没有一个总统能用汉语背一段孔子或毛泽东语录呢”。我们都被他说得笑了起来。

现实生活中发生的突然变化会使事物的本来面貌变得模糊不清，而蓝普顿先生对中国的了解认识是他在 40 次访问中积累形成的，他不喜欢人云亦云，“中国去年经济增长 40%，美国商界人士兴高采烈，今年中国经济指标下降，有些商界人士又非常失望，这是不正确的。未来中国十年是最佳投资市场，不要赶风，要长期稳定的投资，这对中国和美国的商界都是有利的”。

看来还是要加强接触交往，相互增进对对方的了解。蓝普顿先生提到美中关系全国委员会办的一些实事。今年（1993）5 月，他们为在美的优秀留学生和访问学者安排了一个学者培训计划，被选者参观访问了全美近百个名胜古迹和有代表性机构，既看好的，也看贫民窟。同时，还与各方面人士座谈交流。这些深入美国社会各个层面的活动使人对美国的历史和现状，成就和问题增加了了解。这样的活动，美中关系全国委员会隔年就举办一次。蓝普顿先生特别提到传媒之间的交流，他说两国新闻记者的互访，应该加强，对于明年（1994）的互访计划，他已经做了安排。

“蓝普顿先生下一次访问中国定在什么时候？”

“今天早上与你们上海黄菊市长共进早餐，他邀请我明年 3 月访问上海。”

那么，蓝普顿先生对中国的访问就是 41 次了，现在还难以预测访问的最高纪录是多少次，我想，在美国朋友中，他的访问纪录也许能成为冠军。

前事不忘

前事不忘，后事之师。这是我们从小就听大人说过的古训，可要做到真正不忘，还真不容易。

前事有好事，也有坏事。不忘好事，是为了发扬光大，不忘坏事，是为了让坏事不再发生。

由贫弱、一盘散沙走向繁荣富强，我们国家一系列翻天覆地的变化，靠的是理想、精神、志气，我们不能忘记，重大错误造成的挫折、灾害，我们同样不能忘记。

日前，一摄影家友人来家里闲聊，说起八十大寿前夕，女儿要看他幼时的照片，他说照片倒是拍过，“文革”中抄家，照相簿被造反派拿走了。女儿问，你怎么不报警？他苦笑，去哪报警，公检法也被砸烂了。女儿却追问，你报警了没有？他回答，没有报警。女儿说，你不报警，这就是你的不是了。他哭笑不得。他又说起他一个搞摄影的昔日同事，保留了几张“文革”中拍的照片，搞了个小型展览，里面有批斗会上胸前挂黑板、头上戴高帽的，全身从头到脚被泼墨汁的，几个中学生看了兴高采烈，说这是万圣节的狂欢表演，外国人是戴奇形怪状的面具，装神弄鬼，我们比他们先进，墨水直接泼头上了。他说这不是笑话，是他亲历的。

2016 年是“文革”发动的 50 周年，结束的 40 周年。“文革”究竟是怎么回事，党中央的决议写得明明白白：“‘文化大革命’是一场由领导者错误发动，被反革命集团利用，给党、国家和各族人民带来严重灾难的内乱。”中学生无知，不值得大惊小怪。友人的女儿可是一位大学教授、在生化研究上有出色成绩的科学家，专业上十分优秀，社会历史知识就十分贫乏了。她是理科生，没读过这方面的书，没听说过这方面的事，无可指责。换一个角度，这位年轻女教授成长在改革开放的新时期，习惯以新时期的思维方式看待事情，家里出了什么事，遭劫、歹徒撬窗进屋，第一反应不就是拿起电话拨 110 报警吗？讲法治时代，人人都会这么做，这是历史的一个伟大的进步。话说回来，如果这位女教授多一点社会历史知识，就会倍加珍惜今天的历史进步，利用今天稳定、有保障的工作环境，在专业研究上做出更好的贡献。如果才过去不久的不算遥远的历史对她是一块空白，这不能不是一个缺陷。

毛泽东同志说，历史的经验值得注意。稍稍有点知识的人，尤其不能对历史一问三不知，“两弹一星”是在怎么艰苦的条件下上天的、人口从解放初的五亿猛增至今天的十三亿是怎么养活的，如此等等，既说不出我们有多少伟大光荣正确，而且是发自内心，说得理直气壮，也说不出我们有过怎样的挫折，经历过怎样的灾难，而且懂得从中吸取怎样的教训，从而把前进的脚步迈得更稳。

某种意义上，“伟光正”不说跑不了，失误、灾难不说就忘了。在新的时代条件下就可能以变换了的形式复活，年轻人以为新鲜，殊不知它曾经造成多大的灾害。今天社会生活和网络上的戾气，不同意见之间的争论，往往不是心平气和，而是杀气腾腾，乱扣帽子，恶语相加，非置对方于死地不可，这其实就是“文革”遗风，跟“文革”中的大字报、大辩论、大批判又有什么两样，比如病毒，沉寂了一段时间，又恶性发作。经历过“文革”的人，只要没有丧失记忆，还有辨识能力，就会引起警觉，改革开放年代成长的孩子就像那几个中学生一样，把它当成一场狂欢闹剧了。我深感只有把那段噩梦般的日子从记忆中抹去，才能加倍珍惜来之不易的今天。紧跟时代前进的脚步，和老百姓呼吸连着呼吸，革命人才能永远是年轻，才能不怕风吹雨打，不怕天寒地冻，永远挺立在山巅。

领导的本领

当年写《贺绿汀传》，和贺老有过多次长时间交谈。谈到他长期担任上海音乐学院院长，主持有方，使音乐学院成为培养新中国大批杰出音乐人才的摇篮，有句话我印象很深。他说，我有多大本领啊？我的本领就是把这些有本领的人（丁善德、周小燕、李翠贞等）都请到上音来（包括从国外请回）。这自然是贺老的自谦之词。贺老本人就是一位卓越的音乐家、作曲家，他的诸多作品人们耳熟能详，钢琴曲《牧童短笛》更使他成为作品登上世界乐坛的第一个中国人。他也是一位卓越的音乐教育家。

能把有本领的人请来的本领，这其实是领导者更需要具有的一种本领。一个单位、一个部门、一个团队，都是许多人集合在一起的群体，最有权力的人自然是领导，而就专业能力而言，最强最棒最有本领的人可能是领导，也可能不是领导，如果领导把权力与本领混为一谈，认定自己是前者而不是后者，就会唯我高明、独断专行。昨天不懂的，一当上领导，就什么都能、什么都懂了，主意都是自己的好，决策都是自己的正确，决定了，你们执行就是，哪还听得进什么不同意见。这是把权力也当成本领了，校长不愿意看到系主任超过自己，系主任不愿意看到老教授超过自己，老教授又不愿意看到年轻教师后来居上，其他领域也大体如此，甚至一个科长也要摆出一副领导架子，盛气凌人，这

为写《贺绿汀传》和贺老交谈

就糟了，官气的弥漫，大大小小的一言堂不就是这么形成的吗？

领导如果能够承认，不是自己才是能人，能人还有许多，善于识人用人，一事当前，一个项目上马，就不会只是自己拍脑袋，就会想到听听“术业有专攻”者的意见，反复论证，权衡比较，虚心求教，择其善者而从之，就可以把可能的失误减少到最低限度。

这样的领导也无须把一切事务都抓在手里，事必躬亲。无分巨细，大包大揽，辛辛苦苦，忙忙碌碌，又何谈把被领导者的积极因素都调动起来，工作局面又何能生气勃勃？下面能人多得很，该谁干的事谁干，各司其职，各有自主权、话语权，不是算盘珠子，等待领导的手来拨动，大家都积极主动，各尽其能，心无旁骛，同心协力，形成强大的凝聚力、创造力，都把共同事业的利益当成自己的利益，倾心尽力，何愁打不开新局面，更上层楼。

这样的领导自然不是菜鸟。能人手下无弱兵，是不是拥有一批精兵强将，是不是把所在领域有本领的人请得来，请来又都能摆到合适的位置上，这是衡量一个领导者是不是很有本领的一个标志。请能人也不是一件易事，能人来会打破既有人事格局，自然遇到诸多掣肘，有时能人还没到，一封匿名举报信就寄上门来，本来就持不同意见的更加振振有词，领导不能一见匿名信一听反对意见就缩手，得有点儿胆识，调查清楚后，就要排除干扰，不改初衷，敢于担当。对持不同意见者做做说服工作。武大郎开店，不会有这样的烦扰，很省心，不过这样的店能招来、用上什么样的人，那是不难想象的。

日本友人的贺卡

贺年卡曾风行一时。在职的年代，每年元旦前后至春节，总要收到几十张。这些来自四面八方，美观雅致、各具特色的贺卡带来友谊的温馨，置放在玄关上，成了室内的一道风景。离岗以后，开始每年还有一二十张，渐渐减少到两张三张。让我意外的是，一位日本友人依然每年元旦给我寄来贺卡，二十多年坚持不辍。他的贺卡制作精致，带有浓厚的日本色彩。今年的贺卡，黑色封面映着一把打开的金色描花的扇子，内页红底套印一个大写的黑色的申字，申者，猴也，今年是猴年，洋溢着中国文化的气息。

寄来贺卡的安田卓生君，曾是朝日广播电视台驻上海记者，我们是在一次会议上相识，他回国后，当年就给我寄贺卡，我也自然回寄。如今贺卡已不风行，他依然年年如此。这让我感动，这也是中日人民之间友谊一个小小例子吧。

多年前，我曾率文汇报社代表团访日，深感中日友谊在日本有广泛的社会基础。著名作家水上勉先生在他乡野的幽居接受我们访问时说，他到过中国许多地方，尤其不能忘怀到过成都巴金的家。他告诉我们："《家》里面写的那个大四合院没有了，成了一个机关的宿舍，还能认出一个丫鬟住的房子。有一棵大柳树，一辆自行车靠在那里，我摸着柳树，轻轻喊着巴金先生的名字。我拍下照片，拿到上海给巴金看，巴金哭了。巴金在小说里把家给否定了，但在感情上还割不断对家的情思。我感受到他内心的波澜。"

谈起中日交往历史，水上勉先生如数家珍。他的长篇小说《闽江风土记》写的就是中日交往的历史故事。他说，南宋灭亡前，首都在临安，中国社会动荡，庙里的和尚也不能安心坐禅，纷纷东渡日本，佛经也随之东传。当时中国到日本来的和尚很多，日本到中国去的和尚也很多。日本有钱人家的孩子为了逃避征兵就当和尚到中国去。中国有名的人像

率团访日，在早稻田大学和校长小山宙丸合影

唐代鉴真和尚名字留下来了，无名的人不知有多少。前人默默地做了多少文化交流的工作，我们不能让这个工作中断。现在日本的年轻人不了解历史，我想在小说里再现这段历史。

我们在民间使者山口三惠子家里，看她拿出给一对新婚夫妇合拍的照片，新郎新娘把她紧紧拥在中间，我们以为她是这对新婚夫妇一方的母亲，错了。新婚夫妇是中国人。新娘小施是她在途经香港的飞机上相识的，并没有相约再见。哪知几个月后在东京街头她又遇见了小施，小施面容憔悴，一问才知道是来日本一边学习一边打工，晚上栖身小酒店，睡眠不足，疲惫不堪。在征得小施同意后，她便让小施住进她家。起初按留学生会馆标准每月收四万日元膳宿费，见小施经济拮据，又减到二万五千日元，一住就是三年，小施都不想走了。后来回国结婚时特意请山口专程到武汉参加她的婚礼。这张照片便是在婚礼上拍的。她对小施的情义和一位母亲又有多大差别呢！

在早稻田大学，我们和几位学习汉语的大学生座谈。与学英语的比较，大学生中学汉语的可谓凤毛麟角。这几位同学都是学文史的，这不是一个热门的能赚大钱的专业，尤其是汉语。他们说，之所以选择汉语，固然是由于改革开放的中国经济迅猛发展产生巨大的吸引力，但更让他们倾倒的是中国光辉灿烂的历史文化。这给了他们一种动力，使他们感到不掌握汉语就不能进入中国文化的真正境界。他们都来中国旅游过，旅游期间，不要导游、翻译，完全把自己混同于一个普通的中国人到处走动。因此对中国的成就与弊端都有所了解。希望毕业后能找到一个与中国有关的工作。

中日交往源远流长，两国人民之间的友谊，是代代相传的开不败的花朵。

颜值种种

人跟人交往，第一眼看到的，是对方的颜面，把“颜”和“值”联成“颜值”这个词，是近年时兴起来的，当下这是个出现频率颇高的词。有家电视台的求职应试节目，求职者上来，主持人和老板们先不谈正题，倒是对求职者的颜值评头论足，津津乐道。流风所及，弄得一些青年男女对自己的颜值变得过分关注，内功的修炼反倒降为其次了。

对自己的颜值缺乏信心者，便尝试改变，从着意打扮修饰开始，逐步升级，在眼眉、脸型上动脑筋，单眼皮变双眼皮，真眉变假眉，真个是旧貌换新颜。

一度风行的韩剧，俊男靓女令粉丝们趋之若鹜。一次去韩国旅游，当地导游介绍，一大亨登广告征选美女妻子，第一个条件是脸孔不得动过刀子，结果众多应征美女竟无一人达标，大亨只能望“美”兴叹了。

笔者多年前的一位邻居双胞女儿大丫、二丫，偶在一次聚会相遇，大丫还记得我，带着一位陌生女孩过来跟我打招呼，住过一个院子的，自然熟得很，可我一时竟不敢相认，眯眼仔细打量。还是认出来了，脸蛋漂亮了，还是留有一点当年底色。我问她，二丫呢？她指指身旁的陌生女孩，她就是啊。我连忙摘下眼镜，这是二丫吗？怎么一丝当年的影儿也没有了！我回家跟老伴一说，老伴哈哈大笑，你这个老头子，二丫整容啦。我恍然大悟，整容不稀罕，只是没想到，二丫也整容了。老伴说，你就是闭塞，老头老太整容也有的是呢。

说到整容，并非只有脸上动刀子的一种。近日报载，中纪委直接点名一个副部级干部，此人1990年的入党志愿书，所写的心得体会，经查证核实，发现其年龄、党龄、身份、学历、经历、家庭情况等信息全部是假的。这可是彻头彻尾地“整容”了。这个人并非孤例。中组部曾通报，在省管干部档案专项审核中，有420人因档案造假受到组织处理或纪律处分。

把自个儿脸孔弄得好看点，示美于人，也属人之常情，个人喜爱，个人选择，与他人无关，无可厚非。档案整容，纯属欺骗，涉及对一个人、一段历史的正确认知，这就不是个人私事了。一旦露馅，剥去高颜值假面，就成了人人嗤之以鼻的丑八怪了。此类造假，不止限于人事档案，友人推荐我看一本某公写的回忆录，我们对他当年的行止都知之甚详，一看他写的东西，不禁大呼不对了，不是一般的涂脂抹粉，是大幅度整容了。谈历史的光荣，过五关斩六将，添油加醋，说瞎指挥造成的灾害，王顾左右，局外人一样；谈挨整之惨，满纸血泪，该言说整人之凶，则又成了健忘症患者。胡适当年曾有言，历史是任人打扮的小姑娘。如今升级，是整容了。这也是一种对高颜值的追求，这一来，离真实也就越来越远了。

岁月与记忆

岁月是条单行道，一去不返，年年岁岁花相似，岁岁年年人不同。记忆则不是，远去的青春依然活在记忆里。看到一张游泳健儿横渡黄浦江的老照片，我也身在其中。那是 1966 年 7 月 16 日，73 岁的毛主席畅游长江的壮举，迅速引起连锁反应，上海和全国各地一样，掀起到大江大河去游泳的高潮。那是我第一次游江，毕竟不是游泳池，无风也起浪，一次次浪头把我淹没，又一次次破浪而出。不再害怕了，反而体验到了与江水搏击的快乐。那是永远回不去的从前，却突然近在眼前。

记忆是一份剥夺不了的财富，一条街道拆迁了，不留一丝痕迹，有关这条街道的点点滴滴，粮油店买米，端着竹壳热水瓶去对门老虎灶冲开水，排队站在滚沸油锅旁，看着锅里根根细面条膨胀成尺把长油条的神奇，还有油腻腻生煎包子的香味，却仍延续在我的记忆里。如果把记忆形之于书写、图片，就可以延续更长的时间，这便是过往的市井，《清明上河图》的来历。

曾经的成绩、辉煌，会留下记忆，经历过的灾祸，刻骨铭心，余悸犹存。前者表明早先的努力、年华不曾虚度，是继续前行的激励，后者难忘的教训，是前行的警策和清醒。记忆是座图书馆，丰富的记忆是精神的富有。

一个时代过去了，个人的记忆只能是这个时代的一个小小的碎片，是透过蔽日浓荫落下的斑斑驳驳的光影。有的透不过岁月的筛子，慢慢消失了。集体的记忆可以互相连缀伸延扩大，绘出一个比较完整的拼图。

同一件事留下的记忆，每个人不会完全一致，不会是和谐的大合唱，各说各话才是常态。共沐一片阳光，人们的欢欣是共同的，暴风骤雨肆虐，就各有各的辛酸了。

时代的拼图不可能是一样颜色。赤橙黄绿青蓝紫，炫眼耀目。记忆也不是同型的单色模板。这样那样的异色，无须大惊小怪。万紫千红才是真正的春天。

记忆记下的是自己的所见所闻，人在社会中所处位置不同，遭遇不同，你在左侧，我在右侧，你在上面，我在下面，所见不同，感受不同，记忆也会不同。

记忆记下的并不全是亲身的经历，直接经历以外，还有间接经历。听亲身经历者言说当时的情景，由于不在现场，哪怕是虚假的歪曲的，听者无法辨别真伪，一旦轻信，也便以讹传讹，信以为真，这就要做一番正本清源的工作。

人不能沉睡在记忆里，但人不能没有记忆。不知道从哪里来，无源之水，何能成滔滔江河？无本之木，何能成参天大树？失去记忆的人是可悲的。

由于老病，人的记忆经历着退行性病变，但人为剥夺记忆的功能，掩埋记忆，连同它的书写，会带来灾难。一个不敢言说个人历史甚至伪造个人经历的人，何能取信于人？

记忆有的是残酷的，有的是幸福的，无论后者还是前者，都已过去，我所祈望的是，今天给以后留下的是幸福的记忆。

花不败，情长在

拿到一张报纸，我的习惯往往是，新闻版面一览而过，阅读兴味全在副刊，如果没有重大的国内外新闻，索性从副刊看起。新闻版面反映社会生活全景，信息量大，活在当下，不看新闻，两耳不闻窗外事是不行的。副刊没有那么多的信息，它作用于读者的心灵。一篇散文，可以带你游走人文山川，见闻世间烟火。一首诗歌，可以让你体悟人生，神游沧桑之变。一篇杂感，可以让你听到群众心声，懂得民生疾苦。一篇特写，可以让你喜爱敬重的人物鲜活地站在你面前，如此等等。新闻版面是正厅大屋，副刊是色彩缤纷的后花园，给读者带来情操的陶冶，真善美的襟怀，让人的思想感情、价值观，受到潜移默化的影响。

我和《朝花》结缘于20世纪50年代末、60年代初，那时我在复旦、市委机关工作，每天必看《朝花》，它丰富了我的精神生活。我是热心读者，也是积极作者。我投给《朝花》的稿子，有的曾被评为红旗稿。国庆十周年前夕，复旦苏步青教授入党，《朝花》以整版篇幅刊发我写的长篇特写《苏步青的道路》。以后又以整版篇幅刊发我的短篇小说《阳光下》，并配发短评。当时联系我的编辑是庄稼同志，他待人热情、爽朗，笑口常开。太阳有落去的时候，他脸上的阳光，我就没发现消失过。就像他名字一样，他是个种庄稼的。电话来往，也不是只谈种庄稼的事，我们相互有不少共同语言。他去看望苏老，也要约我同去。我们俩成了好朋友。

有那么十年，《朝花》也是口号响，战鼓擂。我在“五七”干校劳动八年，不看报纸了，和《朝花》自然断了联系。

新时期开始，我和《朝花》又续前缘，同我联系的编辑同志先后有吴芝麟、查志华、季振邦，他们编发了我访问俄、美、法、意、荷等国的散文，贺绿汀先生去世，以整版篇幅刊发了约我写的纪念文章。美国《世界日报》副刊《华文》转载了此文。近些年来，和我联系的徐生民同志，常约我写点什么。经他编发的稿子，有一篇获上海第二十届新闻奖二等奖，有的被《新华文摘》和其他报刊转载。如今，伍斌同志又同我联系了。我给《人民日报》《文汇报》《新民晚报》《羊城晚报》《文艺报》《文学报》等副刊也写过稿子，有的数量还不少。但前后延续半个多世纪的，只有《朝花》。我与《朝花》，称得上情深谊长。我感谢《朝花》。我是《朝花》种的庄稼，也给《朝花》添了点收成，尽管这在它丰硕的果实中是微不足道的点滴。

《朝花》永远年轻。一茬茬园丁，人变了，敬业精神不变，对作者的热情不变。他们紧扣时代的脉搏，和读者休戚相通，编发的文字不仅讲究文学品位，也饱含人间烟火气息。他们圈子大，联系作者广泛，刊发的文字丰富多彩。对作者和作者劳动的尊重，也让我印象深刻。收到的稿子，用或是不用，总是及时坦诚相告，不会因为你是老作者而言不由衷，或者压在那里干脆不告。投稿未获刊用，是很自然的事，常常动笔的人是不会介意的。怕的是石沉大海，杳无音信。我就碰到过这样的例子，一位熟悉的艺术家，相隔几天，京、沪两家报纸发了她同一篇稿了，我说你一稿两投啊？她说不是，第一家我投去两个月不见音信，以为他们不用了，才转投第二家，这家登出来了，前面那家不知出于什么原因也登了，我也不好意思。

自然界的花朵，花开花落，如一首歌唱的，好花不常开，好景不常在。精神领域的园地就不同了，这里的花开不败，景常在，情常在。《朝花》就是这样的园地。它根植于生活大海、读者心间，紧跟着时代前进的脚步，有源源不绝的泉源。半个世纪过去，它依然满身朝露，生意盎然。我这个老朋友喜爱它，依然从它那里汲取精神的滋养。

微信群里看风景

微信群遍地开花，各色人等一机在手，不少时间是花在看微信上头，有的看后觉得浪费了时间，可是什么事一旦上了瘾，就放不下手了。

群是一个信息交流的平台，也是展现不同观点、喜好的展台，群越大，人越杂，形形色色信息也越多，众说纷纭，既扩大群友的视野，充实群友见闻，也带来思想迷乱、是非不明、香臭不分。由于内容原创的少，转发的多，跟着起哄的也多。一旦转帖被证明是错误的，转者有引为教训的，也有依然故我的。好的群，不是各说各的，而是互相提醒。对观点偏颇的提出质疑，不是讨伐，是一种善意的提醒。传来的是谣言，或者是假冒名人权威某某之口发出的不实之词，目光敏锐者一眼就能识别出来，这不是某某说的，是瞎编的，使轻信者避免上当。直抒己见者，遇到不同观点，即使见解不一，也能和风细雨、平心静气地讨论。双方都心情舒畅，没有任何压力。扩大知识面的有价值的帖子，大家也不吝热情点赞。这样的群，生态良好，而且生动活泼，时有音乐、舞蹈、绘画、海外风光的精品推出，充实了群友的精神文化生活，自然受到众多群友欢迎。相互学习，相互启发。即便是这样的群，也是兴趣多样，各取所需，不是有帖必读必转。有的一看到底，有的见题即删。人的时间毕竟有限，工作、学习、生活等，都花在看帖上，别的啥事也别干了。即使是离退休老人，也不能终日握着手机看微信。看点书，看看报，隔三岔五，跟亲友通通电话，总是该有的吧。

不同的群，风景也大不相同。有的是赞歌一片，明明是高级黑、低级红，也一本正经，煞有介事。一听不同声音，就群起而攻之。喊批喊斗，戾气弥漫。发帖的人就那么几个，多数人沉默无言，变成了死水一潭、鲍鱼之肆。有的是营垒分明，争吵不休，让人心烦、压抑。对此兴味索然的群友于是宣布，此群不宜居，退群。压抑心情得到释放。还有一种群风清气正，是非分明。胡言乱语者遭到坚决抵制。一所名校校友会的群，一个当律师的校友，对一个引起争议的人物发表评论，不谈事实，开口就是一看这个人就知道她内心的刻薄、阴险、恶毒、猥琐。一位群友问他，你律师公然说一个公民恶毒、猥琐算不算人身攻击，你是什么律师？不知道在工作中是不是凭看相判案。众多网友加入了讨论，对这位校友的学风进行了批评指正，哪知这位律师恼羞成怒，破口大骂，她是你的祖宗啊，你和她是什么关系？越骂越难听。引起众怒，纷纷要求校友会召集人开会，此人辱没了律师业和母校的名声，害群之马，一致意见将此人从微信群中剔除出去。这可谓是群的一次自我净化。

还有一种人，不参加任何一个群，只跟个人建立微信联系，这有偏听偏信之嫌。这些个人职业岗位不同，有在职的，有离退休的，经历不同，思想倾向不同，传来的是不同的信息，有时是相互矛盾的，信谁？有头脑的人经过比较分析，是会做出自己的正确判断的。

细察美言

人们爱听美言。美言悦耳，美颜悦目。也有提出告诫的："信言不美，美言不信。"(《道德经》八十一章）好听的话不可信，可信的话不好听。可老子又说，"美言可以市尊，美行可以加人"(《道德经》六十二章)。好听的话可以赢得尊敬，赢得朋友。可见，不同场合、不同语境，美言的含义和认知是可以变的。而在不同的人的口里，这个变化就更大了。但能觉察出这个变化的人又有多少呢？

在这个人这个场合听起来是刺耳的话，那个人那个场合听起来却很悦耳，即所谓千士之诺诺，不如一士之谔谔。在这个人的眼里是丑女，在那个人的眼里却成了西施，即所谓情人眼里出西施。丑女要学西施的做派，在人们眼里却变得更丑，东施效颦，成了笑话了。

恰如其分的美言，是养料，说的人出自内心，听的人也感到温暖、善意。"美意延年"，连主张人性恶的荀子也这么认为。虚伪的过分夸张的溢美之词，听的人有受用的，有脸红的，有作呕的，"巧舌如簧，颜之厚矣"。孔老夫子也直斥此类"巧言如簧"者，是不要脸皮。

美言光彩耀目，让人头晕目眩，阿谀奉承之辈，是美言的大师，他的美言不是随口而出，而是因人而异，投其所好，词斟句酌，精心构筑，有股魔力，让人浑身舒坦，飘然欲仙，达到"回头一笑百媚生，六宫粉黛无颜色"的境界，忘记了现实人间。

为美言所惑者，成功人士不少，坐拥巨资的，权力在握的，上富豪排行榜的，频频作秀的，可以吸引大量美言粉丝，争先恐后，跟风起舞。为富不仁者，为人嗤之以鼻，却乐此不疲，强求美言，高价购买美言，友人告知，一大款赠十万金，请他作传，他拒绝了。烟火人间中的草根之辈，默默无闻，难以听到美言，鲜有人为他们美言，为美言所惑者更属罕见。他们少了几分人间温暖，却也远离了骗子，避免了不少陷阱。其实，千千万万平凡岗位上的普通劳动者，几十年如一日无怨无悔的，灾害面前不惜付出生命代价抢险救人的，人性的光辉，都更值得人们为他们美言。

有人听惯了美言，忘乎所以，变得豪气冲天，气壮如牛，头戴大师冠，名号一大堆，事事都发言，样样是行家，信口开河就在所难免了。

在任何情况下都不为美言所惑者，是真正的智者。故古人谓之大智若愚也。

人不吝为他人美言，也不滥用美言。既不为美言所诱，也不必自掩其美，各美其美，美美与共，则成大美。

知人与自知

人是社会的人，不能离群索居。鲁滨逊流落到一个与世隔绝的荒岛，终于还是得到一个星期五（当地土著居民）与之相伴。无论从事何种职业，都得与人相处。这就有个知人与自知的问题。

知人不易。所谓知人知面不知心，当面说得好听，背后又在砸锅。权位在身时，给你吹喇叭抬轿子的马屁精们竟相表演，演技一个比一个高超，你要是受用，身子跟着飘起来，不免栽跟头。一旦倒下去，树倒猢狲散，几十年的老同事、你栽培过的老部下，可以翻脸不认人。苦酒的味道就够你品尝的了。路遥知马力，事久见人心，一个人的真面终究有能看得清的一天的，只怕你等不到这个机会了。

自知更难。老子言，“知人者智，自知者明”。庄子把它形象化，“臣思智之如目也，能见百步之外，而不能自见其睫”。“故知之难，不在见人，在自见，故曰：自见之谓明。”严复也有一说，“智如烛，明如鉴”。燃烛点灯，能看见别人面目，却看不见自己真容，既能照人并能照自己的，只有明鉴，故真正高明的人，不在知人，而在自知。

清代大学者钱大昕在《弈喻》一文中说了自己亲身经历：在友人家观棋，一客数败，他在一旁急，指指点点，这个客人棋下得太臭了。接下来客人请他对垒，他不辞让，正好一显身手。哪知才走数子，已处下风，刚过半局，力已不支，终局这个败将竟胜自己十三子，不禁脸红羞愧。以后再去友人家观棋，就默坐闭嘴了。钱大学者由此感慨，人总是各是其所是，各非其所非。然则人之失者，未必非得也；吾之无失者，未必非大失也。

自知难矣。“知不知，上”，知道自己是无知的，上；“不知知，病”不知道自己其实是无知的，是病。人们（包括作者）常犯的恰恰是这个病。明于知人而昧于自知，可以把别人的毛病数落一通，对自身的毛病却视而不见。看人豆腐渣，看己一枝花。众星捧月，在阿谀奉承的包围中，以为自己真是那个月亮了。原来挑六十斤的担子都满头大汗，现在什么样的担子都能挑了。一纸红头文件让你换了一个位子，你却以为什么都换了，已经无人能及，什么都懂，什么都得心应手了。你是单位的一把手，就什么都是第一了。出了昏招，还在“以其昏昏，使人昭昭”呢。

北京人艺当年应《文汇报》之邀，带《茶馆》原班人马来沪做最后一场告别演出。时任文化部副部长的著名艺术家、翻译家英若诚扮演的仍是跑龙套的角色刘麻子。他闲聊时说过一件童年往事。他出生在一个大家族，每次聚会吃饭都是二三十个人围坐在一起。一次家族聚会，他来个恶作剧，躲进一个柜子里，等别人找不见他再从柜子里跳出来吓大家一跳。哪知直到聚会结束，也没人发现他缺席。英若诚说，由此他悟出一个道理，永远都不要把自己看得太重，那是很蠢的。

一切不自知的根源，莫不是自己把自己看的太重。既不自知，也可能不真正知人，信吗？

一厢情愿

国人一向被告知一句古训，己所不欲，勿施于人。自己所不要的，不要施加到别人身上，在人们心目里，这是没有疑义的。也是用以约束自己的一个行为准则。

反过来，己所欲，是不是就可以施加于人？

自己喜欢的别人也喜欢，施于人，别人也乐于接受这个施于，你情我愿，这自然相视而笑，皆大欢喜。如果你喜欢的别人并不喜欢，你说好，别人说不好，你要施于，别人并不接受这个施于，不领这个情，又该如何呢？

不管别人感受如何，凡事一厢情愿，把自己的思想强加于人，这类情形在我们生活中并不少见。

强加于人者，自我感觉超级良好。一位教授朋友去听了一场报告，通知写明报告重要，必须出席。我请他给传达传达，他回答四个字，无可奉告。我说老兄你打瞌睡了？他回答说我精神好得很，没有睡觉，我是另起炉灶。听那些陈词滥调是浪费生命，他讲他的，我想我的，一场报告下来，我的一篇小文构思出来了。

台上的主持人却认为自己主持了一场成功的报告会，颇为得意。满面红光，大声宣布。这个报告很重要，大家回去要好好学习，进一步提高认识。

施于不是强加于人，不是生硬灌输，遭到冷遇也不必动气。倒是可以想想讲给别人、让别人效仿的事，都对吗？是老调重弹还是有点新意？是经过独立研究还是鹦鹉学舌、二道贩子、三道贩子？

人与人间的相互影响是很正常的，这是一种平等的相互尊重的关系，地位不同，人格平等。不是强和弱、我施于和你接受施于的关系。处于施于地位的人，并不是一座照耀人们前行方向的灯塔。处于被施于地位的人，并不就是一枚拨到哪里算哪里的算盘珠子。他是一个独立的有生命有头脑的个体，有他自己的思考，不是单向的听什么是什么，还得问一个为什么。你影响他，他也在影响你纠正你，也使你受益。

好为人师者，只相信自己，我是领导，我是权威，我说的没有错，就照我说的办。缺乏的是对别人的一份尊重。即便是真正的老师，也是“弟子不必不如师，师不必贤于弟子，闻道有先后，术业有专攻，如是而已”。

无视别人的感受，是好为人师者的通病。人家灾难年月吃尽苦头，你却毫无感觉。不知那时你在哪里？是几家欢乐几家愁中的哪家？

时代变了，你熟悉、喜欢的东西越来越少，看不惯的东西越来越多，听众越来越少，你的发言渴望得到共鸣，可应者寥寥，你却仍然沉溺在“我所欲”之中，不能自拔，岂不成了孤家寡人？

看来，即使是好心，也不得我行我素，任性而为，既要己所不欲，勿施于人，又要己所欲，勿加于人。一厢情愿，势难如愿，知音难觅，徒增烦恼而已。

善待他人

居住区有一对老夫妇，年事已高，老人家经济情况还可以，平日省吃俭用，家务活做不动了，还舍不得花钱请保姆，远在外地的儿子一再催促，终于请了一位保姆，哪知不到一个月，这位保姆就辞工走人。传闻说，这对老夫妇吃素，忌荤，饭量小，保姆饭量大，看保姆吃饭老妈妈会瞪着眼看，保姆受不了。我当时作为居住区老干部联谊会会长，老两口也是老干部联谊会会员，我们很熟悉，便上门跟老两口谈心。老两口向我倾诉，我们树皮、草根也吃过，现在虽然没有肉，也吃得不错啦。老妈妈看着我，跟你说心里话，保姆每顿两大碗饭，我心疼，过去我们老两口一天的饭，她一顿就全包了。我问老妈妈，保姆活干得怎么样？老妈妈回答，那倒是没的说。我环顾室内，整洁清爽，地板擦得发亮，我说，你这是又要马儿好，又要马儿不吃草啊。老妈妈说，她要走，就让她走好了。

这一走不打紧，老两口成了名声在外，没有保姆愿意到他们家来做了。过了好几个月，居委会介绍，好不容易才有一位保姆到他们家里上工。

不久前的一天，我到家门口对面超市买番茄，抬头看见老妈妈。老干部联谊会因为大家走动不便，已不再活动，我们也是多时不见了。她也在购物，意外的是，她竟买了一块大肉，我问她，你开荤了！她回答说，我还吃素，肉是为保姆买的，她辛苦。我说，保姆呢，怎么没让保姆来买呀？她说，保姆请假回乡了，今晚回来，我想做个红烧肉慰劳她。我不禁竖起拇指，你做得好，把保姆当一家人了。

这让我想起一位老友家里的保姆。老友夫妇俩当年工作忙，经常出差，家里的事都丢给保姆了，买菜、做饭，两个光浪头上学的接送，全是保姆包了。光浪头生灾害病，是保姆夜里抱着去看急诊。老友这个东家对保姆也是没说的，保姆家穷，每月工资都全数寄家里，老友常会给她一些额外补贴，保姆就一直在她家做下去，直到年迈，东家为她养老送终。更可贵的是，两个儿子也懂得感恩。老保姆去世时，还从国外赶回来参加老保姆的告别仪式。

当下人口老龄化，许多家庭请了保姆、钟点工，这是进入家庭的新成员，能不能跟这个家里和睦相处，相互都心情舒畅，很大程度上要看东家了。东家心要宽，你不能光盯着她做事，有点休息时间你就不舒服，觉得她偷懒，应该主动关心她，尊重她。我家里也请了一位钟点工，21年了，在此期间，我和老伴多次去过外地，出过国，少则两三个月，多则半年。待我们回来，她早在两三家上工没得空了，可我一个电话打去，她总是每周挤出星期日下午到我家来做，我们留她吃饭，把饭盛好，一个桌子吃饭。我们关心她两个孩子的教育，给孩子送书。相互尊重关心的结果，自然产生了感情，相互都把对方的事当作自己的事。现在，每个星期日下午，她都是早来晚走，家里有什么事都会跟我们说。我的体会，善待他人，其实也是善待自己。人人都相互善待，这也是社会文明程度的一个表现。

你是谁

一位知名文人曾经很忙。这里嘉宾，那里贵客，这里讲演，那里访谈，行必头等舱，住必五星级，来去匆匆，乐此不疲。沉寂了一阵，近日赶赴一个论坛，未带请柬，被拦阻会场门外，名人报了名字，拦阻者仍不放行，你以为你是谁呀？名人愤愤，竟然不知道我是谁，其实人家已经把他给忘了。

名人能够让人记多久，是个引人思索的问题。名人似乎有两类，一类自觉与常人无异，一类自我感觉超级好，习惯了粉蝶环绕，鲜花与掌声相伴。昂首阔步，顾盼自雄，滔滔不绝，口若悬河，沉醉在梦幻般的境界里。这样一来，不免跟别人的认知产生反差。知道你是谁的人对你的陈词老调已经产生了审美疲劳，更别提那些对你一无所知的人了。知道你是谁也好，不知道你是谁也好，也许今天还知道你是谁，明天就忘了你是谁，即便大明星，有谁能永远站在舞台上？满脸贴金的，涂脂抹粉的，也都是在这个世上走个过场罢了。

过场客都会瞬间消失。不同的是，有真金，有赝品，有生前无知音，死后却闻名遐迩，有形体灰飞烟灭了，连个墓碑也没有，却留下文字、留下思想，经历漫长岁月的磨洗，仍然光辉闪耀，仍然滋养着后人；有的风光喧闹了一阵，瞬间就消失得了无痕迹。回到那年，那些大吹大擂大红大紫的偶像，而今安在？

名人啊，不管你是暴得大名登上峰巅，还是命运不济跌进低谷无人问津，你的忧乐只限于你自己，人家怎样看你待你那是人家的事，这个世界并不只有你，别把自己看得太重，以为你是一棵常青不老松，世上只有你美丽，太在意人家不知道你是谁。知道你是谁，又如何？泡沫很美丽，一旦破灭，那就真的谁也不知道你是谁了。

晚唐诗人杜牧，是当时一位大才子，出身名门望族，进士及第后官至中书舍人，诗、文、辞、赋俱脍炙人口，《阿房宫赋》瑰丽宏伟，金圣叹赞为“穷奇极丽，至矣尽矣”。他去见终南兰若僧，以为是为僧、寺增光添彩，哪知僧人连他姓啥名谁都不知道，你是谁呀？这盆冷水，是他没料想到的，他没生气，不怪这僧人有眼不识泰山，反而作诗一首，题赠给这位和尚。

北阙南山是故乡，两枝仙桂一时芳。
休公都不知名姓，始觉禅门气味长。

开始两句是自赞家势与功名，得意得很，后两句感觉不那么好了，休公竟不知道你是谁。但杜牧毕竟是杜牧，休公给了他启示，他很清醒，“始觉禅门气味长”。

其实，僧人不识，如此在意，也属名人的神经过敏。比起前辈，杜牧幸运多了。被后世尊崇为诗圣的杜甫，生前并不为世人所重。他暮年多病，自感时日无多时回顾一生，“飘飘何所以，天地一沙鸥”，叹息“百年歌自苦，未曾有知音”。真个“你是谁呀”！可今天，他的知音还能计数吗？他还和多少人心连着心？“安得广厦千万间，大庇天下寒士俱欢颜”“朱门酒肉臭，路有冻死骨”。家喻户晓了。

老杜和小杜，离世千年以上了。历史没有忘记他们。今人读到他们的诗文，即使不署名字，也不会再问，你是谁呀？他们是我们民族光辉灿烂的文化长河里璀璨的明珠，永远是那么不同凡响，光彩耀目。

长眠地下的他们设若有灵，也许含笑自问，你，你，你是谁呀？名人朋友，下次你被拦阻，还会在意人家问你，你是谁吗？你以为你是谁呢！你给这个世界能留下点什么让人记住你呢？

大 河

子在川上曰，逝者如斯夫，不舍昼夜。

多少个红日满天，多少个漫漫长夜，它流呀流呀，不停地流，有时是静静地，无声无息，有时是惊涛骇浪，惊心动魄。河面漂来的一片叶子，眼一晃，已经向远方流去。千年万年的洪荒远古这样流去，黄河、长江这样流去。它日复一日，年复一年，它使我们居住的土地变得丰润繁茂，有声有色，千姿百态。它不知疲倦地推移着装得满满的船舶和旅人，江山如画。它流向哪里，城市就在哪里兴起，文明就在哪里孕育。世界每一座著名的城市，纽约、上海、伦敦、香港、新加坡、巴黎、汉堡、圣彼得堡、维也纳、旧金山，都离不开大河哺乳，都依傍着大河而变得繁荣美丽。

每一条大河都不会笔直地流向大海，每一条大河也不会在艰难险阻前止步回流。长江不会倒流，黄河不会倒流。谁说张翼德当阳桥头一声吼，喝断桥梁水倒流？大河不理会闲言碎语、痴言妄语，它只顾走自己的路。青山遮不住，毕竟东流去。它穿山过岭，曲曲弯弯，弯弯曲曲，永远不会倒着走。李白名句说，黄河之水天上来，奔流到海不复回。

灾害频频侵犯大河，大旱会使河床干涸、断流，洪水会使河堤溃决，泥沙俱下，良田淹没。大河不会屈服，它不因来自上天的电闪雷鸣和地上的灾害而惊慌失措，不因泥沙污物的排入而止步不前，强大的自我吐纳和自我净化能力使它能不断带走冲刷到它身上的腐枝败叶。拦河大坝拦不住它，是为它铺平前行的路。依靠自己的生命运动，它不会凝固，不会停滞，不会腐坏，不会倒流。

大河比我们所有人都年老。它饱览世事沧桑，多少荣华，多少权贵，多少显赫皇朝，多少怒发冲冠壮怀激烈的英豪，被它的浪涛淘尽。多少观河咏河的诗人才子化作历史的烟尘，大河还在流。苏子曰，哀吾生之须臾，羡长江之无穷。长江是滋养中华大地的大河。大河比我们所有人都年轻。大河后浪推前浪，又有后浪跟上来。站在河边看大河，昨天的老面孔已经退出舞台，它的位置已被一张张隐露着浅浅笑窝的新秀取代。谁也不恋栈，谁也不是绊脚石。赖在原地不走？那就变成一堆瞬间消逝的泡沫。它永远向前，永远朝气蓬勃，与青春相伴，与活跃的思维相伴，它是文明的脉管，它纵横奔腾连接着五湖四海，郑和的庞大船队到达了西洋，马可·波罗发现了神奇的东方。大河的生命，就是不停地流动，不停地发现，不停地创造神奇。

一条条大河，滋养着大地，聆听着人间。

依赖大河，不同地域的人友好往来，和睦共处，我住长江头，君住长江尾，日日思君不见君，共饮长江水。世界原来如此广阔，人间原来如此美好。滚滚涛声中，带去的是人们相互的呼唤、深情的问候。

从唐僧超度白骨精说起

读初中的小外孙寒假来沪，一家人一起去看《西游记之孙悟空三打白骨精》，影片结尾，唐僧落在白骨精手里正要被吃掉的危险当口，被唐僧赶走的悟空及时赶到，搭救了师父的性命。按理，师徒可以继续踏上西行取经旅程，唐僧却不，他要超度白骨精，以我不下地狱谁下地狱的精神，让这个不知吃了多少小孩的千年老妖的妖魂进入体内，使自己变成一座石像。外孙问我，这是为什么？

我说，大概拍影片的人，是要把唐僧塑造得更加高大上，大慈大悲，普度众生，连白骨精这样害人的妖精也不放弃。

外孙说，这能行吗？

你看呢？

我看不行。唐僧看孙悟空不听话，“滥杀无辜”，不是也要念紧箍咒，痛得孙悟空捂紧脑袋满地打滚，还是照念下去不松口，他的慈悲心肠怎么不见了呢！

这还真是一个悖论。对妖精讲慈悲，对保护自己的徒弟却失去慈悲。唐僧的行为自相矛盾，自己否定了自己。

治恶自然要从善心出发，但是光靠一片善心，并不一定都能办成善事，使一个作恶的人甚至作恶多端的人弃恶从善。弃恶从善的人是有的，不少从监狱服刑出狱的人，回归社会成为一个好人。别忘了，服刑就是一种严厉惩罚。贪腐官员的忏悔，有几个不是在狱中而是一场苦口婆心谈话教育的结果。善心和必要的惩戒相结合，情况就不同了，对坏人坏事、不良风气的扭转才有效果。

惩戒自然也是从善出发，立足于教育挽救。对于违法违规行为惩戒的尺度、严厉程度，世界各地大不相同。新加坡以严峻刑罚著称于世，鞭刑让人胆寒。1993 年，美国 17 岁的学生费尔因在新加坡破坏交通指示牌，在二十多辆轿车上喷漆涂鸦，戳破汽车轮胎，被判处 8 个月监禁、12

鞭鞭刑，造成美国朝野轰动，总统克林顿出面请求赦免这名少年。新加坡政府给了一点面子，把 12 鞭减为 4 鞭，照打不误。打得这个学生说他这一辈子再也忘不了新加坡。美国人自己呢，执法之严也是不容商量的，不会因为你是外国人就对你网开一面。十几名在美学习的中国小留学生，凌辱、殴打另一名中国女留学生，将受害者衣服扒光，强迫她吃沙子，用烟头烫她，残暴行径令人发指。美国法院经过半年多的审理，于近日宣判，三个领头施暴者构成绑架、殴打和折磨罪，分别被判处 13 年、10 年和 6 年的徒刑，三个孩子的花季年华就这样要在异邦的监狱中度过。

这事如果发生在国内，会怎么判呢，类似的围殴、凌辱事件不是没有发生过，是不是写个检讨书或警告、记过、开除就完事了呢？至少有一点，这些被判刑的孩子，如果早知道这样的残暴行为是万万犯不得的、是要付出坐牢的沉重代价的，是任何金钱、权力、关系都摆不平的，他们还有这么大的胆子，到了外国还敢这样肆无忌惮、无法无天地凌辱他人吗！

老人的乐趣

不久前，北京一位文艺评论家朋友来沪，邀我去他下榻的饭店闲聊。我对他退休多年后仍旧写了不少文章表示敬佩，他笑着说，我女儿可看不上我写的这些文章，退都退了，你干吗呀！

他接着说，我为什么还要写，我生活无忧，又没人给我派任务，名利吗，于我早就如浮云了，放着清福不享，真的要干吗呀？我告诉女儿，老爸没病，没老年痴呆，这是我晚年生活的一点乐趣，说白了，就是证明我还健康地活着，熟悉我的朋友会为我活得还挺有点精气神感到高兴，我的文章得罪过人，也让那些讨厌我的人遗憾，这老家伙，怎么还没死！用年轻人的一句时髦话，我还挺有存在感的。

这位朋友写影视评论是行家里手，文字富有文采，尤以犀利著称，不看人下菜，不玩弄概念，不无聊吹捧，有一说一，有二说二，抓问题总能找准穴道，针针到位。当年《文汇月刊》约他写一篇评论刘晓庆表演得失的长文，《文汇月刊》把文章小样发给刘晓庆。一天早晨天刚亮，刘晓庆拍完戏从片场出来，由《文汇月刊》编辑余之陪同来到我家，我住的是个大杂院，院子里早起的人见到这个明星都吃一惊，我也感到突然，不知所为何事。原来刘是对这篇评她表演得失的文章很不满意，要求《文汇月刊》不要刊发这篇文章，说她这样的演员能走到今天不容易，要多爱护。刘晓庆当时非常红火，报刊赞美的文章已经够多了，她写的《我的路》在《文汇报》连载引起广泛关注，此时说说她表演的得失，让她想想自己的不足，也是对她的爱护和帮助。我跟刘晓庆也算是熟人，在报社是分管《文汇月刊》的，当时对她做了点说服解释，文章还是要发的，可以对文章中刘感到受不了的文字做点改动。这件事表明，这位朋友的评论写得是很深刻的，刘晓庆尽管不满意，还是认真读了文章，文章诊断出了她的软肋，她不能无视这个真实声音的存在，只是不希望它公开发表而已。

人在岗位上的时候，不管哪个行当，都应该是个独特的存在，不能是有你不多，无你不少，有你无你一个样。老了，退出岗位了，很多情形下倒是有你无你一个样了，即便如此，只要你还好好地活着，还有喜怒哀乐，遇到不顺心的事还免不了发几句牢骚，那就证明你还存在，你还能够发出自己的声音，你还没有完全丧失存在感。存在感不是自我感觉良好，自说自话。你要做点什么，先要明白自己还能做点什么，你的兴趣在哪里。老人的兴趣也大不一样，有喜欢写写画画的，有喜欢花花草草的，有喜欢游山玩水的，有喜欢给小朋友讲故事的，有喜欢上菜场下厨房的，总要有点事做，有个兴趣寄托之所才好。如果对一切都丧失兴趣，除了养生，享清福，人间烟火，天下大事，都不关我事，连牢骚也懒得发了，百无聊赖，成了一个多余的人，生活还有什么乐趣，也就没有什么存在感可言了。

三个坐轮椅的朋友

1

看到焦晃稳稳地站在上海电视节的颁奖台上，声情并茂地发表几分钟的讲话，不胜惊喜，这么快，他就从轮椅上站起来了！

今年（2023）初，偶看电视，是一档诗朗诵节目，诗为《从石库门到天安门》，朗诵者是著名表演艺术家焦晃，令我惊异的是，焦晃是坐轮椅让人推着上台的。虽然是坐着，却依然精神昂扬，热情澎湃。观后我即给他夫人陈晓黎发微信表示赞佩，询问焦晃是什么时候坐轮椅的？陈回信说："老焦在恢复中，不能长时期站立行走，怕跌倒还是用轮椅安全些。没什么大问题了，慢慢调养中。"不久，焦晃的这场朗诵又在中央台播出了。可见焦晃恢复得不错。

焦晃称得上是位宝刀不老的表演艺术家。前些年在电视剧里扮演的康熙皇帝，举手投足，个性色彩给观众留下深刻印象。近年在电视剧《北平无战事》中扮演的大学校长，把这位高级知识分子在北平和平解放前夜的思想历程，表现得十分逼真。其演技堪称炉火纯青。陈晓黎跟他是妇随夫唱，相伴去拍摄现场，是得力助手。

焦晃是很注意养生的，多年前我去他家闲坐，他向我介绍每天坚持打坐，让身心都静下来。无论怎样坚持养生，人总有衰老的一天，他也年过八旬了，但是人老精神、心态可以不老，走路不行了，心脏还在跳动。坐在轮椅上，依旧用他出色的艺术创造启示感召着众多观众。

现在，他又站在舞台上了，他会给观众继续献出精美的艺术创造。

2

近几年每趟去北京，总要和几位老同学、老朋友聚一聚。老朋友不一定是老同学，老同学也不一定是老朋友。杨淑英则兼而有之。当年在复旦新闻系她和我并不同级同班，她低我一届，但她热情、亲和力强，和我成了朋友，我结婚那个仪式，她当伴娘。毕业时，她被分配到北京中国国际广播电台当记者。半个多世纪过去，我们夫妇俩和她友谊长青。在职的时候，我们夫妇无论谁去北京，都要去她家聊聊。近些年我们每年都去北京小住，这一年我们去她家，下一年她来我们住处。海阔天空，直抒胸臆。2016 年是她来，电梯门一开，我大吃一惊，她是坐轮椅让人推着出来的。早知是坐轮椅，该我们去她家啊。更让我惊异的是，她不但在北京照常出门，还出国呢，她儿子在西班牙，她每年都去西班牙住三个月。怪不得脸色这么好，是西班牙的阳光晒的。她赠我们夫妇的散文集《我是江中一滴水》，自序中说："我是渺小的一滴水。这本书证明我曾存在过，并和许多优秀的人交集过，是许许多多书中和书外的人滋养了我，造就了我。"书的首页有幅题词："读书写文散步养生融入自然快乐晚年。书赠淑英留念。江泽民庚寅冬日。"（杨淑英的丈夫是江泽民的叔伯兄弟，已去世）这幅字我在她家客厅看到过，她说，征得江泽民的同意，印到这本书里了。虽然坐上轮椅，她过的确实是快乐晚年。爱微笑，爱旅游，爱交友，爱美食，有此诸爱，怎能不是快乐晚年！

3

2015 年，我国纪念抗日战争胜利 70 周年，一批在我国抗日战争中做出重要贡献的国际友人应邀到北京参加庆典，我从电视上看到，在国际友人行列中，一位老太太是坐轮椅被人推着进会场的，不禁勾起了我的一段回忆。

那是 1993 年，在华盛顿汉宫酒家，我和这位老太太的一场畅谈。那天她红外套缀着黑花，特殊的眼部化妆，年过花甲，还是那么生气勃勃，富有活力。早年当过记者，与同行交谈，亲切随意，似乎是她的一大赏心乐事。美国发行印着陈纳德头像的纪念邮票，她在首日封上题词赠我一枚。

她丈夫陈纳德将军去世时，她才 35 岁，凭着自己的努力奋斗，终于在华盛顿闯出了一片自己的天地，成为著名的社会活动家，得到从肯尼迪至克林顿的历任总统的重用。她到过世界上的许多地方。我问她什么地方最吸引她，“那还用问，当然是中国。我现在是美国人，但我身上流动着中国人的血，我自认为我还是中国人”。在中国，她能感受到在别的任何地方感受不到的那股浓郁的人情味。她深情地忆起 1981 年 1 月，她在离开中国 32 年后重临北京故地的情景，“邓小平先生会见了我，我是和一位美国参议员一起来的。邓小平先生要我坐在主宾席上，他对那位参议员说，‘你们美国有一百个参议员，而只有一个陈香梅’。小平先生很幽默，他对我说，‘你舅舅（指廖承志同志）有妻管严’。我开始以为他说的是‘气管炎’，便说，‘我才见到了他，不是好好的吗’？小平先生笑着说，‘他太太一天只准他抽三支烟，他只好时常偷我的香烟抽’。我这才明白小平先生是在幽默”。（以上对话抄自当年我写的旧文）

自那以后，她每年至少要回三四趟娘家。从最南端的“海角天涯”，到最北端的黑河，走遍了祖国的山河大地，体验了许多家庭的离合悲欢，和领导人交谈，和学生们教师们闲聊，在农村为孩子们、含羞的农妇们拍照，在工厂采访年轻的工人，如此等等，她被称为中美民间大使。在上海商城剧场，我和她又见过一面。

她应邀来华参加庆祝抗战胜利 70 庆典，已 90 高龄，近 20 个小时的空中航程，又是轮椅，这可不是一个轻松活儿。我又想起当年在汉宫酒家餐后她给我留下的印象，她捏着唇膏轻轻涂抹着，卧在眼角的鱼尾纹积聚着她丰富的人生经验。她的红色服饰犹如一团熊熊燃烧的火。这篇文字是春节期间写的，3 月 20 日，陈香梅在华盛顿家中离世。终年 94 岁，堪称高寿。那团火熄灭了，但在我心中，它还旺着呢。

燕子和蝙蝠的争论

红日升起的时候，燕子说，这是早晨，我要蓝天飞翔了。夜幕降临的时候，蝙蝠说这是早晨，我可以自由飞行了。两者各行其是，相安无事。一日，燕子与蝙蝠相遇，一个眼睛明亮，一个嫌阳光刺眼。双方呢呢喃喃，相互指责，“你是晨昏颠倒了”！“你才是晨昏颠倒呢”！双方各执一词，争论没有结果。事实是，双方谁也没有晨昏颠倒，硬要统一对白昼与黑夜与生俱来的不同习性、不同认知，自然是徒劳无益的。

这是宋代学者朋九万写的一则寓言故事，说的是鸟类，移送到人间，是不是也有“晨昏颠倒”的现象？有。但这是必要的，人为设置的。

人类的生产劳动和科学创造活动是连续的不能中断的，晨与昏是不能割开也割不开的。

上夜班的工人、驾驶员，一场科学实验、一次手术不能中断的科研人员、医务人员，保卫国土的军人，等等等等，不是都过过这种晨昏颠倒的生活？许多工作的进行，那是夜以继日，日以继夜，但他们不是天天都如此“晨昏颠倒”，很快就又颠倒回来？

人的晨昏不会真正颠倒，对时代与社会的认识，却能颠来倒去，昨是今非或今是昨非。人的思想、行为方式不是固定不变的，随着时代的进步，知识的积累，经验教训的丰富，过往出现过的“晨昏颠倒”又颠倒回来，是常常发生的。时代塑造人，也能改变人。但这不是原封不动，是旧貌变新颜。身子回来，不能脑子里装的仍是昨日的陈谷子烂芝麻。坚持昨是而今非者，昨日的一切都动不得的，不容改变，某些规则稍有改动，就大惊失色，连呼黑白不分，是非颠倒了。这样的人，在染缸里浸泡久了，已经忘记自己的本色，今日的改变，恰恰是为了恢复你的本色，而且更好看，青出于蓝而胜于蓝。

各说各理，就像燕子和蝙蝠一样，谁也不肯认输，谁也无法放弃或改变自己的观点，双方无法形成共识，自然成了没有结果的争论。

争论不能是不看对象盲目进行的。你总得看看是在什么范围内，争什么，跟谁争。燕子不能跟蝙蝠争论，蝙蝠也不能跟燕子争论。硬要碰撞到一起，与其浪费口舌，瞎争一气，不如干脆闭嘴，离开远点。这也是一种保持社交距离。相同的群体，相同的时代经历，相同的记忆，无论是正方还是反方，你有理还是我有理，即便针锋相对，只要态度坦诚，与人为善，你来我往，几个回合下来，真理愈辩愈明，总能找到若干共同的语言。

任何时代，认死理的遗老遗少总是有的。男人身后拖一条长辫，女人三寸金莲，社会上还有吗？我们今天只能从画片上看到了。

目　标

单位办了个老同志书画展，几位在职时从不碰书画的离退休老同志的作品，相当出色，其中一位书写稼轩翁的名句“千古兴亡多少事，不尽长江滚滚来”，笔走龙蛇，跃然纸上。我说：“阁下过去是藏而不露啊。”

他笑答：“哪里，我的字太丑，胳膊腿摆的都不是地方，拿不出手，有时碰到什么签名，我都缩到后面，能不签尽量不签。一次，一位读者买了我出的一本书，跑到单位里我的办公室要我签名，无法推拒，那个尴尬，想起来都脸红。退休时我定下一个目标，要把字练好，练得像个样子。”他顺手指指一旁的一幅素描，我也学画，这是我的习作。画的是壶口瀑布，不是浓墨重彩，淡淡几笔，勾勒出了黄河水从高处奔腾而下掀起巨浪的令人震撼气势。

“啊，你还学画！这画题怎么叫《东施效颦》？”

“在真正的画家面前，我这个作画的人，不也是一个东施吗？”

“我看离西施也不远了！”

“哈，十万八千里。不过，我已经起步，朝门槛跨了。我已经定下目标。我体会，人生的每一段都得有一个目标。没有目标，终日无所事事，不就是等死吗？有了目标，劲就来了，就追求它，实现它。”

目标是个好东西，目标真的很重要。英国几位科学家在一组40岁～90岁的人群里做了一个7年的追踪调查，结果发现，没有明确生活目标的，比有明确生活目标的，病死或自杀的人数高了一倍，患心脑血管疾病的人数也高了一倍。这是因为，你如果没有目标，死亡便成了唯一的目标，那么，隐藏在你潜意识里的机制便会悄然启动，让你的身体加速退变。如果有明确的目标，就会有积极的心态，就会用行动去实现目标，就会不停顿地开动大脑，使脑细胞经常处于活跃舒展状态。

目标不是一成不变的。人生是一出长剧。青中老，每个阶段有每个阶段的目标。不会返老还童，退下舞台的人不再奢望重返舞台。每个阶段有每个阶段的精彩。

目标是多种多样的，你可以学书画，他可以学琴棋，书橱里没翻过的书学会坐下来认真读几本，坐惯小车的学会乘公交，往来无白丁的精英学会跟草根交友，居高临下惯了的父母学会和子女平等沟通，从来不上菜场的学会上菜场，从来不下厨房的学会下厨房，如此等等，这都是目标。老人职业经历不同，兴趣爱好不同，目标自然也不同，目标忌大而无当，好高骛远。得实事求是，从各自实际出发，目标定了能实现，实现了有成就感，又会定下一个新目标。人生着一双眼睛就是朝前看的，眼还睁着，老而不知已老，更不知恐老悲老为何物，何乐而不为。

老年朋友，只要还能生活自理，还能来回走动，还有丝丝余热，我们都定下一个目标吧，不要让死亡成为我们唯一的目标。

第二辑

难忘师友

临风挥翰

学人从政，不乏先例。从政以后，不改学人本色，而且很快又回复了学人的本来身份，寥寥可数，王元化先生是引人注目的一位。20世纪80年代初，他当过部长。当部长前，我作为报纸编辑常去他吴兴路的宿舍拜访。每次去，中途几乎都能碰见另外来客，电话也是不时铃响。他当部长后，我不再去打扰。部长卸任，我又常去了，从吴兴路宿舍到衡山路的临时住处，遇到的情形更胜以前，访客纷纷，电话铃也响得更勤。每次往访，要事前预约了。他就任前我曾给他去电话说："元化同志从政啦。"他回答说："做做看吧。"我没有想到，这么快（不到三年）他就回归本位了。

沉潜往复于传统文化典籍，辛勤采掘，是王先生的乐趣所在。海内外人文学界现状以至现实社会人生，他同样热切关注。每次登门聊天，他话题广泛，时人论著，政治、经济、社会生活中的重要事件，多有论及，每论喜恶分明，"裁断必出于己"。有时，历两三个小时而谈兴不减。一次，他谈到胡适，我说起在新泽西唐德刚先生家里，听唐说胡适晚年在纽约的生活很狼狈，胡适不会开车，出门购物办事，是他帮着跑腿。王先生于是问我，唐氏的《胡适口述自传》及其注释有没有读过，他说，从这本书看得出唐与胡的关系很深，唐氏不为尊者讳，把学术真理与师友恩泽之间的关系处理得不偏不倚，殊为难得。王先生视野宽，信息也多，他感受时代、了解社会的主要途径，除了阅读和少量社会活动，就是跟同辈学人、学生及各种各样的访客会见交流。对年轻晚辈，他的接待尤为热忱。执教于新西兰的友人陈珏来沪，携新出专著《初唐传奇文钩沉》，约我一起去看王先生。王先生对他这本运用跨学科方法，从文化史角度，以历史、宗教、艺术和考古诸方面为切入点，来探讨初唐传奇文的研究专著，热情肯定。他送王先生一本书，王先生说一本不够，又要了一本。陈珏深感鼓舞。他当年去普林斯顿大学师从余英时攻读比较文学博士学位，王先生就是推荐人之一。

有的人初次见面，王先生也一见如故。一位在纽约执业的律师，带来一篇两万字长文《民主的四大渊源》，他复印一份给我，说这篇文章是花了功夫写的，看看会有所启发。

这份复印件，不少段落打了着重号，表明王先生是认真读过的。王先生读书，凡是他认为值得读的，都必求甚解。艰涩的典籍，他反复咀嚼，便尽得品尝甜美果实之妙。他让我看他当年读黑格尔的笔记，厚厚一叠，竟有一二十本之多。翻看这密密麻麻记满蝇头小字的本本，我心头一震，王先生读书是“心读”。他视力不能阅读以后，改用听读，每天下午两小时，坚持不辍。我感到汗颜的是，自己读书，是用眼多而用心少，学而不思，浅尝辄止，许多时候的阅读，成了无效劳动。至于不读书还在那里高谈阔论，更是等而下之，殆矣哉。

日常行事，王先生也十分较真。一次《文汇报》副刊《笔会》举办征文，王先生应邀担任评委会主任，他一一阅读了初选作品，主持召开评委会议民主投票决出获奖名次。名单登报公布前，具体主持评选工作的编辑听到一些意见拟对个别名次做一调整。以前碰到这样的事，给评委一个电话打声招呼就可以了。拉名人当评委会主任，一是提高评选档次，还有一个好处是名人好说话，有的是连应征作品也没好好看，你名次怎么排他都会画圈。这次在王先生面前碰了大钉子。他咬住了：评委会议投票表决的结果，不能改动。他告诉我，有位熟悉的同志出版一本杂文集请他写序，他婉言辞谢了。他平时杂文读得不多，捧场的文字他是不写的。

在赠我一本书的扉页，王先生题写了这样的话：本书护封乃复制家藏冰铁所刻闲章“临风挥翰”四字，取意于板桥题画竹石诗“咬定青山不放松，立根原在破岩中。千磨万击还坚劲，任尔东西南北风”。又近读前人句甚喜，抄录如下：壮士挥剑，浩然弥哀，萧萧落叶，雨漏苍苔。在我看来，这也是王先生经历的写照。他青年时代投身革命即以写作为业，意气风发，可谓临风挥翰。他说那时受“左”的思潮浸染，在偏激情绪支配下，为文往往只以气胜，而不以理胜。很快，他自己就吃到“左”的苦头。由于在政治与艺术的关系问题上跟主流话语不合拍，年轻气盛的他挨了一棒子，一度竟未得到适当的工作安排。反胡风运动挨了更厉害的一棒子，风把他吹倒了。挨整以后，有人从此改弦易辙，有人从此辍笔噤声，不再挥翰。王先生是沉下心来研读《文心雕龙》，依然临风挥翰，写出《文心雕龙创作论》(后增补为《文心雕龙讲疏》)，着力阐发艺术规律、艺术方法，在刘勰的身世、思想渊源、主导倾向，以及《文心雕龙》的体系构架等问题上的真知灼见，使海内外众多学者为之耳目一新，这也奠定了他在文艺理论和古典文学研究领域的学术地位。听他说起，20世纪80年代一次赴日讲学，在成田机场进关时，行李箱被检查人员翻了个乱七八糟，他非常恼火。忽然检查人员翻出一本讨论《文心雕龙》的集子，上面也有日本教授写的文章，态度立变，马上向他表示歉意，重新把他的箱子理好。他说他不知道这位检查人员是不是读过《文心雕龙》，门外汉不要紧，懂得对学术、学人有一份尊重，这就不错了。

“文革”期间他是“死老虎”，自是不能乱说乱动，他却不顾东西南北风，挥翰不止，写出《韩非论稿》。剖析韩非那套君主独裁的专制主义思想的要害，以为只要采取高压政策，把活的自由思想斩绝，就可永保江山。他把文章拿给几位好友征求意见，我的一位看过文章的同志说，她当时就对王先生说，举国上下都在评法批儒、赞美法家，你却在批判法家，你还不快收起来，这是要杀头的。王先生也是本性使然，极左思潮打击，把很多人打蒙了、打趴下了。他是打而不倒，打一次就清醒一次，越打越清醒。他说，艰难的环境使人有可能将环境施加在自己身上的痛楚，转化为平时所不容易获得的洞察力。没有经受这种痛苦，没有经受环境施加给人的无从逃避的刺激，就不可能产生深沉的思考。正是在这样的思想基础上，他晚年的反思高屋建瓴、格局恢宏。三十多篇近二十万言，闪耀着思辨色彩。对“五四”以来在进化论思潮下所形成的新与旧、激进与保守、进步与反动等既定观念做出再认识，认为五四文化的重要精神遗产个性解放、人的觉醒、独立思想、自由精神等，值得在中国思想史上大书特书。但是五四时期流行的激进主义就有必要进行再估价。这是找到根子上来了。他还进一步指出，激进主义不是五四时期才有的。一百多年来，中国的改革屡遭失败，这是激进主义在遍地疮痍的中国大地得以扎根滋长的历史原因。环境过于黑暗，爱国者认为，只有采取过激手段才能生效。在这里，王先生把自己也摆进去了，作为一个革命者，他也曾激进过。这也就不难理解，“左”的影响为何深而且广，那些口口声声批“左”的人，实际上搞的还是“左”的一套，而王先生是一直追问到自己的精神世界。他对那些反复无常而又一贯真理在手从不反思的人，十分反感。

王先生的学术、思想境界，呈现的是一种宏大的气魄。思想层面，他 90 年代对激进主义的追根溯源，学术层面，他 60 年代《文心雕龙》研究阐发的艺术规律、艺术方法，成为他临风挥翰最璀璨夺目的篇章。现在他离开我们了，但一位反思不止、挥翰不止的学者的英姿，时时在我眼前闪跃。

历史不会忘记他

（《贺绿汀传》三版后记）

20 世纪风云变幻，是我们国家从多灾多难走向振兴的艰难历程。在几代杰出的艺术家身上铸就了一种特殊的品格，既执着于艺术的追求，以其创造性的劳动成果为我们光辉灿烂的民族文化增添新的积累；又忧国忧民，以天下为己任，义无反顾地献身于民族和人民解放的事业。把这两者结合到完美境界的，贺绿汀是一位突出的代表。

贺绿汀的一生经历了湖南农民运动、广州起义、抗日战争、解放战争、中华人民共和国成立及其后的一系列政治运动。直到今天，中国人民在改革开放的大潮中搏击奋进的年代，在每个历史时期，他都处在激流的中心，与人民同呼吸共命运。在厄运临头的时候铁骨铮铮，从不摧眉折腰事权贵，更不在邪恶势力面前屈服退缩，哪怕吃尽苦头也在所不惜。到了从舞台淡出的晚年，他还葆有一颗赤子之心，与时代共通着脉搏，以热烈的目光关注着这个变化中的世界。他的命运与国家民族的命运紧密地联系在一起，时代在他身上留下鲜明强烈的光影。今天的青年不太可能重又经历那个血与火的年代，重又受到政治社会生活不正常年月那种炼狱的煎熬。但是面临新世纪的滚滚涛声，贺绿汀创作的不朽战歌和他使中国的钢琴曲最早进入世界乐坛的开创性贡献，他在音乐教育事业上披荆斩棘、一丝不苟倾注毕生心血的敬业精神，他身处逆境时表现出的硬汉子性格，对于年轻朋友迎接新世纪的机遇和挑战，无疑是一份宝贵的精神滋养。

《贺绿汀传》出版已十年，印行了三次。它曾被推荐为上海市振兴中华读书活动的阅读书目。1993 年，《美国国际日报》（中文）曾以半年时间全文连载。美国华盛顿国会图书馆收有本书馆藏。1997 年《音乐生活》月刊全年十二期又连载了这部传记。这表明贺绿汀的艺术成就和独特的性格魅力受到读者长久的喜爱和欢迎。应读者的要求，本书第三版增补的两章，写了这位老人最后一段日子的生活。新版还增收了反映这位音乐艺术家各个时期生活的照片四十幅。

贺绿汀已经走完了他世纪性的生命旅程，留在了新世纪的门口，但他的精神、他心底迸发出的那一串串音符和旋律将进入新世纪，在这个世界上、在人民的心中长久回荡。

三写苏步青

当记者的日子里，采写过几个人物，写过一次的人物，就很难激起再写他一次的激情，苏步青先生对我却是个例外。四十年里，竟然写了他三次，每一次的感觉都是新鲜的，写他的激情都是强烈的。

第一次采写苏步青教授是1959年，那是他刚刚入党的日子。这样的著名数学家入党，引起我的浓厚兴趣。当时我刚从复旦毕业留校党委工作，是《解放日报》的特约通讯员，采写了一篇苏步青道路的长篇特写，介绍了他杰出的数学成就和他把国家、人民的命运和自己紧密联系在一起的事迹。当年国庆十周年前夕，《解放日报》的《朝花》副刊以整版篇幅刊出。“文革”开始，我已离校工作，这篇稿子却“罪责难逃”，在批“三家村”的热潮中，它成了机关造反派捕获的头号“大毒草”，我所在部门一层楼面走廊糊满大字报，罪名是“拜倒在资产阶级反动权威脚下”“为资产阶级知识分子涂脂抹粉”。我成了不折不扣的“修正主义苗子”，机关里的重点批判对象。写的人已然如此，被写的“反动权威”的命运也就不难想见。苏先生被打成“牛鬼蛇神”，在复旦教学大楼前场地的批斗会上，一面盆黑墨汁兜头浇到他身上，他咬牙挺住，没让自己从站立的桌子上摔倒。

历史翻开新的一页后，一次我从杭州回沪，在软席车厢刚刚落座，一位面容清癯和蔼的老人朝我面前的座位走来。一看我就激动了，久别之后，竟然在这里和苏步青教授相遇。我说，苏先生，还认得我吗？他马上叫出我的名字：“史中兴呀！”苏先生是出席一个教育方面的会议回沪。不久前，苏先生应邀出席邓小平同志召开的教育工作座谈会，在会上大声疾呼，是力主恢复高考的教授之一，参与吹响新时代的序曲。现在，苏先生又是一个忙人了。“文革”十年，教育领域元气大伤，特别是师资人才断层，给教育工作带来严重危机。他谈起1963年周总理在上海市科学技术工作会议上见到他和谷超豪，在称赞他们“师徒一对”时，

作者与苏步青是忘年交

问谷超豪今年多大了？谷回答说，三十七岁。总理笑了笑说：“也不算年轻了，要多培养年轻的同志。”此刻，苏先生对总理的嘱咐有着格外强烈的紧迫感。为追回被糟蹋的岁月，投入紧张的工作，他在数学系恢复了传统的在培养人才上起过重要作用的数学讨论班。这是训练和提高年轻人独立思考、独立工作的重要课堂，苏先生高度重视，每场必到。这年（1977）8月的一天，一场罕见的大暴雨袭击上海，复旦大学校园内外水深过膝，一片汪洋。在数学楼的一间教室里，几位青年教师看着窗外，遗憾地纷纷议论，“苏先生不能来了”！熟悉自己老师脉搏的谷超豪教授带着沉稳的笑容轻声说：“苏先生会来的。”可雨还在下，水还在涨，狂风暴雨，加上轰隆隆的雷声，震得窗户和屋顶铁皮格格作响。苏先生75岁高龄，从家里到教室要走一里路，他能来吗？

正犹疑间，谁“啊”了一声：“苏先生来啦！”教室内爆发热烈的话语声，苏先生在门口出现了。水淋淋的雨衣，打湿了地板，怪不得连脚步声也听不出，苏先生手里提着灌满水的胶鞋，赤着脚呢。事后苏先生说：“那天是轮到一位青年教师提出报告，我不能不来啊。”他对我说：“冲锋不行了，可是指导年轻的同志，我还能做一些工作。”我问他十年磨难，如今身体还这么好，真不容易。我知道，苏先生长期坚持洗冷水澡，非常健康。苏先生昂然奋发的精神状态又一次深深感染了我。

当时我已经调入文汇报社，我又开始了对苏先生的采访。苏先生不愿多谈自己，他让我把注意力多放在年轻人身上。越是采访年轻人，我越是感到苏先生把心血完全浇注在数学系一代代新人的成长上。这在他的学生、比苏先生小24岁的谷超豪教授，第三代新人、比谷超豪小11岁的李大潜身上，得到最集中的反映。我写成长篇通讯《接力——复旦大学数学系三代人的故事》。总编辑马达审定后，决定刊发。时任《光明日报》总编辑的杨西光同志（曾是复旦大学党委书记、副校长）看到了这篇稿子，拿出一个版的篇幅，于 1978 年 7 月 15 日与《文汇报》同时刊发了这篇稿子。中央人民广播电台专题节目也全文播发。它离我第一次写的苏步青道路，已经 18 年了。苏先生后来在一篇专文中说："长篇通讯《接力——复旦大学数学系三代人的故事》，介绍了我的学生谷超豪、李大潜等教授的成长过程，在全国引起强烈的反响。"苏先生看重的是一代代新人的成长，在一个小型会议上，他非常动情地说，他生平的最大乐事，是把自己所知的一切毫无保留地教给自己的学生，平生最大的光荣，是不少学生都超过了自己。他指着在座的谷超豪院士："他早就超过了我。"

又过了 20 年，苏老出版了一本《苏步青业余诗词抄》，选收他从 1931 年由日本留学回国后至 1993 年所撰写的诗词 460 余首，小楷手书，墨香扑鼻，诗词格律严整，意境开阔，一幅幅富有动感的画面，形成一个个诗意想象的空间。它折射着时代的光影，生动地展现着诗人丰富的感情世界，深沉的祖国情结，感人至深。日本侵华战争爆发，苏先生携妻牵儿，冲破种种阻拦，毅然回国执教。"三年海上不能忘，六载湖滨乐未央。国破深悲悲非昔，夷来莫认是同乡（苏妻松本米子是日籍，日本人来了不认是同乡）。遥怜儿女牵衣小，无奈家乡归梦长。且住江南鱼米地，另求栖息费思量。"（两年后，全家西迁遵义。）苏老作为数学家的艺术造诣和人格魅力再一次深深感染了我。我又情不自禁，写了《数学家的诗情》，在《新民晚报》的《夜光杯》栏目发表后，《人民日报》（海外版）也转载了。这是我为苏老写的第三篇文章，距

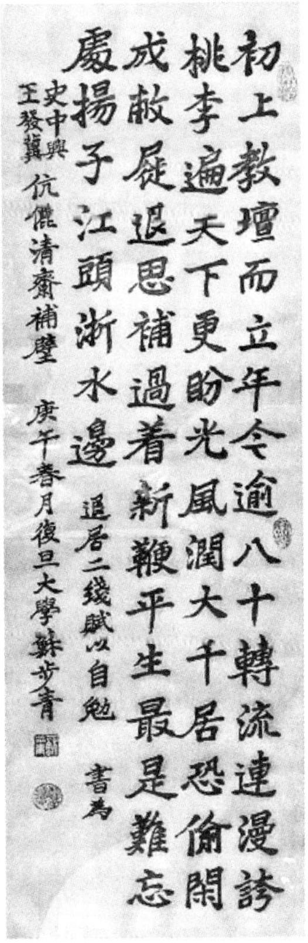

苏步青赠给作者的书法作品

复旦大学数学系三代人三位代表性人物苏步青（右）、谷超豪（中）、李大潜（左）。照片由复旦大学档案馆提供

第一篇已近40年。

四十年相识不算短，尽管平日不去打扰苏老，可有限的接触，也让我汲取了丰富的思想滋养。他逻辑思维之余浓厚的文学兴趣和造诣，对于格律诗的许多独到见解，使我可以把他当成中文系教授而忘记他是位杰出的数学家。一次我从我国台湾出版的《中国时报》上，在一版看到介绍南京政府时代的中央研究院院士，苏老也名列其中，是全体院士中最年轻的一位。我放下报纸就打电话告诉苏老，他风趣地说："他们倒还记得我啊！"我把这篇报道复印寄给苏老，做个纪念。这时他已经从复旦大学校长任上退居二线，依然保持着旺盛的生命力。冷水澡不能洗了，却老当益壮，孜孜不倦。一日他的秘书蒋佩玉来电，她说苏老要给我写个条幅，要问问我爱人的名字。几天后我收到苏老赠我的条幅："初上教坛而立年，今逾八十转流连。漫夸桃李满天下，更盼光风润大千。居恐偷闲成敝屣，退思补过着新鞭。平生最是难忘处，扬子江头浙水边。"下署"退居二线赋以自勉，书为史中兴王发冀伉俪清斋补壁。庚午春月复旦大学苏步青（印章）"。苏先生是位长寿老人，百岁后仙逝。而今，我也进入耄耋之年，每当看到挂在壁上的这首七律，苏老的音容笑貌便在眼前浮现，他给我力量。"居恐偷闲成敝屣"，他的精神，他不衰的生命力，激励着我永远前进。

汤老的智慧

百岁老人汤晓丹出了一本新书《百年电影百年行》(北京大学出版社出版)。百年沧桑，社会剧变，电影是反映现实最迅速的艺术形式。在不同时代都能以执导的影片走在潮流的前头，创作生命力之旺盛长久，汤老以外，中国影坛找不出第二人。

汤老成名甚早，22岁拍出第一部影片《白金龙》，他一身兼任导演、布景设计、剪辑三职。中华人民共和国成立前他先后在香港、重庆、上海拍了近30部影片，名噪一时。其中，《天堂春梦》被当年的《文汇报》刊文赞之为“现实主义杰作”。它摆脱了当时一些进步电影存在的概念化倾向，人物血肉丰满，醇厚的人情味，贴近观众心灵，揭露时弊、抨击腐败更为深刻。

带着这样的电影成就进入新社会，是好事还是坏事？这些成就既是资本，也是包袱。多少知名导演、知名作家1949年后导不出写不出作品了。汤晓丹可谓极度清醒，他在1950年40岁生日那天的日记中写道：“我觉得应该把自己20年来的导演生涯，视如一缕轻烟，它是经不起风吹雨打的。”“我叮嘱自己，千万不能恋旧。恋旧只能自食苦果；千万不能看到过去拍过许多好影片，过去的‘好’，可能就是今天人们眼中的‘坏’。与现实唱对台戏，只能死路一条。”结论是“人生40刚开始，我应该把自己看成是新社会出生，新社会成活的一棵幼苗”“一切从零开始，一切个人包袱，统统扔掉。在崭新的坦途大道上，学步向前”。他也真是这样做了。社会转型，工农兵成了银幕主人公。他的第一部戏《胜利重逢》，写的是兵，一炮打响，一发而不可收。《南征北战》《英雄交响曲》《渡江侦察记》《怒海轻骑》《沙漠里的战斗》《红日》，盛极一时，成为当年银幕最亮丽的风景。

一个拍都市片、室内景的行家里手一跃成为“银幕将军”，这样一个转型，堪称华丽。其中的艰辛，外人实难想象。《胜利重逢》的后期制作，他七天七夜没合眼。拍《渡江侦察记》，恰逢淮河地区洪水泛滥，每次拍摄，他和摄影师长时间涉水，双足浸泡得肿胀难行。这些苦都还算不得什么，更苦不堪言的还是处理上下左右关系。尤其军事片，文化部门管，军事部门的意见更关键。《红日》一片，文武两大部门的意图就大相径庭，一个要拍战争转败为胜和战争中人的命运，一个要表现毛泽东军事思想的胜利，首战失利不是失败是“战略后退”。每次听意见，汤导照例拿出个小本，默默地听，认真地记，不动声色，不做辩解，什么能改，什么不能改，他心中有谱，这个谱就是决不降低艺术质量。汤老借用一个朋友的话说：“‘那时搞创作，犹如高空走钢丝，闯过了算成功；走不过跌下来，幸存者能再起，不幸者倒下，永远立不起来。’我属于幸存者，颠颠簸簸总算没有倒下。我觉得自己本分一点，总是不声不响地完成电影局交付的拍摄任务，有意识地躲开偏差风、偏差道。我的所有作品，至今还能感到是以刻画人物为本的，这是我最大的安慰。耿海林、李连长、张伯韩、沈振新……都是从创作气氛不稳定的环境中，出现在银幕上的人物。我自己喜欢，观众也赞美。特别是《红日》里的张灵甫，一直鲜活地展现在银幕上。”这个银幕形象打破脸谱化，在反面人物的塑造上是个突破。

给他带来灾难的是《不夜城》的拍摄。这部摄于1957年、反映和平改造资本家胜利的影片，没完成后期制作，政治风云突变，影片被封存入库。“文革”开始，江青点名《不夜城》和《红日》是“大毒草”，汤导被大小会围攻批斗达千次以上。一次在人民广场台上，他和《不夜城》编剧柯灵一同接受万人大会批斗。傍晚，造反派向他收两角钱饭费，他袋里仅有四角零票，交了两角。向柯灵收钱时，柯灵说：“我从监狱里来，哪里会有钱？”他把袋里剩下的两角钱借给了柯灵。多年后两人重返社会活动舞台，柯灵恭恭敬敬走到他面前，把两角新票交到他手上说：“感谢你当时借给我的活命钱。”两人相视一笑，当年的摧残折磨，两人谁也没有倒下。

进入新时期，汤老已是古稀之年，依然宝刀不老，又拍摄了七部影片。拍《傲蕾·一兰》四下黑龙江，老人真是豁出命来了，带领摄制组在零下四十度的冰天雪地、零上四十度的高温酷暑里来回奔波。拍《南昌起义》，在实现纪实性与艺术性结合的探索上取得成功，送审一次通过，作为建党60周年献礼片公映后，受到广泛欢迎。拍《廖仲恺》，他创造性地展现了第一次国共合作时期波澜壮阔的历史画卷，成功地刻画了廖仲恺的银幕形象，获得第四届金鸡奖最佳导演奖。到1988年退休，他的导演生涯画上一个圆满的句号，但他还是热情关注着他终身热爱的电影事业，关注着电影战线上一代代新人的成长，为一些影视剧的摄制充当顾问。他是获中国电影终身成就奖第一人。

汤老的生命旅程，是一部影片连着一部影片，观众熟悉他的影片。这本书披露的幕后艰辛和喜怒哀乐，既是他个人的悲喜剧，也折射着时代的光影，回响着变革中社会大潮的波涛起伏。汤老近年病休卧床，执笔此书的是老伴蓝为洁。蓝为洁和丈夫相依为命，对丈夫的工作、思想、情绪、心理了如指掌，又有汤老的日记以资佐证，写起来挥洒自如、得心应手。我读完全书，即电蓝为洁说，我读后对汤老的感觉是两个字：智慧。蓝为洁笑道："我对汤晓丹说过，我这辈子嫁了个笨丈夫，只会埋头干活。"我说："你有福气，嫁了个智慧丈夫，汤老是大智若愚啊。"电话那头，蓝为洁咯咯地笑了。

在赠我的新书扉页，汤老写了一段话："2010上海世博年，也是我100岁新生年，重新学爬、学走、学做人、学做事，完善人性。"有这样一位生命不息、学习不止的智慧老人，这是我们时代的美丽。

汤门一巾帼

一个家庭出了三位一流艺术家，近日出版的《汤氏人家》写的就是这个家庭的故事。这本书的副题是：汤晓丹和他的两个儿子。这个家还有一名成员蓝为洁，是这本书的作者，她没让自己的名字上书题，但若是少了她，这个家庭就不是现在这个样子。家里家外，许多场合，丈夫感谢，儿子称赞，记者问汤沐海："在你的音乐成就中谁对你帮助最大？"得到的回答是："毫无疑问是我的母亲。"

我认识蓝为洁，源自她为《文汇电影时报》写专栏。那时她早过花甲之年，依然思想明快、动作敏捷，每周半版至一个版的专栏文章，一直持续了三年半。用这么长时间、这么多篇幅登她的文章，自然是因为读者要看。半个多世纪影坛风云变幻、人事沉浮，银幕上，影人一波一波地演示着或热血沸腾或催人泪下的故事；银幕下，影人的艰辛奋斗，影人间恩怨情仇的悲喜剧，也一幕连着一幕。蓝为洁 40 年代初进电影厂，从做打字员到长期做剪辑，身历其境而又烂熟于心，写出来的文字就像跟你拉家常，其中披露的许多鲜为人知的趣闻轶事，尤为引人入胜。有一次，我约她，你别只写别人，也写写你自己的家。几天后她把文章送来了，就是那篇引起广泛好评的《青春与我们常相伴》。自此，包括港台在内的各地报刊约稿不断，她也一发而不可收，这本 28 万字的《汤氏人家》，就是在《人民日报》(海外版)连载后成书出版的。

汤氏人家的支柱汤晓丹，视电影为生命。跋山涉水，南征北战，从新中国成立初《渡江侦察记》《红日》《不夜城》的脍炙人口，到"文革"后《傲蕾·一兰》《南昌起义》《廖仲恺》的再创辉煌，数十年如一日，始终心无旁骛，一个重要因素是有个稳定的后方。蓝为洁从不用家务事让远在外景地的丈夫分心：儿子跌伤，等丈夫回来知晓，早已治好；准备搬家，回来了家也搬好了。丈夫在家的日子，家里的吃喝穿戴，两个有艺术天赋的儿子学画学琴的书籍用具，蓝为洁全都及时置备得停停当当。

“文革”中丈夫被打倒，批斗关押，工资停发。大儿子汤沐黎当挤奶工，小儿子汤沐海在新疆当了四年文艺兵后复员当车工。沉重体力劳动之余，两人对心爱的艺术依旧志趣不变、热情不减，画具颜料、音乐乐器，都是花钱的玩意。蓝为洁在干校，每顿饭只吃一分钱的菜汤。地里收蚕豆，食堂里卖五分钱一盆，大家都去买，她也跟上去，还没有走到食堂窗口，想到要为小儿子攒钱买手风琴，转身就往回走。能省的饭菜钱毕竟有限，机会到来，她还敢伸手“要钱”。“文革”后期，“四人帮”要重拍《渡江侦察记》，命令汤晓丹去摄制组报到。蓝为洁立即跟上，天天找厂里三结合班子里的老干部要求解冻汤晓丹的扣发工资。一听已经报批，她就把图章交给会计，会计来电话，她一阵紧奔快跑，把支票拿到手里。这是上午的事。下午摄制组通知汤晓丹去领补发工资，工宣队晓以利害说：“党的政策宽大，将扣发工资全部还给你。有人全部上缴了，如果你要上缴，我在办公室等你。”汤晓丹胆小，几个月前，当挤奶工的儿子画的一幅画在上海美术馆展出，他吓得不敢去，害怕自己的出现会给儿子带来麻烦。禁不住儿子一再恳求，他才小声说：“帮我找个大口罩戴上，免得节外生枝。”现在，他怎么敢不接“翎子”？说：“好，请等我一下，我就去领。”到了会计科，出纳员告诉他，蓝为洁领走了。他苦着脸回来如实报告，工宣队顿时火冒三丈，厉声训斥：“补发给你的工资，家属没有资格代领，你去要回来。”汤晓丹回家，看到屋北窗口放着一架新钢琴，才明白妻子已经把钱开销了。还剩个小数存了个活期存折，第二天他把活期存折拿去交党费。接存折的主儿一看钱少了大半，怒气冲冲，“顽固不化”“抗拒改造”的帽子一顶顶扔过来，可拿蓝为洁没治，她不在乎。今天说到这件事，蓝为洁掩不住得意之情，她说她这是斗智把钱争来的，钱是丈夫劳动所得，她争得理直气壮，她是在争这个家庭的生存权。岂但生存，还要发展，还要让儿子成才。“四人帮”覆灭后，中央美术学院恢复招生，华东六省一市只有一个名额，汤沐黎面对激烈竞争，复习功课用脑过度，要去火车站时竟晕倒了。火车不能乘，蓝为洁心急火燎，却章法不乱。她请同学去退了火车票，自己赶到厂里请求开证明买飞机票，当时坐飞机有级别规定，她楼上楼下跑了多少趟，拿到破例给开的证明，就直奔民航售票处。儿子这才没有丧失考场一搏的机会，第二天顺利飞往北京。

而今，汤沐黎跻身世界优秀画家行列，在欧美频频举行画展。汤沐海站在国际乐坛指挥台上，穿梭于欧美和祖国之间，指挥着一场又一场激动人心的音乐会，蓝为洁心满意足地笑了。

和传统的贤妻良母不同，蓝为洁没有在丈夫、儿子的光辉里淹没，没有失去自我，她有一片属于自己的天地。她是出色的电影剪辑师。法国的一个名导演看了她剪辑的《苦恼人的笑》，指名要见她。这次艺术交流以后，她写了一篇《剪辑是镜头的剧作者》发表于《电影艺术》，又出了本《电影剪辑的艺术》，这是她偶露峥嵘。按儿子的说法，妈妈的大放异彩是在退休以后，她 1993 年开始在《文汇电影时报》发表纪实性文章，八年出了三本书，写了长长短短文章上千篇。考虑到她 1984 年即已退休，本来可以接受儿子邀请到世界各地跑跑，过过休闲的日子，这个写作成果就不可谓不惊人了。

蓝为洁的文章，以《汤氏人家》为例，没有华丽辞藻，文学性也不能算强，写的是一个家庭父子两代奋斗拼搏的故事，也是半个多世纪社会生活历经剧变在一个知识分子家庭的缩影。它的最大特色是实话实说，心里想的，嘴里说的，就是手里写的。说到高兴的事，痛快淋漓，气恼的事，愤愤不平，她不像丈夫那样小心翼翼，诸事宽容大度。善待她和她这个家的人，她感恩；打压她制裁她和她这个家的人，她记恨。她也知道一些想法算不得光彩，偶尔也有“傻帽”言行，一一和盘托出。她不为尊者讳，跟权威当面论理，不卑不亢。句句是真理、句句是违心之论的话她不说，骂人也不是背后骂，是当面开销，从不背后骂过又当面讨好。

蓝为洁是影圈中人，写影人影事，得心应手，驾轻就熟。对音乐绘画，就不甚了了，而要写到儿子，又非有这方面的知识不可，她就搬来一堆音乐、绘画书籍，认真阅读。丈夫为她的热情所动，把书中需要着重弄懂的地方一一用红笔标出。她边学边写，每日伏案数小时，乐在其中，乐此不疲。她把这看作人生旅程的第二次起跑，终点线还在前面。

儿子最了解自己的妈妈。蓝为洁七十大寿，汤沐黎为妈妈写了一首诗：

苦海十年生死从，礁岩浪过更峥嵘。
相夫立业家中柱，教子成才天外鸿。
一剪分明显影艺，千篇洗练露文风。
川菊晚放秋风劲，人到古稀火正熊。

毕竟是画家，用诗也能给妈妈画像。

不倦的吹笛人

柯蓝走了，悄悄地，报刊没有消息。他临终时嘱咐家人后事一切从简，不要惊动朋友，不要让熟悉他的人感到悲痛。我是几个月后才知道的。

柯蓝的散文诗集《早霞短笛》早年读过。共和国旭日初升的年代，他吹奏的清亮笛音，如朝露滋润年轻人火热的心。那时他是上海一家报纸的负责人，对时代脉搏的敏锐把握，加上丰厚的文学素养，使他的诗句既高扬着理想的风帆，又充满诗情画意，播撒着爱和美的种子。许多年轻朋友把一行行诗句抄在本子上相互传诵，成为一种时尚。他不是只写散文诗。他写的反映抗日战争的长篇小说《洋铁桶的故事》，誉满解放区。他编剧的电影《铁窗烈火》，五六十年代风行全国。电影《黄土地》是根据他抗日时期写的散文《深谷回声》改编的。但是他倾注最多心力、成就最大的还是他的散文诗事业。

我和他相识在20世纪80年代初，他是派到上海的中央工作组成员，几次交谈，十分投缘，以后他每次来沪，相聚时的话题都是散文诗。他创立了全国散文诗学会，在许多城市来回奔波，这里成立了一个散文诗学会，那里举办了一场散文诗朗诵，谈到这些他兴奋之情溢于言表。一次我应邀赴美访问，他特地嘱咐：有机会不要忘了向华裔作家和文学爱好者介绍中国的散文诗创作。他对待散文诗的那股热情，有如一个虔诚的传教士。

他是把散文诗当作事业来做的。散文诗不能走进象牙塔，停留在小圈子里，它的生命在读者中、在青年中。怎样使散文诗吸引越来越多的爱好者？散文诗可不可以和其他艺术形式嫁接？他不断探索、尝试。我手头有一本1998年《少女》杂志的合订本，每期刊头都有一篇柯蓝写的总题为“叩问灵魂”的散文诗。这是刊物的主编送给我的。她告诉我，孩子们很爱读这些诗，以为是比他们大不了几岁的年轻朋友在和他们谈心。那年柯蓝76岁，真个是童心未泯。1999年他邀请近二百位摄影家和作家、诗人、学者携手合作，共同创作、编纂了大型风光摄影散文诗集《让美好成为永恒》。这本精美的诗画册反映了上海、北京、香港、澳门、深圳、珠海六个城市各具特色又共同呈现出的中华悠久灿烂辉煌的文化风情。这种不同艺术大规模的嫁接融合，令人耳目一新，画册的艺术欣赏价值和收藏纪念价值得到积极的评价。我承他相邀，参与了此一盛事，实感荣幸。他认为人类没有生命的永恒，只有用生命之外的手段，来创造人类生命的永恒。用摄影机留住历史，用散文诗让美好成为永恒，就是他的心愿和不懈的追求。

进入新世纪，柯蓝的散文诗事业又有了长足发展。香港举办了"柯蓝散文诗灯箱展"。诗配花、诗配画，这一别开生面的灯箱，让市民观赏者在一饱眼福中，也获得了情操的陶冶、思想的启迪。柯蓝散文诗朗诵进入儿童领域，北京、上海、广州、深圳等多座城市举办的儿童朗诵会，一张张憧憬无限、笑意盈盈的脸蛋跟随诗句"踏着星光让梦想飞翔"。值得一提的是，在深圳仙湖植物园、内蒙古开鲁先后出现"柯蓝散文诗石碑长廊"，成为风景区的文化亮点。散文诗开始踏上新的社会平台，陌生的游客有机会领略、欣赏。这正是柯蓝热烈期盼的，也是社会给这位耄耋老人半个多世纪来创作、研究、倡导中国散文诗的回报。

在文学殿堂里，散文诗不占重要位置，引不起什么轰动效应，但它在柯蓝心目中却占着崇高的位置。他孜孜不倦，视散文诗为生命。每次柯蓝来了，我都感到散文诗来了；每次读到散文诗，我又感到柯蓝来了。我告诉过他这个感觉，你第二个名字就叫散文诗吧。他纠正我，这应该是我的第三个名字。抗日烽火中，八路军年轻文化战士唐一正在西安与一位来自南洋富商家庭、冲破重重阻拦参加革命的八路军女护士相遇，一见钟情，誓言生死相依。不料，一次日机轰炸夺去了女护士的生命。唐一正悲痛欲绝之余，改名柯蓝，这正是那位美丽女护士的名字。他怀着真爱，终身呼唤着这位初恋情人。这份执着深情他同样投注到散文诗事业上："我劝大家不要把生活过得太'现实'、太物质化，生活还需要一些梦想才会变得更美好。"在金钱唯上、物欲横流的当下，这话不免为拜金者所不屑。可是这位老人是发自心底，他是当真的，一生都在追梦，他成了一名不倦的吹笛人。他的短笛伴着清丽早霞而起，晚霞满天时，他的笛音依然清亮、燃烧着青春的激情。87 岁高龄时他走了，他留下装满真爱的诗囊，在一册册诗集里、一场场朗诵会舞台上、风景区的一长列诗碑前，他清丽地燃烧着青春激情的笛音还在不绝地回响。

她留下了风景

一个多星期前，子云给我通电话，说我们间的聚会这次轮到她做东，要找个新的地方。但这几日忙于接待美国来客和当宴请北京来人的陪客，累得很，都发烧了，要歇一歇，让我等她的电话。

今天早晨，顾骧的电话来了："子云凌晨去世。""哪个子云？""李子云！"他一连重复两遍，我和一旁听着电话的老伴都呆了。

子云朋友遍天下。国内一大批老中青的代表性作家她都熟悉，许多是她的挚友。海外的一批华语代表性作家跟她有很深的友谊。1998 年我们都在纽约，她拉我参加华语作家笔会，与会者都认识她，她就像回到自己的家里一样。

我知道李子云的名字是通过"文革"初期的大字报，她是作协重点点名的"黑线上的人物"，我是我们机关大字报重点点名的"修正主义苗子"。认识其人是在十年之后。国门打开，聂华苓、於梨华先后来访，下榻静安宾馆，子云代表作协负责接待，我是记者前去采访。静安宾馆十年前就是我所在的市委机关，也是子云待过的地方，真是"今夕何夕"。我们俩的共同感觉是，没完没了的革命高潮终究让位于建设新生活的实实在在的工作了。

新时期开始，复刊后的《上海文学》在文艺理论战线的拨乱反正中一马当先，那篇《为文艺正名——驳"文艺是阶级斗争工具说"》的评论在文艺理论界产生广泛影响。子云是刊物负责人之一，评论的主要执笔人。活跃在新时期文坛的老中青作家不少都进入子云的视野。她的评论给人一种进入角色之感。她不停留在作品的表层，不但理解作品，而且体察作者的用心。她承认对一些新的艺术手法还不习惯，不能领略它的全部妙处，但"对它绝不抱偏见"。有的作家称她的评论"深得其心"，"是一种深切由衷的理解"。我只是一个业余写作者，80 年代出了一本散文集送给她看，没过几天，她就给我来信，评点了集子中的篇章。以后我的《贺绿汀传》出版，是她建议出版社召开了研讨会，她还撰写了一个版的评介文章，刊发在《文艺报》，给了我很大的鼓励。

子云在海内外文学交流上做出了她独特的贡献。那些年，她风尘仆仆，时而在联邦德国的“现代中国文学讨论会”上侃侃而谈，时而在美国的几所大学娓娓述说新时期中国文学。她用优美畅达的文字，勾勒出一些作家创作的特点以及她们在当代中国文学中所起的先锋作用。她向中国读者介绍了一批海外华裔作家，为我们了解当代文学发展的趋向，提供有益的参考借鉴。

子云朋友多，信息也多。每次她跟我通电话，总要问我有什么新闻，结果她告诉我的信息比我告诉她的要多得多。北京的全国作家代表会她没去参加，但会上讨论了什么、谁有什么高论她一清二楚。我说你是怎么知道的，她说我有小朋友通风报信。她的小朋友不是一个两个，而是一批，这一点我特别佩服她。跟年轻人在一起，人就变得年轻，子云心态年轻，其源泉之一就在这里。她没有疏离于现实生活的流程之外。她人在台下，台上的一幕幕新的演出也看得颇有兴味。谈起近期的大师热、揭秘热，她的评论鞭辟入里、一针见血。有热衷于自我操作者，是她的好友，她道出的常是逆耳之言，决不加入一窝蜂唱赞歌的鼓噪。

前些年我们间家庭沙龙式的聚会，一两个月一次。她是个美食家，每次由她定地方。有的餐馆，服务员和经理都认识她，服务特别殷勤，还能给点优惠。这两年她健康欠佳，聚会次数相应减少。她多次住院，但每次都是有惊无险，给我通电话说，又经受了一次考验。哪知这一次，在没有任何恶兆的情况下，她竟一去不返。

子云有本文学评论集《昨日风景》，我把这本书又翻读一遍，现在子云走了，也成了昨日的人，但她给我们留下了永远的风景。

滔滔报海，亮丽一浪花

马达离开我们了。

这位杰出的报人把毕生心血都倾注在他热爱的新闻事业上。

长期养成的职业习惯，使他对新闻产生一种特殊的癖好。离休以后直至重病在床，他还是积习不改。每次去看他，总会听到他对报纸的一番评点，什么新闻少了，什么文章长了。他还要询问近期有些什么需要引起关注的新闻事件。一个月前在他病床前，他对我说起日本核泄漏引出的担忧，说起高房价调控不下的问题。我说你眼睛已不能看东西了，怎么还知道得这么多？他说我有个小收音机啊！

马达先后任职于九家报社，在其中五家担任总编辑。一份报纸就是一家新闻工厂。这个工厂的原材料，来自广阔的社会生活，天南海北，国内国际，形形色色的人物、事件、矛盾、冲突，如何把这众多新闻、信息编排上版面迅速传递给广大读者，马达是名副其实的行家里手，人们给了他一个美称：高速马达。

马达是怎么高速运转的？机器上的马达要接通电源才能运转，他的电源来自哪里？

马达的法宝是，了解大形势，懂得大形势，心中装着大形势。这其实是每张报纸的总编辑都必须具备的品格，马达的独到之处是，常常能得风气之先。对大形势的把握，并不限于重大的政策方针发布下达之日。形势的发展变化，重大政策方针的制定，有一个酝酿孕育的过程，而且会有一些信号。20世纪80年代，他常跑北京，既是检查北京办事处的工作，更多的精力则是了解捕捉信号。他不是出去跟有关人士接触交谈，就是埋头在屋里阅读各方面人士的讲话资料，北京那么多名胜古迹他从未抽时间光顾。值得一提的是，他虽是一名报人，一些重要报告文件的起草，也常常是被指定为参与者之一。由于“文革”前他担任过上海市委副秘书长，负责过文件报告起草工作，到了总编任上，还经常被拉差。

汪道涵任上海市市长期间，每届市人代会政府工作报告起草，他都参与其事，白天干起草的活，晚上回报社看稿。共青团第十一次全国代表大会报告稿的修改，他也被胡乔木指定参与，这些对他了解大形势自然大有帮助。

大形势大政策哪里来？这就不能不说到对社会脉搏、人民群众情绪心态的了解掌握。只要举一例就够了。当时他经常被一些基层单位请去做形势报告，一家报社的总编去干这种分外活儿，实属罕见。报告不能是政策文件的简单背书，那是谁也不要听的，对当前社会生活情况缺乏了解，不知道老百姓想些什么、盼些什么，是做不好这个报告的，勉强做了，也不会受到欢迎。从他一场连一场受到的热烈邀请来看，他的报告是广受欢迎的。听众反馈过来的信息，又让他对社情民意有了更多的了解。

了解大形势，懂得老百姓，把握了社会发展趋势，什么稿子该发什么稿子不该发，总编辑拍板才有主心骨。《文汇报》发表冲破思想禁锢的小说《伤痕》，引起社会的巨大反响，这是他拍的板。在当时报纸每天只有四个版的条件下，刊出记者周玉明写的独家报道后，报纸又连续四天以整版篇幅全文发表《于无声处》剧本，这也是他拍的板。这是破格的、没有前例的。在“两个凡是”还当道的情况下，《于无声处》的发表和超规格宣传，为人民群众悼念周总理的天安门事件的平反，起了有力的推动作用。没有对时代脉搏的敏锐把握，他是不敢拍这个板的。我在一篇文章中曾经写过的一次遭遇，我要在这里再提一下。1978年初秋，我随马达到北京出差，住前门饭店，走进电梯，开电梯的女孩问我们从哪来？我说上海。女孩又问，哪个单位啊？我说文汇报社。“文汇报！？”女孩重复了一句。看出我们不懂她的意思，她说：“搁两个月前，我要对你们说，我们不接待你们。”“现在呢？”“现在不同了，我们欢迎。”“为什么？”“看了你们报纸登的《伤痕》《于无声处》。”这次的遭遇说明，拍板发表这两个作品的马达，和读者的心连到一起了。他带领文汇报社人走出“文革”，和人民站在一起，这就是他的底气所在。

马达对形势的判断把握，也不都能取得别人的共识，总还是有与上下两头不一致的时候，可能是你错了，也可能是你对了而旁人错了。是你错了，你还要不要坚持？我就碰到过这样的事。粉碎“四人帮”不久，新生的《文汇报》召开一次全市文艺界人士座谈会，出席的都是“文革”中遭受摧残迫害的头面人物，会上大家尽情倾诉，会后座谈会纪要拼排了一个专版。当时我是文艺部主任，把版面清样送给马达审阅。十几分钟后，马达一个电话叫我过去，把清样朝我面前一掼，叫着我的名字说：“你弄的这个版面，要把《文汇报》的牌子砸掉？”因为这些老作家、老艺术家“文革”中受尽折磨，有了倾诉机会自不放过，发言中的一些话尽管拼版前有所删节，还是比较尖刻，我估计马达担心这些话会捅娄子，于是据理力争。我说你不要压我，工作分工上你是总编，我是下属，人格上我们是平等的；你说哪个地方有问题，可以删可以改，毙了这个版也可以。可这个版面反映的是作家艺术家的心声，你看着办吧。说完我就要走。他冷静下来，不让我走。又一起研究清样上他认为不当的文句，对柯灵发言的个别地方略做修改。当晚我拿着修改清样到柯灵家里征求意见，柯灵想了一会表示理解，这个版面还是出来了。马达并未因为顶撞了他，就对我心存芥蒂。总编辑不是官，不能一言为定容不得下属说个不字。马达在这里表现出一个总编辑应有的襟怀。

更多时候总编辑坚持的意见是对的（不然还当什么总编辑），遭到反对也会坚持，这种反对既有来自下面的，也有来自上面的。记者郑重写的长文《原子核在内耗》，揭露某研究所内耗严重，科研陷于停顿状况。送审后，该研究所及其上级党委不同意发表，马达在确认了稿件所写事实无误后，拍板签发，并为稿子写了编者按。该科研所不肯罢休，一直上告到国家科委，马达顶住了压力，科委专门派人来上海调查后，终以事实无误而告结束。可是如果压力来自直接上级呢？“四人帮”年代，没有哪个总编会犯这个傻，也不会有这样的总编，你就是骨头硬，也早被打断狗腿，不知被当作狗屎堆横扫到了什么角落！“文革”中马达就吃足上百次批斗的苦头。就是因为有这样的经历，他才能由衷地拥护并在自己的工作实践中坚决贯彻三中全会的精神。他和顶头上司、市委副书记兼宣传部长陈沂同志有了不同意见，也能据理力争，也敢说不。陈沂同志也并没有因为马达不听招呼，就给马达穿小鞋。要找报纸工作的岔子，那是随时都可以找到的。陈沂同志自己也受过迫害，是一位很正派、很有人情味的老同志。他对《文汇报》工作还是热情关注，和马达一如既往，还是好朋友。

由于曾经被打翻在地，正反面经验教训积累不少，什么该争什么不该争、什么要坚决保持一致、什么可以说不，作为总编，马达心里大体有数，就看你敢不敢说出口来。市党政主要领导一起出席一个重大工程的剪彩仪式，都讲了话。报道登出后，两位领导的秘书都来了电话，这个说这位领导的话摆得不够突出，那个说那个领导的话用得少了，双方各执一词，但都对报道不满意。这样的事发生不止一次，在一次各主要新闻单位领导参加的新闻通气会上，一位市主要领导表示："这样吧，今后这类稿子，你们先送给我们的秘书看一看。"众人点头称是，马达却唱了反调："连这样的稿子也送审，还要我们总编辑干什么用？"马达并未因此言惹祸。他能这样说，也在于他把握准了时代脉搏。

这几年马达病了，他渴望了解社会生活信息的兴趣热情丝毫未减。不仅如此，在病床上，他回顾半个多世纪的办报实践，对我国新闻事业现状和发展趋势进行系统思考。一篇以《报业体制和运行机制亟待改革》为题的接受访谈的长文在《新闻记者》杂志分两期发表后，一些新闻界人士深为文中的真知灼见和他对社会主义新闻事业的高度责任感所动。北京有新闻界人士复印此文在友人中传阅。继《马达自述》出版后，他又陆续写了系列文章，有对政坛人物的回忆，有在各种重大事件中的遭遇、感受。由于亲历，不溢美不遮掩，娓娓道来，还了历史原貌。《我所了解的柯庆施》在《世纪》杂志今年（2011）一月号发表后，读过的人一致叫好。华东医院同院竟有四位素不相识的病人先后到他病榻前对他以实事求是精神评价柯庆施这样一个复杂的历史人物，表示由衷的敬意。

我问过马达，如果有下一辈子，你干什么？回答还是办报。办报给他带来辛酸血泪。在"文革"最疯狂的年月，从全市到各县、区，他被押去批斗一百多场。那时有记者把笔折断，发誓自己再也不会让自己的子女从事新闻工作。马达却"死不悔改"，"四人帮"一垮，他就以无比的热情重返新闻岗位，他全身心投入，有困惑、烦恼，更多的是慰藉与欢乐。那是一段激情燃烧的岁月。是他点的火，他写言论、坐镇夜班，抓重头稿件，推出一个个改革方案，使版面越来越贴近读者、贴近基层、贴近生活。《文汇报》是一份给读者提供精神餐饮的报纸，又是各项重大社会文化活动的积极参与者、牵头人，举办全市园丁奖、全国首届电视剧评奖、新时期十年电影奖、全国新歌创作奖、《文汇报》文学奖。还有，《文汇报》第一家作为地方报纸派出驻外记者，第一家从全国各省（区、市）报纸聘请特约记者，第一家报纸办出版社，第一家不用国家拨款盖起24层新闻大厦。创办了《文汇月刊》《文汇电影时报》《文汇读书周报》等系列报刊。如此等等，整个编辑部沸腾起来，一时间《文汇报》真是火了。《文汇报》五十周年报庆，邓小平同志为《文汇报》题词。主管意识形态的中央政治局常委胡启立同志出席了《文汇报》在北京举行的报庆座谈会，中顾委副主任薄一波同志在会上第一个发言，他的第一句话是，我自费订了一份《文汇报》。当年《文汇报》发行跃上174万份的高峰，40%散布在全国各地，且多为个人订户。读者喜欢你的报纸，对报人来说，还能有比这更高的奖赏吗？作为团结带领全体文汇人创造这一辉煌的主事者马达，应该是没有虚度此生，走而无憾了。

报海滔滔，浪花翻滚，马达同志，你亮丽耀眼！

只有香如故

梅朵走了。

作为资深的优秀新闻工作者和著名影评家，他享受过深受读者欢迎的成功喜悦，也遭遇过灭顶之灾。他挺过来了，终于迎来新时期的阳光，重返他心爱的可以一展身手的舞台。《文汇月刊》十年，是他职业生涯最后的辉煌。

从20世纪80年代过来的读者，不少人都知道《文汇月刊》。近日，北京电视台《笔墨春秋》摄制组来采访我，编导是位年轻人，说他很喜欢《文汇月刊》。见我惊奇，便解释说，当年是他父亲订的，父亲看了，就让他看。从试刊号、创刊号至终刊号，他家保存有完整的一套。读者如此珍视，表明这本刊物确有与众不同之处。它以文学为主，发表小说、报告文学、诗歌、散文、杂文外，还兼顾戏剧、电影、音乐、舞蹈、美术、雕塑等各个艺术门类；它密切关注现实，触及时弊，呼唤真善美，鞭笞假恶丑；它讲究艺术质量，无论是一流名家还是文坛新人，质量面前一视同仁、一律平等；它不拜倒在权威脚下，当年有些争鸣文章《文汇月刊》发表后，《新华文摘》等三十余家报刊转载；有些身份特殊的大人物稿子来了，不合要求，照样退稿；它在编排上有许多创意，每期封面、封二、封三、封底有彩照、图画外，还加了四个彩色画页，国画、油画、水粉画、木刻、摄影、雕塑轮流登场，大大增加了读者的阅读兴味，这使它在全国杂志界独树一帜，受到读者欢迎，发行量迅速达到10万份，一度还高达20万份。

梅朵是这本刊物的主编，我和他有密切的工作关系，对梅朵在这本刊物上倾注的热情和心血有深切的感受。首先，是梅朵心里装着这本刊物，无比珍爱这本刊物。他既是主编，又活跃在组稿第一线，许多一流名家的作品，就是他追讨而来的。他约稿，不是人家允诺一声就完了，常常又是电话又是电报，催稿如讨债，“梅朵梅朵没法躲”，此话在作家中广为流传，作家、艺术家们还就是吃他这一套。也可以说，是梅朵的执着，是他的热情，还有刊物的内容品位，把大家感动了。其次，他不是一个人孤军奋战，他紧紧依靠编辑部全体同人，把每个人的积极性、能量充分调动起来了。这个编辑部思想活跃，民主气氛浓厚，无论是谁拿到一篇好稿，大家都欣喜若狂。对一篇稿子发生不同看法时，相互又会争得面红耳赤，谁是谁非，不是主编一言定夺，必须大家达成共识，标准就是绝不因为一篇次品降低刊物质量。《文汇月刊》草创时只有三五个人，后发展到十余人。副主编谢蔚明和梅朵一样，也是被错划成“右派”受尽折磨的老报人，肖关鸿、罗达成、周嘉俊、水渭亭、余士君、周玉明、嵇伟、刘绪源等，既是作家，又都拥有一大批作家、艺术家朋友，别人拿不到的文章，他们能拿到，这些得力干将都把心思放在刊物上、都全力投入的结果，就是刊物越办越好，越办越受广大读者欢迎了。

梅朵也是一位资深影评家，他长期主持过上海电影评论学会的工作。新时期伊始，各省（区、市）影评发展如雨后春笋，到今天还能坚持活动的则似乎只有上海了。梅朵影评的最鲜明特点是满腔热情，对新的创作成果总是倍加爱护，带着善意，允分肯定成绩，实事求是地指出不足，给创作者带来温暖。去年（2010）我写了一篇汤晓丹导演的文章，汤老说他 20 世纪 40 年代拍摄的《天堂春梦》上映后，《文汇报》曾发文称之为“现实主义杰作”。说它摆脱了当时一些进步电影存在的概念化倾向，人物血肉丰满，以醇厚的人情味贴近观众心灵，却又有力地揭露了时弊。——这篇文章，就出自梅朵手笔。

梅朵是静悄悄地走的，家属遵其遗愿，后事从简，不惊动朋友，不举行告别仪式。这体现了他的情怀，也增强了我们对他的深深思念。默念着老梅的名字，不由记起陆游咏梅词中名句——零落成泥碾作尘，只有香如故。

一路攀登70年

四明山烈士塔高高在望，千余级台阶，我们这群上了年纪的离退休人员，七零八落，艰难攀登。突然，台阶尽头一位白发老人回过身，朝还在半途中的我们挥舞手杖。哇，徐开垒！他是我们这一行人中年龄最大的，87岁，人老了，还这么精神！三年过去，这个场景还不时在我眼前浮现。

徐开垒为《文汇报》写稿70年。《文汇报》1938年创刊，那年他16岁，投寄给报纸的第一篇稿子发表于副刊。从一个少年投稿者到成为报社的记者、编辑、作家，一路攀登不息。他是一名优秀记者，写过农村，写过工厂，写过开垦崇明荒滩的农垦大军，写过里弄的今昔巨变，写过一批为我国文化教育事业做出卓越贡献的知识分子，还远赴大西北写过20世纪50年代支内的上海人。他的新闻作品紧扣现实，反映新潮新貌新人新事，喷发浓烈的时代气息。作为作家，他的文学作品，着眼烟火人间、世态万象，关注的是时代变迁下普通人的悲欢。他发表在《文汇报》的第一篇散文《阴天》，控诉的是“看不见日光”的黑暗年代；他“文革”前夕发表在《文汇报》的散文《蕃瓜弄迎春节》，歌颂的是老中青三代的“心儿向太阳”。他的许多散文、报告文学，饱含热爱人民、热爱新生活建设者、创造者的激情。他离休后历时数年写作的《巴金传》，被论者誉为“20世纪良心塑像”。

他在《笔会》的时间最长，浇注心血最多的也是这块园地。新中国成立后我们国家政治生活几番风雨，《文汇报》几度浮沉，《笔会》也几经荣枯。《笔会》一度中断，1956年正式复刊，开垒被从记者岗位调入，他们把前辈柯灵从前联系过的一大批作家、艺术家重又接上关系。“双百”方针的贯彻，新中国成立后一直没有动过笔的巴金、丰子恺、傅雷、叶恭绰、阿英、施蛰存、宋云彬等人的散文、杂文、随笔又一一出现，《笔会》版面焕然一新。好景不长，反右派风暴把一大批知识分子打入另册，《笔会》气息奄奄，接着而来的“大跃进”，一切稿件都得配合政治任务，“双百”方针退场，三面红旗飘飘。三年困难时期，重提“双百”方针，《笔会》一度恢复生机，版面活跃，重获作家、艺术家和广大读者的青睐。又是好景不长。“文革”浩劫横扫一切，副刊改名《风雷激》，被绑到“四人帮”的战车上，文气不存，暴戾之气弥漫。徐开垒靠边站了。新时期开始，被重新任命为《笔会》副刊主编，他全身心投入，应他之约，并经他之手编发，巴金、叶圣陶、艾青、柯灵、王西彦、孔罗荪、秦兆阳等作家复出后第一篇作品，一一在《笔会》发表。巴金的《一封信》刊出后，几天内就收到几百封读者来信。《笔会》还把目光投向年轻人和广大业余作者，注意发掘文学新人，举办短篇小说征文，来稿八千多篇，《笔会》从中编选了一本征文短篇小说选《新蕾集》。这块蒙尘十年的副刊园地重放光彩，重又得到作家、艺术家和广大读者的信任喜爱。

如果说在副刊中《笔会》是个大牌、名牌，那么开垒编辑，也就是当之无愧的大牌、名牌编辑。可在他身上，从不见什么大牌气息，也从不倚老卖老。他写过一篇《老人戒》：“年纪大了，阅历多，说话自然有分量，因此老人说话，总有人侧着耳朵来听，这是文明社会尊重老人的普遍现象。这样，作为老人，有时就不免要想想自己说的话，特别是谈到过去，是真是假？不该让自己把事情搞错了，有负社会对老人的信托。”他为人低调，友善待人，做事严谨，以为人作嫁衣为乐。他说：“我编报纸副刊时，每天来稿来信总在百件以上。这好似我每天有机会听一百多人同我谈心、讲故事，甚至吟诗唱歌、发议论提意见。所以，几十年过去，我认识的人比做记者时更多。我的通信录每年更换，我的熟人越来越多是我的一大快乐。”无论专家、名流，还是名不见经传的年轻人，他都一样热情对待。有的退稿还要写上具体意见，或约作者到编辑部讨论。一些年轻人记住他，把他当成朋友。不是投稿，有时也会找上门来聊聊。

开垒 1988 年离休，他是离而不休，50 万字的《巴金传》是离休期间写成的。老有所为，老有所乐。有所为便有所乐，感到自己还有用，没被社会抛弃，自然乐在其中了。最近两年，他身体状况大不如前，听力下降，老态日显。有些会议、社会活动不通知他了。前些年要是不通知他，他知道后会找到有关同志理论，有时激动得面红耳赤。“我还能行！”

他登上四明山千余级台阶后挥舞手杖，就是要向大家证明自己。这两年他不争了，也没力气争了。他很苦恼，几次在支部组织生活上表白：我最难过最难忍受的就是孤独。一般老人都会有一种孤独感，他尤为强烈。这也跟他的职业习惯有关。新闻工作是活水，当记者或是做编辑，每天接触生活大海的波涛起伏，一旦断了这种接触，难以忍受是很自然的。他的补救办法，就是看书看报。我们离休支部的老同志，读书读报最勤的，他算一个。每年总有几次，我接听他的电话，他只说一件事，今天在某某报上读到一篇文章，你看了没有？他依然保持对现实生活的敏锐感觉，令我感佩。

开垒走了。他攀登四明山回头朝我们挥舞手杖的身影又在我眼前浮现。这是一种精神。20 世纪 80 年代，他曾为我的一个集子热情作序，给我力量。今天，他攀登不息的精神，让我动容，更是鼓舞。

乍暖还寒时节的报人

——《文汇报》20 世纪 80 年代记事

20 世纪 80 年代那些日日夜夜里，走出“文革”重灾区的《文汇报》人，怀着获“第二次解放”的心情，清除“四害”流毒，涤荡身上的污泥浊水，精神奋发、义无反顾地投入拨乱反正的时代大潮，与广大人民群众同声相应、同气相求。报纸面目日益发生显著的变化，文艺方面的宣传报道我感受尤深。我是 1977 年初调入文汇报社的，担任文艺部主任，作为亲历者、见证者、参与者，留下一份份珍贵的记忆。三十年过去，往事并未随风飘逝，那在时代大潮中溅起的一朵朵耀眼夺目的浪花，仍然不时在我眼前闪耀。

一

1978 年 8 月 11 日，《文汇报》发表卢新华的短篇小说《伤痕》，没过几天，被全国二十多家省（区、市）广播电台先后播报。新华社、中新社先后播发新闻，法新社、美联社的驻京记者对外报道说：“《文汇报》刊载《伤痕》这一小说，说明中国出现了揭露‘文革’罪恶的‘伤痕’文学。”

作者卢新华是复旦大学中文系一年级学生，这篇稿子最初张贴在年级同学办的《百花》墙报上，看的人越传越多，在校内引起不小的轰动。同学中说好说坏的都有。中文系一年级同学正在学文学概论，有的同学用课本定义对照分析《伤痕》，发现两者对不上号——“主人公王晓华是不是中间人物”“社会主义能不能暴露阴暗面”“可不可以写悲剧和悲剧人物”“王晓华的母女情算不算人性论”，如此等等，发人深思。

《文汇报》文艺部新闻嗅觉灵敏的资深记者钟锡知得到这个信息，很快托人拿来《伤痕》稿子，排出小样后，在文艺部传阅，并呈送总编辑马达。我们看了稿子，耳目一新，这不是那种见惯的莺歌燕舞、一味唱赞歌、瞒和骗的作品。它反映了“文革”这些年来真实的生活，跟作品中母女有相似经历的人，我们身边就有不少。尽管这篇作品有的情节还比较粗糙牵强，但大家认为可以发表。也有同志感到这篇作品很尖锐，当时还是“两个凡是”当道，中央的文件、讲话，口口声声要“坚持无产阶级专政下继续革命的理论”“坚持以阶级斗争为纲”“要把无产阶级文化大革命进行到底”。而这篇作品却形象地道出了“文革”不是什么“完全必要的”“非常及时的”，它给全国千千万万人民带来的是家破人亡的大惨剧、大灾难。发这样的作品，是犯忌的。还有，《文汇报》当时还处于“清查运动”时期，版面还未“定型”，文艺副刊《笔会》“文革”中被改成《新长征》，还未恢复原名，一周只有一个版，发一个版的小说是否合适？当然，最后发不发，得总编辑拍板定夺。

马达是在午夜看完一大叠新华社电讯稿后，才静下来细读这篇小说的，他说他读着读着，九年前的往事在眼前一一浮现。

“文革”初期他经历过多次抄家、上百次批斗，造反派还冲到他家开“家庭批斗会”，逼着他女儿“彻底揭发”，跟他“划清界限”，争取做“可以教育好的子女”。他的儿子神经受到严重刺激，不到十六岁的女儿去东北插队落户一去十年。这些感同身受，让他认识到这篇小说反映了包括他在内的人民的命运和心声，是篇好作品。认真思索后，他签名“阅发”，让文艺部立即拼版。

《伤痕》的副刊大样排出，马达还在掂量：这篇作品是冲破戒律、禁令的，会引起反响。为慎重起见，他写了封信连带副刊大样给市委宣传部副部长洪泽，说明为什么要发表这篇小说。洪是市委派到《文汇报》领导清查运动的工作组组长，马是副组长，两人观点比较合拍。第二天晚上，洪来电说：“这篇文章我看了，很好，我完全同意你的看法。”8 月 11 日，小说《伤痕》以一个整版篇幅发表了。

《伤痕》发表后引起的巨大反响大大超出我们的想象，大量来信来电涌入编辑部，其中陕西一位读者的来信，竟然和作品主人公王晓华同名同姓同遭遇。许多学校、工厂的广播站，连日播送《伤痕》。报纸又拿出三个版面，编发了作家、工人、解放军、教师和曾经插队的知青来稿，他们赞赏小说“艺术地再现生活的真实”，是“血和泪的控诉”“好就好在真”“我们需要这样的人情味”。吴强、王朝闻等知名作家、理论家，还发表了长篇分析文章，进一步扩大了小说的影响。《文汇报》发表《伤痕》，是和广大读者想到一起了，读者改变了对它“文革”期间表现的恶劣观感，重又喜欢这张报纸。

二

两个月后，《文汇报》独家报道了上海工人文化宫话剧《于无声处》的演出，在当时报纸每天只有四个版的条件下，连续三天以三个半版的篇幅，全文发表了《于无声处》剧本。一声惊雷，震撼神州大地，人心民意，为“四五”天安门事件平反发出强力呼喊。

在文艺部每周一次的业务例会上，采访群众文艺活动的记者周玉明说了一条信息：工人文化宫剧场在演一出反映“四五”天安门广场群众运动的话剧。周是一个信息灵通、富有激情的记者，听了她的话，当晚我让她和我一起去看戏。

这是一个只能容纳四百人的小剧场，四幕戏全在一个客厅的场景里，剧中人物只有六个，演员都是业余的，服饰和工人平时穿着一样。剧本所写事件跨度十二年，而故事情节的矛盾冲突都发生在一天中，紧凑、扣人心弦。我很快被剧情和剧场氛围感染，当受残酷迫害的老干部被搀扶着出场，身旁观众忍不住失声哭泣。当被通缉、秘密散发悼念周总理小册子的热血青年发问：“为什么悼念周总理就是犯罪！他们要在人民心里拔掉周总理这棵参天大树啊！我们能不扬眉剑出鞘吗？”剧场内群情激昂，同声叫好。当被诬为“走白专道路”的医生说，“这些年路线斗争搞得我晕头转向，说真话——犯罪，说假话——有功，说官话——保险，说屁话——高升……”，全场一片共鸣的笑声。台上演员说出最后一句台词：“人民不会永远沉默！”全场热烈鼓掌。我感受到了这出戏的巨大思想容量，因为还要回报社处理稿子，我让周玉明留下抓紧采访剧组，迅速写出报道。小周眼睛红红的，她被这个戏表现的勇气和真情深深打动，上后台采访后连夜写出一篇四千余字的通讯《于无声处听惊雷》，第二天上午我迅速看定发排。马达拿到小样后，提出要看戏，我让周玉明陪同。马达也被这个戏深深打动，看完戏还上后台对剧组表示感谢、慰问，次日让报社其他领导也去看戏。大家都被深深打动了，得到的感受是一致的，同时认为要把宣传报道《于无声处》的文章做大做出气势，光发一篇通讯是远远不够的。很快，报纸就在一版突出地位，刊发如下新闻，标题是：

热情歌颂天安门广场事件中向“四人帮”宣战的英雄

《于无声处》响起时代最强音

广大观众和本报读者高度评价创作人员敢于冲破“禁区”的艺术实践

配合这篇新闻，一版还刊发四封读者来信。以后又摘发七篇读者评论《于无声处》的信稿。有一封读者来信写道：这个戏“生动展示出 1976 年清明后、10 月前中国社会动荡的历史画面，揭示出‘文革’中两代人的命运，显示出民心不可侮、真理一定胜利的必然的历史规律，使人流泪，使人感奋”。戏是宣传报道出去了，读者反响又是如此强烈，可是能够看到戏的人毕竟有限，各地已经有一些文艺院团，给报社来信索要剧本。报社领导反复研究后下了一个大的决心：拿出三天的三个半版面全文刊发《于无声处》剧本。并由我执笔，写了一个编者按，用黑体字排出。按语说：“这个剧本的特色，在于它坚持了文艺必须真实地反映实际生活这一马克思主义的基本原理，勇敢地冲破了‘四人帮’设置的禁区，横扫了‘三突出’之类的帮腔帮调，通过尖锐的戏剧冲突形式，从一个侧面反映了 1976 年天安门广场前发生的那场惊天地、泣鬼神的重大历史事件，用文艺形式把‘四人帮’颠倒的历史再颠倒过来，说了亿万人民心里要说的话，表达了亿万人民内心深处的强烈感情。”当时报纸每天只有四个版，拿这么多篇幅刊登剧本，这是超规格的、没有先例的。当周玉明和我带着编者按冒雨去作者宗福先家，告诉他报社的这个决定时，这个 31 岁的热处理厂工人，吃惊地张大了嘴巴：“真的吗？”

剧本发表当天，新华社、中国新闻社和众多媒体摘编播发。上海电视台、中央电视台先后转播《于无声处》演出实况。报社收到 19 个省（区、市）读者的几千封来信来稿，每天用麻袋装。各地的文艺院团纷纷来上海，要求观摩、学演《于无声处》。单是北京市，就有 19 个剧团排演了《于无声处》，全国有 2 700 多个剧团演出。接着剧组应文化部、全国总工会邀请赴京向首都人民汇报演出。剧组还为十一届三中全会前夕举行的中央工作会议举行专场演出。陈云同志在会议的东北组小组会上发言指出："关于天安门事件，现在北京市又有人提出来了，而且还出了个话剧《于无声处》……，中央应该肯定这次运动。"几天以后，经中央批准，北京市委宣布：1976 年清明节广大群众到天安门广场沉痛悼念敬爱的周总理，愤怒声讨"四人帮"，完全是革命行动。天安门事件终于彻底平反。同一天，《人民日报》发表《人民的愿望人民的力量——评话剧〈于无声处〉》的特约评论员文章，盛赞《于无声处》用艺术再现的客观事实，推倒了"四人帮"强加给中国人民的最大诬蔑和对历史的最大歪曲。这就是话剧《于无声处》的思想意义和现实意义。

在中央决定前，《文汇报》敢于以空前规模宣传报道《于无声处》，也得益于刚发表的《光明日报》的特约评论员文章《实践是检验真理的唯一标准》，它吹起一股解放思想的强劲东风。尽管"两个凡是"的禁区尚未冲破，平反冤假错案，包括为天安门事件平反仍阻力重重，但解放思想的洪流已不可阻挡，《文汇报》在上海第一家用整版篇幅选登了天安门广场革命诗文。《于无声处》剧中主人公就有编辑和散发天安门革命诗文的情节。《文汇报》关于《于无声处》的宣传报道，为这声惊雷迅速震撼全国，做出了自己的一份贡献。

《文汇报》在以上两件事上的表现，使它获得广大读者的喜爱和支持，报纸的政治、经济、科教、理论等新闻版面和各类专刊，也都很有生气。发行量从"文革"期间的十余万份猛升至一百七十余万份，值得一提的是，百分之四十的订户散布在全国各地，且多为个人订户。

冰心老人的书赠

知足知不足

有为有弗为

敬录先祖子修公

座右铭

中兴小友正

冰心

这是新放在案头的一幅墨迹，可又不仅是墨迹，我从上面看到的是一位世纪老人的慈祥、睿智、漾着淡淡笑容的脸孔。

几天前，趁在京开会之便，周明同志陪同我去拜访冰心老人。老人在《文汇报》增刊试刊上接连发表的专栏文章，在读者中反响很大。人们对她在90高龄之际仍以自己丰富的人生智慧为读者提供源源的精神滋养，表示深深的感谢，同时也为老人仍然如此才思敏捷感到由衷的欣喜。

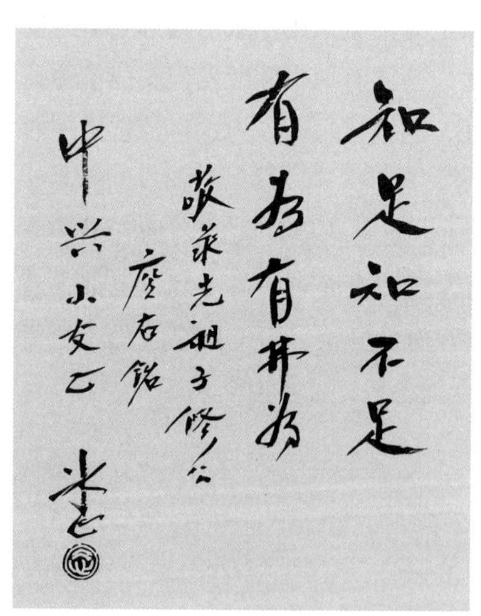

我想老人听到这些信息反馈，是会高兴的。

这是一个晴朗的秋日，天高云淡，太阳照在身上暖洋洋的。老人居住在民族学院的那幢教授楼，在四周拔地而起的建筑群中，不但外观陈旧，内里设施也非常简陋。墙壁楼梯，脱皮褪色随处可见。老人客厅里没有豪华耀眼的色彩，老式书橱，半旧沙发，小桌上搁着一叠供来客翻看的照相册，唯一的珍稀之物要算梁启

冰心题书赠言

超手书的一副对联了。但是最吸引我注意的还是占了墙壁很大一块地方的那幅周恩来总理坐在藤椅上的半身油画像，画像下案几上置放着几盆鲜花、文竹、君子兰，清香扑鼻，生意盎然。

老人是在客厅内侧的书房接待我们的。她安详地坐在宽大的写字桌后面，桌上摆着笔砚，堆着几大叠书刊，身后的书橱也是爆满，老人转身随手可取。她把一本《关于男人》的散文集题名送给我们每人一本。我给老人讲了她的文章在读者中引起的反响。我问她："您写到的那首《国歌》，是不是查了资料？""哪来的资料，我10岁前听人唱的，没有忘掉。"八十多年了，还能把一首长达一百多字的歌词几乎一字不差地写下来，这使我惊讶不已。老人曾经在一首诗里写过，在她年轻的时候，"国耻纪念比节日还多"。正是有颗炽烈的爱国之心，才使她把历史的教训记得这么牢吧。

同来的一对书法家夫妇，怀着敬意给老人送上几方印章，老人笑纳之后说："我这是剥削你们。"书法家说："能为谢老刻制这几方印章，我很荣幸。"老人幽默地说："被剥削还感到荣幸，这也是我们的一种奴性。”书法家不服气：“我送您印章，要求您的字呢。”老人说：“我的字不好。上门来要我写字的多，有的要我题写书名，人不认得，书里写些什么也不知道，从现在起我不能写了。”但是听说这位书法家是到台湾办书法展览，是请她为展览题书，便欣然允诺。

老人在桌上铺陈好宣纸，书法家希望写“文化之光”四字作为横幅。当老人提笔时，书法家又提出，台湾的习惯，从右往左写，老人运笔试了试，感到不顺手，便说：“竖写从右往左，横写还是按我们的习惯吧。”老人写毕，周明也提出题书要求，站在一旁的吴青说：“你讨了多少字了，要收你五千块钱。”周明笑问老人：“多少钱？”老人说：“一角钱。”见老人兴致颇高，周明得寸进尺，请老人为我也写一个。写什么，周明让我提，我想还是不提的好，老人爱写什么就写什么。果然，老人不假思索，轻松运笔，不打顿，手不颤，信笔而下，一气呵成，然后盖上印章。一缕阳光透进南窗洒在老人脸上，她那双深邃的眼里闪着光亮，脸上漾着淡淡的笑容，慈祥地望着我说：“知足知不足，物质生活上要知足，求学问的事要知不足，学问是永无止境的；有为有弗为，爱国的对人民有利的事要做，卖国损害人民的事要不做。”

再看案头上的字，冰心老人的话犹萦绕在耳。这是冰心老人所追求的人生境界，而她又是用她与世纪同龄的经历，用她七十年的创作生涯，用她耄耋之年的不停顿的耕耘，来体现自己这种追求的。因而我看这幅墨迹，不是在欣赏书法，不是在聆听训诲，而是强烈地感受到了一位令人尊敬的文坛前辈的崇高情操，听到了那颗真诚炽热的心的跳动。

在夏衍家里

在竞相崛起的高层建筑、挺拔耀眼的四星级五星级宾馆群中，这幢坐落在北京一条僻静小街上的古老的四合院，已经太不入眼、太不惹人注目了。但是住在这座宅第里的老人，面对着生活的又一次新旧更替，眼花缭乱，是不是也有一种被摒除于外的失落感呢？

夏衍同志腿脚活动不便。他端坐在高背黑皮沙发椅上，腰板挺得很直，面色白里透红，整齐的黑发中夹着银丝，知道我和我的一位同事是来约稿的，他诙谐地操着纯正的杭州官话说："我 89 岁了，逼我写文章不人道啊！"

每一个人都属于一个时代，那个时代一结束，他也自然要退出社会活动的舞台。但是对一个仍旧和时代共通着脉搏、保持着对生活敏锐感受的人来说，尽管他已经历了几个时代的漫长岁月，却依旧得到人们厚爱。

夏公正在赶写一篇纪念"五四"70 周年的文章。他这是忍痛暂停写作接待我们。

一谈起文艺问题，夏公就滔滔不绝。他首先谈到报告文学。他认为报告文学在当前文学领域称得上是一枝独秀。报告文学之所以出现这样好的势头，是因为它切近生活、直面人生，报告文学作家把人民的忧乐装进了心头。他列举了他最近读过的《兵败汉城》等一批佳作，但也感到这些作品的通病是不精练，一篇文章不写到几万字就收不住。"这是在观察生活时没有把要点抓住，写作上又缺乏基本功训练所致。"

谈到在全国引起轰动效应的电视剧《河殇》，夏公别有一番感慨。他认为作者反思我们民族历史文化的某些论述流于表面化，缺乏科学的分析。其实传统是不能割断的。中国人有封闭的一面，也有开放的一面，秦始皇时代就派人到日本去了，不能一笔抹杀、一棍子打死啊！

"您怎么不把这些看法写成文章发表？"

夏公笑而不答。我们文艺界这位德高望重的长者，也感染了似乎只有小青年们才有的“逆反心理”了。

谈到电影，他却一下子把批评锋芒转向了报纸：“你们要有自己的主心骨，不要一部片子得了个什么奖，大家就一哄而起跟着做上一百篇吹捧文章。8亿农民，现在几乎没有农村片，这个大事你们怎么不做做文章？”

“你们是一份有影响的报纸，要发挥特色，多登独家新闻。你们应该有自己的声音啊！”由于爱之弥深，老人的话也就毫不客气。

老人的敏捷思路，使我不胜惊异：“夏公，您信息真灵通。”

“体育信息我了解得就是比你们多，”老人乐得像个孩子似的咯咯笑了，“你们报纸体育新闻也太少，别以为只是我喜爱体育，电视台体育新闻的收视率是最高的。”

老人拿起放大镜，看我们带给他的文汇文学奖的入选篇目，他看得很吃力，但兴致勃勃。清人龚自珍曾以“能令公少年行”的诗句自况，意思是一个人只要放宽心怀，纵情乐事，便可长葆青春。我此刻在夏公身上感到的是，只要连接着生活大海的滚滚波涛，一个人的生命之河就不会干涸。

人事有代谢

——杨西光同志二三事

那些有着辉煌斗争经历的老同志在完成自己的历史使命退岗以后，就难得听到他们的声音了，直至辞世的噩耗传来，才使熟悉他们的人震惊不已。哀痛之余，一些难忘的往事又在眼前浮现。

我认识杨西光同志是在1954年。我们是在同一个时期走进复旦校园的。他是党委书记、副校长，我是工作了几年又来上大学的学生。那个年代，校一级没有那么多叠床架屋的机构，系一级更精干，行政是一位系主任加一个秘书，党组织是一个党支部，支部书记是专职干部，支部委员是从教师、学生党员中选出的，学生和校领导之间并不隔着遥远的距离。学生有问题直接找校长、党委书记，校长、党委书记参加学生组织的各种社会活动，都是经常有的。至于党、团、学生会干部，校领导直接找开会就更多了。一次开会，到会者每人拿到一份材料，是一位华侨女同学写给杨西光同志的信，而这位女同学就是我所在的年级的，我对这封信也就特别看得仔细了。这位女同学在信中说，她在海外的父母很爱她，为女儿成为新中国的大学生感到骄傲，经常给她寄来一些好看的衣料，让她把自己打扮得漂亮点，但同学却说她资产阶级思想严重。她说，为了跟资产阶级思想划清界限，她已经把几件新衣服都剪成了碎片。她请问校党委书记："这样做是不是就有了无产阶级思想？"这位女同学气很大，还有一条没说出来的原因：那时苏联东欧国家来访的青年代表团很多，有关方面经常举办联欢晚会，去的同学由校团委提出名单，其中几个老面孔，是些缺乏文艺细胞的"干面包"，她们非常不愿意担当这份友谊交流的美差。而这位女同学性格开朗活跃，能歌善舞，却由于有海外关系从来不被选中。带有嘲弄意味的是，去的人又常常要借穿她漂亮的衣裙。事情就是这样滑稽，漂亮的衣服穿在别人身上没问题，穿在她身上就成了资产阶级思想，这也太不公平了。但是有的同志对这位女同学并不同情，认为她是在耍小姐脾气。杨西光同志让大家展开讨论。他说，这位女同学是在一个不同的环境中长大的，为什么不能关心她理解她，让她感到集体的友谊和温暖呢？他认为同学们的兴趣爱好、穿着打扮是不能强求一律的，党团组织工作是不是有成效，要看是不是能把同学心悦诚服地团结在自己的周围。思想工作不能简单化、庸俗化。他批评团委不让这样活跃的女同学参加联欢活动是没有道理的，他还找这位女同学谈了心。这位女同学曾给有的党员领导起了个绰号“灯塔面孔”，说他们在你面前出现永远就是一个作用：指引着你前进的方向。现在她感到这位党委书记的面孔和普通人一样，有血有肉，有笑容，有温暖。她和党委书记成了好朋友。一天，我们在校园里实习新闻摄影，大家都在各显神通地捕捉最佳镜头，恰好杨西光同志走来了，这位女同学拉着几位伙伴围着杨西光，让我给他们揿一记快门。这张幼稚的新闻照片，至今还在我的照相簿里占有一席之地。每当我翻开照相簿，我总是情不自禁地在这幅照片上多看一眼。

西光同志到市委工作不久，我和张黎州同志（复旦新闻系青年教师）也被调到市委机关做文字工作。他说机关要不断从基层调些年轻人来。我们对机关工作兴趣不大，但是那个年代的年轻人，习惯于一切听从党组织安排，尽管老大不情愿，还是到职了。当时为杨西光同志起草文件报告最多的要算金冲及同志，我们问西光同志，把金冲及调来不更好吗？他说，把小金调进机关，他的历史研究就完了。金冲及那时是复旦历史系的讲师，在近代史研究上已经崭露头角。他不愿意让一个很有希望的历史学家脱离专业，而新闻系培养的大概是万金油，到机关也一样好凑合。不过他对我们的业余写作还是很支持的，给报刊写社论、评论、通讯、报道也是我们的一项工作。我们到机关报到的时候，他当着机关有关同志的面对我们说，你们的任务就是调查研究、写东西，别的事可以不管。这话他说得容易，其实是做不到的。办公室杂七杂八的事不少，一会儿情况汇报呀，一会儿紧急通知呀，几个秘书都忙得团团转，你能置身事外成为同事们心目里的特殊人物？机关里同一个职务和年龄层次的人，对谁破格一下，都免不了招来闲言碎语。现在情况不同了。前几年碰到理由同志，他说他是从文化馆调到光明日报社的。写了几篇引人注目的稿子以后，杨西光就让他做了一名无任所记者，哪里有事就派他到哪里去，使他从日常报道中超脱出来，写出不少有分量有影响的好文章,《扬眉剑出鞘》就是其中的一篇。即使有的文章不在《光明日报》发表，也是允许的。理由对杨西光同志的这一做法赞赏不已，认为他在对干部用其所长上别有一功。

1961 年春节，正是困难时期，西光同志让我们好好休息，把拜年免了。我想这也好，不必为拜年疲于奔命了。可初一一大早，就有人敲门，开门一看，是西光同志。东安二村是我们机关同志住得比较集中的地方，他挨家挨户给大家拜年来了。

在“文革”前那些阶级斗争口号叫得越来越响的日子里，西光同志也是很起劲的。复旦大学的师生中打了那么多右派，主其事者是他这个党委书记。他是不是可以有别的选择呢？就很难说了。那个年代有一个荒谬的逻辑：你说你这里右派很少吗？可能就是你右倾。你说你这里没有右派吗？可能你就是右派。杨西光同志对抓好学校的政治思想教育、贯彻教育为无产阶级政治服务、教育和生产劳动相结合，以及培养有社会主义觉悟的有文化的劳动者的方针算得上日以继夜、不遗余力了。但是“文革”动乱开始，他是上海市委领导干部中第一个被“揪”出来的“走资派”，罪名就是他推行修正主义教育路线，向资产阶级知识分子屈膝投降，要把学校办成培养修正主义精神贵族的大染缸。复旦右派已经打得够多了，却说他是假反右，让大批右派漏网了。在虹口体育场开的那个批斗大会，两名红卫兵揿着他的头颈绕场疾走一周，还有那些他所信用的干部对他的那些耸人听闻、光怪陆离的揭发，那种残忍的折磨现在想起来还是令人不寒而栗。在上海市委领导干部中，他是被整得最惨、苦头吃得最多的一个，大概就是因为这个缘故吧，他受到的教训是沉痛的。他在主持《光明日报》的工作后，能有那么大的胆识勇气主持修改并毅然发表《实践是检验真理的唯一标准》一文，和这是分不开的。这件壮举称得上是他一生中的一个高峰，如果说过去工作中有失误，也算是弥补了吧。

西光同志的住处，离我们报社驻京办事处很近。我每次出差去京，总要抽一个晚上走过去看望他。他在完成了那件壮举以后不久就到了离休年龄，他马上给组织上打了离休报告。退岗以后，他就静静地待在家里，看看文件书报，很少到报社去，他说退就真心实意地退，不要给新班子的工作带来干扰。这两年他卧病在家，连翻翻书报也越来越困难了，可是非常关心国家大事。在他辞世前的一个多月我去看他，季宝卿同志告诉我，他说话已经困难了。我进了卧室，他看见我，就叫着我的名字说："我不行了。"说着竟然从床上坐起来，摘掉氧气管子，又移坐在床边的椅子上，向我询问当前群众关心的热点问题，报纸又是怎么宣传的，一说就是二十分钟。我起立了几次，都被他阻止了，他要多听一些外面的新鲜信息。不料这次谈话竟是我们的永别。他生命已经垂危，他的那颗心，还紧紧贴着那些热点问题，紧紧贴着人民群众的脉搏，在怦怦跳动。人事有代谢，但是他留给我的这个印象是永远也不会在我心中谢去的。

耄耋之年写巨变

复兴西路行人不多，这位老翁的行踪就显得格外突出。每天早晨8点钟，他的身影在路上出现，满头白发，但梳理得纹丝不乱。早已过了多梦的年纪，他那若有所思的眼神里仍旧盈溢着梦想和希冀，历经沧桑而依然不失对生活的敏锐感觉，进入耄耋之年依然葆有一颗炽热的心。一幅上海近百年风云变幻的宏伟画卷——《十里洋场》正在他胸中构筑，每天他像个小学生一样，早上出来，步行至住宅附近一处增配给他的房间里，写上一天。傍晚时分，带着疲惫的然而是满足的心情循着原路回家。

家有三间房，却有三十几个书架，客堂、卧室、厨房、过道到处挤着书架，再来书已经无处放了，有新书他还是要买，他从浩瀚的书海里汲取着生命的滋养，又以生命熔铸的文字，给书海增添一颗颗明亮的水珠。读书写书，构成了他生命的一种需要。写书当然还要卖钱，出版社听说他开始上海近百年史的长篇小说的写作，给他送来预付稿费。他说东西还没有写出来呢，怎么能拿钱，不假思索地把钱给退了。有人一个字未写出，拿了个题目去卖大钱，居然也被一些报纸“炒”得热火朝天，这在他看来是不可思议的事。是不懂得钱的重要吗？不是，由于钱袋偏紧而产生的困窘不久前刚经历一次。那是应邀访问香港期间，为表示对几位盛情接待的友人的谢意，他举行了一次回请，宴毕结账，所费不多。这时一位友人用英语问另一位友人：“吃得好吗？”另一位也用英语回答说：“你不是让我拣最便宜的点吗？”柯灵和他的夫人都是懂英语的，听懂也只好装作没有听懂了。

就连这一点应酬消费，也够他写上好些天，现在稿费标准不高，一家报纸请他写一篇带有祝贺意思的文章，给他寄来30元稿费，他把稿费单退回了，后来这家报纸的总编辑知道了，重新寄来100元稿费，他依旧退回了，他说写这篇文章出于友情，钱少了不要，钱多了就要，那不成

聆听前辈柯灵夫妇教诲

了文丐了吗！在他看来，钱当然是重要的，但还有比钱更重要得多的东西，那就是人的尊严、作家的尊严。广州一家大报请他题词，给他寄来300元稿费，他收下了。这既是酬劳，又体现了对知识的一份尊重。看来商品经济最发达的地区，知识的价值也是高的。

熟悉柯灵写作生活的人，无不对他的严谨认真、一丝不苟留下极深的印象。为任何一本集子作序，他都要把这本集子里的每篇文章读过，精粗优劣尽纳于胸，然后下笔。他的评介，热情中肯，分析精当，既从别人文章的实际出发，又运用自己的知识积累，引申开去，发表独到的见解，把对一个学术领域问题的评介当作一番切实的研究。在这样的文字上耗费的精力常常数倍于自己的创作。他的文章文采斐然、满纸珠玑，几乎字字都经得起推敲，这不是工匠式的雕琢，是对现实的关注使纸上的珠玑充满鲜活的生命，是他心血和激情的结晶。读他的文章，既有美文的享受，又往往情不自禁，在许多问题上引起强烈的感情共鸣。

写作一部反映上海百年历史变迁的长篇小说是他的夙愿。他第一次到上海是1931年，赶上了“一·二八”事变，日本侵略者发动突然袭击。

上海火光冲天、浓烟滚滚，著名的东方图书馆付之一炬，万卷典籍化成纸灰，在天空飞舞数日，这个印象在他脑中是永远磨灭不了的。在上海生活六十多年，目睹身受这个大都市的兴衰沉浮、沧桑几度，封闭开放、开放封闭再开放，他不知道还有哪个城市像上海这样，命运如此具有戏剧性，变化如此巨大而惊人。他太熟悉这些变化了，无论这些变化带来的是幸福欢乐还是灾难恐怖，每次都强烈震动他的心，他都能清晰感受到周围人们脉搏的跳动。他对这片土地倾注了太多太深的感情，不写出来就不能心安，经过长时间的酝酿，动笔之前，他还请有关同志陪同去南市老城区走访寻觅。那上海最早的石库门房子，斑斑驳驳的黑漆大门，坑坑洼洼的花岗石门框，一根晾衣竿可连接街两边窗户的老街，此情此景，唤醒激活了他脑海中的记忆，它们翻腾起来，源源涌出笔端。已经在《收获》杂志发表的《十里洋场》第一章，写的是一百多年前发生在上海老城内的故事，语言的运用、氛围的营造，把读者一下子带到那个在近代史上登场的上海，重睹一去而永不复返的历史风景。国内外的朋友和读者热情来信，赞赏鼓励，一股股热流注入他的心田。在复兴西路早出晚归的路上，这位白发老翁继续迈着平稳的不紧不慢的脚步，每日不停地走着，来往路人谁也不会想到，在这位瘦弱的老人身上还有着如此坚韧的创造力，还在文学园地里如此虔诚地浇注着自己的心血。

冷峻外表下澎湃着激情

——忆钟惦棐同志

“新时期十年电影奖”群众投票结束，我去北京向顾问们汇报评选结果时，钟惦棐同志已经住院。

我赶到医院，守候在病榻旁的张志芳同志对我说：“他不能去参加会了。”我感受到志芳同志内心的忧虑，钟老仰靠在垫高的枕头上，平素那冷峻的有棱有角的脸孔消瘦了许多，脸色异样的红，他不能食、不能睡已经一个星期，我怕他讲话吃力，想尽量把电影奖评选情况的介绍缩短，可他眼里闪出了炽热的光亮：“我是《中国电影时报》的名誉主编，又是‘新时期十年电影奖’的顾问，你怎么不多给我说一些呢？”言语亲切中透着自豪，一点不像病痛的样子。我不能拂逆他的意思，便把群众投票评选出的最佳名次、票数逐项相告，他脸上露出微笑，频频点头说：“观众选得有水平，有水平！”我说我们等着你早日出院，到上海去参加发奖大会，他说：“怕不行了！”志芳同志把我送出病房，对我悄声说：“病因还未查明，他生过二十年肝病，我怀疑可能是——”说着把话咽住，我安慰她：也许检查的结果，完全排除掉你的怀疑。这是我的愿望，也是我的信念。现在授奖活动已经圆满结束，正想去向钟惦棐同志说说这次授奖活动的盛况，长途电话竟传来噩耗，我再也不能坐到他面前聆教了。

我知道钟惦棐同志的名字是在1957年，但认识他是在1982年的全国电影故事片创作会议上，一个出门爱披着一件草绿色军大衣的老同志，身旁总是有几位年轻人相伴，一问才知道他是钟惦棐。我到他的房间去拜访他，不断有人上门来找，有电话来约，他说他会议结束就要回京，一一婉言辞谢，唯独对上海沪西工人文化宫一群业余影评积极分子的邀请，满口应承。这给我留下很深的印象。

这位沉默了二十多年的电影评论家，终于又以他独树一帜的、鲜明个性化的评论为新时期电影评坛带来了一股活力。尽管他已年过六旬，可一接触，我就强烈感受到他那冷峻外表下澎湃着的火一般的激情。他没有为命运的坎坷感叹，这是他的经历所决定的。1937 年的凛冽寒风，把他送上了从成都去延安的道路，先抗大，继而鲁艺。“我的真正生命是从延安开始的”，所以“二十多年的磨难，没有人看见我气馁过”“要我丧失对于革命的信念是不容易的”。历史翻开了新的一章，他再也“憋不住”，连篇累牍，用他那富于个性色彩的文字、饱蘸感情的笔锋和真知灼见，呼唤着现实主义回归，呼唤着电影艺术规律的回归；对那些贴近现实、贴近人民生活、反映群众的真情实感之作，他总是不遗余力地加以肯定、加以鼓励；对那些探索、创新，艺术上也许幼稚、不足甚至失误，但是能对电影注入新的血液，表明一种新的电影观念在奔突、成长之作，总是给予热情的关注。而他在做着这一切的时候，并没有高高在上以专家、权威自居，他与众多的群众影评积极分子保持着广泛的联系、交流。1986 年 11 月，全国群众影评积极分子聚会柳州，他身体已感不适，仍旧风尘仆仆，往返奔波。那些从工厂、农村、部队选拔来参加会议的影评积极分子，什么时候来到他的房间，他都亲切接待，平等对话，乐而不倦。人家称他老师，他说群众给他的更多。他从这批影评积极分子那里，了解到观众脉搏的跳动。在他心目中，电影与观众的联系始终占有至高无上的地位。“新时期十年电影奖”的评选，他是积极倡议者之一。他说，让广大观众来检验新时期十年电影的成就，一定可以反馈给电影工作者不少有启示性的信息。

我和许多同志一样，赞赏他的影评文章言之有物，有自己独到的见解，富于机智、幽默感。但当我了解了他在每篇文章上浇注的心血后，更加惊叹不已。1986 年 9 月 13 日，他发表在《文汇报》和《中国电影时报》上的《谢晋电影十思》，是他生前留下的最后一篇引起广泛注意的文章，视界广阔，妙语连珠。文章虽长了一点，我一口气读完。但他写的时候，却不是一气呵成，反复琢磨、推敲，整整写了十稿。时值盛夏酷暑，人家劝他去北戴河休养，他却顶着高温，每日写得汗流浃背，不曾稍歇。他这种严谨的写作态度是一贯的。哪怕一篇短文，写就后他也不马上拿出去，总是放上几天，拿出来再看再改。跟他打惯交道的编辑知道他这个脾气，找他约稿得准备放宽期限，敷衍塞责的急就章他是不干的。

在《谢晋电影十思》一文最后，他写了这样一段话："年轻人中亦不乏佼佼者。我写《〈牧马人〉笔记》之后，再读梦真评《灵与肉》的文章，也不免出了一身冷汗！人在一生中出几身冷汗，很有必要，证明毛细血管尚畅通着，有药可医。"读了这段文字，我的心情久久不能平静。这位老人身上仍旧充满青春活力，跟他这种严格的自省精神是分不开的。他认为写文章是"九分做人，一分作文""写冠冕堂皇的影评文章不算难，难的在于如闻其声，如见其人。文章中要人意志昂扬，正直、无私、忠诚，怎样怎样，自身如何呢？批评不只是文字的事，其中也有作者的人格力量""文章在各朝代都没有断过，为什么真正留下的那么少呢？评论工作者，要真正成为捍卫革命事业的先锋战士，影评事业才能发展"。在写这篇短文的时候，我特别感到他这些话震撼心腑的力量。

一泓活水在他胸中荡漾

——忆吴强同志

1990年12月，湖南一位同志抵沪，他是我和吴强同志曾经一起去访问过的一个工厂的负责人，让我邀约吴强同志一起小叙，我回答说："吴强同志走了。"那次吴强是赴美探亲，动身前夕，还参加了上海文艺出版社召开的《贺绿汀传》座谈会，在会上做了热情洋溢的发言。临行时他告诉我很快就会回来，还答应为我们报纸写几篇访美见闻。现在湖南那位同志又来电话，我声调低沉地告诉他："吴强同志走了。"不过这一次他是一去不返了。

我想到了海涅的诗句："太阳纵然还是无限美丽，最后它总要西沉。"吴强在生命最后年月里焕发出的色彩，一如他以往的革命征程，是美丽的。

由于工作关系，近十余年来，我和吴强同志接触较多，去外地开会或参观访问，有机会四次同行。他是左联和新四军的老战士、长篇小说《红日》的作者、上海作协负责人，加上"文革"中长期受迫害，这些，都是足以夸耀于人的。基层单位在介绍来宾时，说到他的头衔，他认为用作家两个字足够了，倒是介绍到一些年轻的同志，他总爱风趣地从旁插话，告诉人家，这位同志是哪里的，写过什么作品。参观工厂车间，他看得很仔细，常常不紧不慢地走在后面，弄不懂的东西，就提出向主人或内行的年轻朋友请教。坐车乘船，他最守时间。有次从衡阳乘夜车抵桂林，由于只有一天停留，为了能游上漓江，大家说好下车后把行李往旅馆里一放，就乘小面包车直驶滨江码头。有的同志为这种安排叫苦不迭："脸还没洗呢！""厕所还没上呢！""吃不消，老命也要搭上了！"吴强却潇洒地扣着那顶法兰西小帽，从容不迫地第一个上了小面包车。他在火车上就抓紧了漱洗、方便，一切准备停当。他不让别人由于他是什么老前辈、名作家而给予他特别的照料。但是这不等于他不要人家给予他应有的尊重。有次他乘小车在路上不知为什么被拦阻，他下车和民警理论，民警问他："你是谁？""我是吴强。""谁认得你吴强是谁！"他听了，脸上露出无可奈何的苦笑。作为《红日》的作者，他曾经是一个有广泛社会影响的人物。一个时代过去了，现在的年轻人知道他的就不多了。在衡阳自行车厂，一个年轻人介绍他是《红日》作者，而介绍者又声称自己是《红日》的热情读者时，吴强掩不住喜悦之情，会心地笑了。

然而吴强并没有把这称得上是辉煌的老本变成包袱压在自己背上，他没有陶醉于往日的光荣。1978 年他从"牛棚"里出来不久，就创作了愤怒控诉"四人帮"的短篇小说《灵魂的搏斗》，接着又攻占一座新的《堡垒》。退居二线后他笔耕不辍。中篇新作《篮子挂在椅上》，写得非常动人。不久前他发表在《文汇报》上的散文《我爱淮海路》，也获得读者赞赏。淮海路的一些商店为了回报他的热情，提出为他提供上门服务。当我拿这事和他开玩笑让他多写几篇这样的散文时，他说他夫人正为做衣难犯愁，服装店愿意上门服务，她可感兴趣啦！

跟吴强在一起，你看不出他已八十高龄。不久前他在上海《老年报》与市少年宫联合举办的"忘年交"围棋赛上，他问一个小朋友："我今年多大岁数？猜猜看！猜中了，给你奖品。"小朋友猜他"60 多"。他笑了，显然为自己还不显老而感到自豪。人家问他有什么养生之道，他说："重要的是心情愉快、乐观，常乐长寿嘛。"

然而怎样才能保持心情愉快、乐观呢？这跟他对待生活的热忱是分不开的。这些年来，凡有下工厂、农村的机会他都不放过。去宝钢访问，到车间里去，爬上爬下，一里路长的车间，他跟年轻人一起走到底。去秋访问星火农场，早上 8 点半从市区上车，11 点到农场，听介绍，看农场办的食品厂、造纸厂、服装厂，寻"文革"期间在那里住过的干校的草棚子，一日下来，来来去去，进进出出，上上下下，走的路超过十里，他竟不累。他是个爱玩的人，他说他这天没有下围棋，没有打台球，心中却感到分外的快乐，神经一直处于兴奋的状态。至此我们也可以知道他精神还是那么年轻的诀窍了。生活的大海永远波涛起伏，一个永远保持和生活联系的人，总有一泓活水在胸中荡漾。正如他自己所说的："出去走走看看，常同青年在一起，聊聊、玩玩，从青年们身上吸收些灵气、活力。”

就在这不经意间，吴强同志走了。

但是我仍能感觉到他那富有活力的音容笑貌，一股暖意留在我的心间。

第三辑

美哉，江山

鸟瞰上海

直升机在突突的马达声中稳稳升空，都市还掩在朦胧的面纱之中若隐若现，元旦过后几天的阴云雨雾使我们有点忧虑，还是那样的天气，就一片茫茫都不见了。天公非常理解我们的心情，陡然间机舱内光亮闪耀，朝阳露出笑脸，它的温暖化解了冰凉晨雾，出现在眼下的是看不见边际的波涛起伏的建筑的海。

生活在上海，每天都能感受到这座都市这几年里经历的巨变。我居住的区域地处偏僻，如今也是高楼林立，一条肮脏不堪的臭水浜变成宽阔的四通八达的马路干道，但这还是一个局部，从空中看，它只占了一个很不起眼的位置。我在寻觅那些我所熟悉的留下我许多难忘记忆的地方：外白渡桥和外滩、国际饭店和大世界，它们曾在漫长的岁月里被不同层次的人们目为上海的标志和象征，它们依然保持着历史的光荣，却把辉煌让给90年代的后来居上者。东方明珠广播电视塔领衔的陆家嘴的楼群，如同雄峙于波涛之上的峰岭，以跨世纪冲刺的姿态显示它宏大的气魄。黄浦江上横卧着两条巨龙——南浦大桥转盘似的徐徐而上和杨浦大桥的笔直向前表现了两姐妹的不同性格。追踪着姐妹脚步，徐浦大桥也将越江就位，母亲河不再厚此薄彼，不再是把这个都市一分为二的鸿沟，桥上的车流把两岸联结为不可分割的整体。这边的码头，船移车驰，长长的传送带上躺着乌亮的煤块，它们结束了长途劳顿，汇入岸边的堆栈。那边的码头，火柴盒子似的集装箱，一排排、一列列，正在启运。江水一闪一闪，玩具般缓缓移动的海轮，消失在视线尽头，它在把上海和世界紧紧联结。

波涛起伏的建筑的海，显示的不仅是这座都市的浩渺，尤为瞩目的是它把那么多纷繁庞杂的风格色彩有条不紊地融为一体的惊人的襟怀与能力。花园洋房的尖顶尖塔，哥特式、文艺复兴式、巴洛克式建筑风格应有尽有，这曾是高等华人的栖息之地；鸽子笼一般灰溜溜千篇一律的房顶，是五六十年代留下来的解放牌，第一批住进的人们，曾满怀翻身的喜悦；蔚为壮观令人惊心动魄地铺展在眼帘下的是黑压压一片又一片如鱼鳞紧衔一起的房顶，这是这个都市的独树一帜的石库门建筑群。二三十年代它在这块土地上大量涌现的时候，它的主人是有头有脸的中产之家，如今逼近来的推土机、重型卡车，正在切割着缩减着它的面积；占尽风光的是一批容光焕发、新颖现代的高楼大厦——新锦江、新世界、东方商厦、上海博物馆、上海图书馆、虹桥开发区住宅楼群。上海是海，海的宽广来自它的兼容并蓄，它接纳长江大河，也不拒绝涓滴之流；它掀起一波波时代新潮，同时保留着许多已逝年代的遗迹，没有惊天动地的锣鼓鞭炮和喜报，一场深刻变革和新旧交替在昼夜不息地进行，蓝天上虽然听不见，但我感受到了浪涛喧闹、海的生命力的涌动。

内环线高架像条彩虹绕都市一周，南北高架拦腰一横，施工中的延安路高架从东到西来了一竖，正好成了一个“申”字，这是蓝天下一个最为潇洒的超大的字。内环线高架西边内侧，又坐落着一超大的体育馆，被滥用的“大”缺乏一个标准数据，人们索性用八万人体育场称呼它。在直升机上，也能感到它对视觉的冲击。体育对当年被嘲弄的东亚病夫是一种奢侈，如今它是人们生活中的必需。直升机掉头，又飞近东方明珠电视塔，飞行高度只及它的半腰。它自然也是超大的，与它靠得这么近，几乎伸手可及，这为我观察它提供了一个最佳视角。我登上过这座塔，不觉得它是塔，它的厅堂像个大剧场。一次出差归来，客轮于凌晨驶入黄浦江，天蒙蒙黑，只有一颗星星刺穿夜幕，它神气地时隐时现。原来它是东方明珠在闪烁，此刻东方明珠在我眼里成了一种精神、一种象征。

直升机在空中盘旋，我遗憾地发现，这片波涛滚滚的热土上还是少了一点东西，成片成片拔地而起的参天大树都是钢筋水泥做的，与密密麻麻房屋相伴的还是密密麻麻的房屋。树木和草地自然也是有的，但它们太少了，人们忙于计算每平方米土地所能获取的最大经济效益，理应属于它们的空间被蛮不讲理地鲸吞了、挤占了。它星星点点、可怜巴巴、不成比例，形成不了一个茂盛兴旺的家族，在空中很难寻到它的姿影。这么一场旧貌换新颜的伟大变革，似乎不应该冷淡自然、拒绝自然的参与。人类繁衍至今，什么时候能够脱离这个与生俱来的最好的友伴？在向21世纪行进途中，人们也需要歇息，也需要坐下喝杯水揩把汗。这个时候，一片茂密树荫，一块芬芳草地，不是比一杯果汁、一瓶矿泉水更能把你的心灵滋润！环境质量对于人性陶冶、都市繁荣不是可有可无的，生活的质量离不开环境的质量。仿佛有一声呼唤穿透直升机的窗玻璃直击耳膜，它是如此强烈、如此急切、如此直截了当：给我一点绿！

窑洞今昔

凤凰山、王家坪、杨家岭、枣园，毛泽东和他的战友当年居住的那一排排窑洞，穿过岁月的烟尘，仍在显示它经久不衰的魅力。

跟在人群后面，我的脚步在这一排排窑洞里走走停停，不断地顾盼流连。不像参观帝王宫殿、达官贵人府邸，眼花缭乱的楹联匾额，豪华的专门功用的客堂、议事厅、书斋、卧房、餐室，处处令人产生常人不可企及的距离感，这里就像走进普通寻常人家。虽然这已不是老乡住的土窑，由砖石加固过，窑壁经过石灰粉刷，但窑洞里的简陋则一，一桌一椅一床，还有一部手摇电话（这是运筹帷幄指挥调度千军万马所必不可少的），总共十几米方圆，无遮无挡，一览无余。它像一面镜子，映着主人的起居作息、风貌神采。窑洞陈设大同中又有些小的变化。毛泽东在王家坪的窑洞，土坑上加了张木床，既得炕的暖热，又不改南方人卧床的习惯。甚至还挂上一顶称得上奢侈品的帐子，那是前方将士送给他的战利品。朱德则把办公桌搬到靠窗的土炕上，办公时还能晒晒太阳。所有的窑洞都没有卫生设施，主人是怎么方便的呢？临时加一只便桶，还是到室外去用厕，如若是后者，雪花飘飘的寒冬腊月是很不好受的。

窑洞背靠山岭、深藏土中，与土地结合最深、关系最亲，呼吸连着呼吸。厚重的黄土地，历尽沧桑，贫瘠荒凉，被丘陵沟壑切割得支离破碎，就像母亲脸上纵横交错的皱纹，烙印着苦难艰辛，依然不改宽广博大的胸怀。她倾其所有，以无尽的爱，接纳着、养育着、支撑着这一排排窑洞。毛泽东在这些窑洞前后住了 10 年，他一定从窑洞得到许多灵感，这是他生命力勃发、思如泉涌的时期。《实践论》《矛盾论》，《毛泽东选集》中相当一部分重要著作都是在窑洞里的油灯下写就的。在窑洞里，他和白求恩大夫像朋友一样地促膝长谈。在窑洞门前的石凳上，他以人民为本，对美国记者斯特朗道出一切反动派都不过是外强中干的纸老虎。竖在窑洞前镜框里的一幅照片尤其感人，那是毛泽东和他的儿子毛岸英的合影。岸英从苏联学成归来，毛泽东不是让他去当什么官，而是要他再上一所新的大学，到基层到劳动人民中间去学习。陕北的土地、人民在这位领袖心目中占有何等重要的位置，毛泽东把自己看成土地的儿子、人民的儿子。

延安当年被称为革命圣地，这不是那种令人敬畏、让人顶礼膜拜的神圣，毛泽东在这里也不曾被视为凛然不可侵犯的神明。延安人告诉我这样一个流传甚广的故事：1941 年夏天，陕甘宁边区政府在延安南关礼堂开会，突然狂风骤起、雷电交加。随着一声巨响，坐在会场的延川县代县长被击中，不幸死亡。延安顿时议论纷起，有位老乡竟在街头出言不逊："咋不把毛泽东劈死哩。"正打算拘留他，毛泽东知道了加以制止，并派人到民间去寻根究底。得知骂声源出于当地人民负担太重，公粮连年增加无法承受。毛泽东毅然决定大幅度压缩公粮。中央机关和数万官兵面对敌人封锁如何生存？自己动手，丰衣足食，一场轰轰烈烈的大生产运动开展起来。事情自然不会这么简单，但这个故事在民间流传已经说明了一切，延安能够成为新中国的摇篮，这决不是偶然的。

人去窑空。迈上新的征程的毛泽东无暇回眸，他进了北京以后，多次出巡东西南北中，但不曾回过延安，不曾再看一眼这里的窑洞。

窑洞早已完成自己的使命退出舞台，历史又翻开了新的一章。高楼大厦正在我们这块土地上成片成片地拔地而起，但是无论达到怎样新的高度，它也要立足于坚实的土地，这是不会变也不能变的。

黄帝陵随感

中国皇陵多，但被国家列为古墓葬编号之首的是陕北高原黄陵县的黄帝陵。

黄陵城北桥山之巅，卧着一座三四米高的土堆，沿土堆是不久前修筑的一圈两米高的围墙。前有碑亭，郭沫若题书的“黄帝陵”三个大字巍然入目。原先这三个大字为蒋介石所题（此碑作为文物置于一侧的轩辕庙中），1949年后整修黄帝陵，黄陵县人民政府给毛泽东主席呈送请求题书黄帝陵的信函。能代替蒋介石题书这三个大字的，除了毛泽东还能有谁？出人意料的是，毛泽东没有写，他把这个任务交给了郭沫若。

毛泽东对黄帝陵并不生疏。黄陵县离他居住十年的延安只有二百多里，那个年代恰好处于红区与白区的分界线上。1937年国共两党各自派代表团北上南下祭陵，共产党的祭文毛泽东亲自撰写，由林伯渠在陵前宣读。这是一篇汪洋恣肆、气势恢宏的雄文，指陈当年大势高屋建瓴、振聋发聩，“琉台不守，三韩为墟。辽海燕冀，汉奸何多”。抒发拯救民族于危亡的豪情壮志更是铮铮、掷地有声，“东等不才，剑屦俱奋。万里崎岖，为国效命。频年苦斗，备历险夷。匈奴未死，何以家为”。祭文真迹如今镌刻在大理石横碑上，碑前默读，仍能感受到文中透出的一股撼人心魄的气势。

与那些征发大量民力、耗费巨额财物建造的帝王陵不同，黄帝陵里是不是真的长眠着一位黄帝则莫衷一是，历史文献尚不足证明黄帝实有其人。秦始皇自称始皇帝，不认为他前头还有一个轩辕古帝。他多次出巡，路过桥山，就是没上去，也许那上头还什么都没有，黄帝坟茔的出现以及它的神圣光彩是后来涂抹出来的。现在轩辕庙中的黄帝脚印石，印出的黄帝的脚印光脚丫就有一尺来长，以此形容黄帝的高大形象，就足以证明黄帝是个想象中的存在，神话传说中的存在。人们可以用这个梦幻中的存在满足关于自己民族悠久历史的自豪感，成为联系民族感情的心理纽带。但陵前的香火，又使人感到这种对梦幻的膜拜，未尝不是一种精神的迷失。

陪伴着黄帝陵的是片宏大的古柏群，它占地一千余亩，郁郁苍苍，庄严肃穆。谢觉哉有词云："百里荒原青一点，愈见森然。"这是黄土高原的奇观。它的茁壮伟岸、浩渺森然、不畏寒暑历千年而不衰的韧性，使我们为一种本真的生命状态、一种古老文明的强大生命力而思接千载、心潮澎湃。柏群自然不都是千年古树，历代有许多鼓励栽种、精心守护之举。新树的不断注入和柏群的开放接纳，这才使它绵延不息、永远丰茂。它远比它所掩映的那座土堆传递着更多的思想信息，我能感到一种鲜活的精神冲击着心灵。

壶口观瀑

山间飞瀑，像百米冲刺，是短跑。其源不远，其目的地也多在山脚左近，这跟壶口瀑布是不好相比的。

黄河从巴颜喀拉山起步，一路长跑，沿陕北高原南下，到了壶口，已经奔流千里。突然，水面由二三百米收缩为四五十米，而且脚下是五十米深的壶形峡谷，就像浩浩荡荡的千军万马一下子涌到只容只身通过的隘口，底下就是万丈深渊，险状不难想见。

退是不行的，根本就没有退路。黄水陡地掀起数十米高的气浪，一片怒吼轰鸣，一切就发生在毫不迟疑的瞬间。它简直是野性大发、凶猛异常，不理会任何行为规范，天塌地陷一般翻滚着浊浪夺路飞扑而下。驻足岸边者溅得一身水珠，也不由得不心惊胆战地往后移步。

夺路而下可以是溃是逃，壶口瀑布却是雄伟壮丽的进军。令人钦羡、令人向往的总是上。黄河水从壶口是下，它不怕跌落，不怕粉身碎骨，不怕从高位跌到底层把自己变得渺小。一落千丈中，崖摇地动，水雾弥漫，益显出它生命力的强悍，给人一种刻骨铭心的震撼。

黄河流至壶口还远不到全程的一半，大海还在数千里之外，前方还有重重障碍，还存在断流的威胁。壶口瀑布让人看到的是，它不会凝固、不会停滞、不会腐坏，任何险阻也挡不住它奔向大海的脚步。

秦俑不再守护嬴政的亡灵，阿房早已灰飞烟灭，周秦汉唐辉煌不再，多少怒发冲冠、壮怀激烈的英豪消融于岁月的波涛。壶口瀑布却跨越历史的时空，日复一日、年复一年地迸发着野性的怒吼。没有什么东西能把它框住，它的精神蕴藏在奔腾不息的激流中。它为大地增添了一道风景，使厚重单调的黄土高原变得绚丽。

“风在吼，马在啸，黄河在咆哮。”到了壶口，我才更真切地感受到《黄河大合唱》中所激荡着的汹涌澎湃的气势。当年聚集在黄河岸边的中华民族的优秀儿女，从它的精神、它的风采、它的伟力吸取了无尽的滋养。今天不绝于途的观瀑者，从它恒久不息的歌声中，依然得到一种感悟、一种激励。

莫干山看竹

梧桐叶落，杨柳枝枯，花儿卸去了红衫绿裙，莫干山的绿竹却依然容颜不改、生机勃勃。

这里的绿竹不是屋前屋后的小摆设，它漫山遍野，在四十余公里的山区内层层叠叠，依着山的不同坡度、高度蜿蜒起伏，随着太阳的光影移动深深浅浅层次分明地变换着翠绿、青绿、金绿、黄绿。汽车驶了一程又一程，视野里的绿竹还是无边无际、扑面而来，如大海波涛，忽而推出一排绿色洪峰，忽而下沉为一片绿色低谷，风摇波滚，气象恢宏。它为山体覆盖上了一层厚达数米的绿色植被，又如奇特的绿色火焰，燃烧得美丽，给人带来浓浓的暖意。

终年行走在都市钢筋水泥森林中的人，置身这一望无际的绿色竹海，心旷神怡，浮想联翩，是一次生命的释放。

岁寒三友中，如果说松是精英分子，梅是贵族小姐，竹就是平民百姓了。它是一个庞大的群体，没有显赫的地位，青绿的茎干深嵌着一道道素色的竹节，一蓬蓬薄薄尖尖的竹叶，是布衣小民的打扮，生性俭朴。只要一层土就能立足，在断崖绝壁的地方也能伸直自己的腰杆。“咬定青山不放松，立根原在破岩中。千磨万击还坚劲，任尔东西南北风。”郑板桥的这首咏竹诗，可谓竹的品格的生动写照。

竹融入寻常百姓家，莫干山里人家家种竹，竹是他们的衣食之源。在山上做客，笋衣、笋干、笋豆是桌上必不可少的新鲜佳品，竹床、竹枕、竹扇、竹碗、竹瓢，浓郁的泥土气息，给你一种回归自然的亲切。山民与竹朝夕共处、相依为命，城里人同样享受竹的诸多奉献。它既实用，又不失高雅，饱学之士桌上的竹笔筒、竹花瓶，洋溢着清新的山野之风，给人几多乡情、几多灵感。演奏家横在手里的竹笛，吹出的回肠荡气的乐声，表现人世几多悲欢、几多沧桑之变。

竹也曾进入历史文化的殿堂，它不惜粉身碎骨，以自己的躯体负载着卷帙浩繁的经史典籍，为民族文化的延续传承做出不可磨灭的贡献。沉重的竹简早就进了历史博物馆，竹却仍然潜能无限，它是这么古老，却又永远年轻，在每一个新的时代，它都不懈地为奉献自身找到新的位置、新的途径。

冬季里，避暑胜地听上去会让人望而却步。莫干山不同，这里不见凛冽萧瑟，它漫山遍野的绿色波涛，可以荡涤你身心的尘垢，让你的想象飞翔，让你感受吐故纳新的舒畅。

北戴河畅游

又一次来到北戴河，放下行囊，我迫不及待地奔往海滨。

十年前，北戴河引起我这样的赞叹："这儿的大海，使你感到的是，热情、豪爽、开放。沿着从东到西一去十公里的海岸，绵延不绝的海水浴场，阵阵扬起的雪白浪花，向所有的来访者发出邀请和呼唤。无论尊卑，不分贵贱，你都可以自由地无拘无束地投入它的怀抱。"

如今不同了，在开放的大海和自由的来访者之间横阻着一道栏杆，买上五元一张的门票你才能通过这道栏杆。

一道道波浪前呼后拥滚滚而来，波光映着浪花，细语伴着欢叫，全不顾世事的流转变迁，大海的豪爽热情依然一如既往。

尽管江河挟着更多的泥沙侵蚀它的躯体，航船倾倒更多的垃圾污染它的肌肤，人们把它的名字和追逐金钱的市场连到了一起，它还是如此迷人、如此美丽。海浪活泼翻腾，浪花明丽闪耀，雪白的浪花展露出的依然是涤荡一切污浊的清纯。

海在招手，在向老朋友发出邀请和呼唤。

我小跑着奔向前去。

一个浪头打得我摇摇晃晃，就像老朋友见面当胸挨上的一记拳头。

我扑进了海的怀抱。它的肢体依然那样灵活，肌肉那样充满弹性，拥抱是那样热烈、那样有力，它澎湃的激情推挤着我，摔打着我，我一次次地被浪头淹没，又一次次地破浪而出，坠落谷底时没有慌乱，虽然身下是难测的深渊；被抛上浪尖时没有狂喜，前面又出现更高的浪峰，我感染了海的激情、海的伟大。和侏儒在一起人会变得猥琐，和巨人在一起人希望自己高大，徜徉在大海的怀抱，充盈全身的是一种搏击的快乐、驰骋疆场的快乐、洗涤尘垢破除身心枷锁的快乐。

多熟悉的脾性啊，依然像多年前接待我的那样。它不是只有惊人的洪涛与狂暴，它是在检验我是不是还存有当年的勇气意志与生命的活力。

它满意这番检验，它平静了微笑了，我感觉到它那充满爱意的轻柔的抚摸，它胸脯的均匀的起伏，它附耳低语时的亲切，那喁喁细语中蕴含着的思索。它轻轻摇晃着我的身躯，由着我自如地俯仰，自由地来去。我躺在水面上，仰望着辽阔的蓝天、缓缓飘移的白云，谛听着海的絮语、海的思索。我与海是在同一个脉搏里跳动，同一个波浪里起伏，同一个神奇的宇宙里漫游。我感觉到了地球昼夜不息的旋转，岁月分秒不停地漂流，人间的宠辱是那么须臾短暂。

海在向我低声倾诉，它那庞大家族谱系上记载着光荣也记载着屈辱。它驮载过三保太监浩浩荡荡的船队，也被帝国主义列强的军舰碾碎过胸膛；它埋葬过一批批嗜血的海盗，也成为多少海上谋生者的坟场；它白浪滔天时给渔家带来眼泪悲伤，也给诗人灵感写下“萧瑟秋风今又是”的华章。高尔基对它热情礼赞：“海——在笑着。……一层细密的皱纹，耀眼地反映着太阳的光彩。”雨果却对它表示厌恶：“海洋总是把它的罪恶隐藏起来……它打破一只船，随即掩盖地把它埋起来，好像感觉到羞耻，要消灭罪证。”然而无论高尔基还是雨果，都不能不为它那汹涌着的激情和强大的生命力量感到震撼。

能不震撼吗？千年万年过去了，多少宫殿变成荒丘，多少观海咏海的人事化作历史的烟尘，它还是如此朝气蓬勃，不见衰颓，不知疲惫，它比我们所有的人都年老，又比我们所有的人都年轻。它的性格脾气完全是年轻人的，掀起惊涛骇浪时它让人想到奥运赛场上的冲刺，细浪轻轻舐着沙滩时的温柔熨帖又像是林荫路上相偎相依的情侣。那层层雪白的浪花是神奇的富有感染力的笑声，这笑声永远与青春相伴，与欢畅的血流相伴，与活跃的思维相伴，它冲开我的心扉，灌注我的全身，把我也变成一朵浪花。

早已游离那万头攒动、各式各样塑皮筏子漂流碰撞的浅滩，回眸岸边，那栏杆围起来的浴场只是那绵长海滩上的一个令人遗憾的片段。大海是开放的，是没有任何力量能够加以围栏的。它的青春永在，它的澎湃的永不衰竭的激情来自开放。它的胸怀伟大宽广，它的承受力无比坚强，它不因泥沙污物的排入而拒绝百川，任何风暴雨雪的肆虐它一概能够吸纳。它是谦逊的，从不自居于江河湖泊之上而唯我独尊、唯我独大；

它是自信的，从不由来自上天的电闪雷鸣而惊慌失措。昼夜不息的潮起潮落，片刻不停地有节奏吐纳，一拨又一拨地丢弃在沙滩上的污物，显示它具有无与伦比的自我排除、自我净化的能力。依靠自己的生命运动，它永远是开放的，一个开放的世界才生机无限。十年前，我在那篇短文中这么写道："北戴河只有五万居民，今年入夏每天要接待二十万来访者。它怎么会有这么大的吸引力？这不是因为她拥有一个热情、豪爽、开放的大海吗？"今年来访者显著减少了，我不由得想起围栏在海滩投下的阴影。靠海吃海的人们，为什么不能胸襟宽广一些，目光远大一些，对来访者表现得更文明、更彬彬有礼一些呢！

九寨美——美在水

藏族姑娘一支歌，画出九寨沟的美。

那是我们到达沟内小镇诺日朗的当晚。变阴的天，掉着雨点，我们这些远道而来的观光者，一个个撑着伞，围坐在谷场上跳荡的篝火旁。悬在火上烤得吱吱冒油、发出煳香味的羊肉，惹得大伙直咽口水，拿刀割一小块蘸上作料塞进嘴里，又香又辣，味道好极了。那位藏族少女就在这当儿亮开了清脆的歌喉：

九寨美
美在水
鸟在水中飞
鱼在天上游

少女是用藏语唱的，一位当地干部把它译给我听，我纳闷了：九寨水竟有这么美，连鸟儿都迷入它的怀抱？那位同志看出我的疑惑，笑着说："你们在九寨沟待几天就明白了。"

其实哪需几天，在九寨沟走上一圈我也对它着迷了。

这是水吗？来到被葱茏林木包围着的镜海之畔，我感到惊奇。说它是海，它的清澈透明、宁静深远竟和晶莹辽阔的蓝天没有什么两样。蓝天、白云、远山、近树、喜跃啼飞的鸟倒映湖中，真个是鱼游云端，鸟飞水底，云天水底，水底云天，我这是在云端观鱼还是在水畔看鸟？真幻莫辨。请教了向导，得知九寨沟的水透明度达到三十米。世间居然有如此清明圣洁之水？环顾四周我有了答案。那茂密的森林，是它能保持清明圣洁之躯的一个形象的注脚。这里石灰岩地层所含的大量碳酸钙，对水也起了净化作用。但是世世代代生活在这里的藏族同胞对这片外人甚少涉足之地的珍爱，才是更重要的原因吧。

水透明了，它既不掩饰自身，也不掠人之美。那茸茸水藻、萋萋芳草、茂密红柳，俱在水中各现姿容。得意之状，似在感谢水的透明大度，又为透明大度增添了神奇美丽。看这五花海，如通体透明的宝石，又像珍藏着丰富珠玉的宝库。站在岸上眺望，走近水边端详，便见水底藻类繁茂，苍苔像锦缎漂过湖心。水中重叠交错的石块，赤橙黄绿，反射出朦朦胧胧变化不定的折光，石旁的倒树横枝蔓丫，有的张牙舞爪，一副怪相；有的翩翩起舞，笑容可掬。那深深浅浅、疏疏密密的水草铺陈出的一块块海底田园，仿佛在招我漫步小憩。若没有这通体透明的水，这缤纷奇幻的美景、这无穷的情味，不全都化为乌有了吗？

这才看了两个海，已经为之心醉，而九寨沟的海子有 100 多个，它穿林跨谷，逶迤数十公里。当地流传着这样一个神话故事：女神沃洛色嫫将男神达戈送给她的爱情信物——一面神奇的宝镜跌落，跌落的宝镜碎成 108 个海子，镶嵌在幽林深谷之中。最小的海子面积不到半亩，最长的长海长达七公里半。而绵延数里的树正群海，则由一二十个海子贯连成串，宛如罕见的翡翠项链。诺日朗群海则又是一番风貌，它拥有大小海子 18 个。一道道蜿蜒曲折花木丛生的树堤将一个个海子分离开又联起来，流水漫堤，出林、绕岸、串海、闯滩、越壁、击岸，高高低低，缓缓急急，循环往复，形成一级级节奏明快的梯瀑。沟谷起伏的巨大落差，使诺日朗大瀑布风啸雷鸣，途遇怪石，一溅数丈，其磅礴气势，惊天动地。那大瀑的小姊妹，则又清流涓涓，似牧笛弦歌，轻柔悠扬，其声其色，其光其影，在透明的羽衣中益显其绚烂的姿彩。

海子透明，使倚流傍海的栈桥、磨坊、道路、村落也染上一层透明。溪流浣衣的藏族少女，透明中那镶有彩边的藏袍，分外清晰动人。她抬头转脸，我也目不转睛，那高原阳光照射的圆圆脸庞由于罩上一层透明而红得那么艳丽、那么耀眼。

观赏山水的时候，人们的参与意识也是很强的。山在前，要登攀；水在前，驾舟上。而九寨沟的珍珠滩，却让我们的参与欲得到最大的满足。无须驾舟，它的透明，使你无须顾虑深浅难测而放心大胆地涉足其中。潺潺水声，夹着笑语喧闹，珍珠滩在向我们招手。岸上众多藏民经营的摊铺，摆着一双双长可过膝的胶靴，付一元租一双。着靴入水，石灰岩冲积而成的水底，平而耐滑，不拄杖也无跌倒之虞。珍珠滩宽约 160 米，长约 200 米，从峭壁倾斜而下的水流，抹滩相撞，溅起千万朵水花，晶莹夺目，而从岩底只只泉眼冒出的水，则如串串透明的珍珠，脚踩泉眼，珍珠溅得满身满脸，衣裤湿了谁也不以为苦，却换来笑声阵阵。年轻人最活跃，他们蹦跑跳跃，高声呼叫；那上了年纪的爷爷奶奶，也都挺着腰杆，摆出姿态，在照相机镜头前留下这生命乐章中难忘的一曲。

戏水的人至此仍未尽兴。踩滩踏水下至崖底，抬头仰望，水自云端倾泻而来，在嶙峋的崖壁上流转崩落，卷起堆堆雪流。顺崖而下，如透明帘幕垂落。

九寨水纯净透明得如此神奇、不可思议，它涤荡了尘垢，把人引入仙境，但它不是梦幻，是实实在在的人间。“九寨美，美在水……”进入我心中的这一股泉流，在汩汩流动。

回眸小三峡

世间有许多独一无二的东西，但独一无二的东西也不能占尽大千世界的风光。

长江三峡四百里峰岭逶迤，滔滔江水穿峰削壁咆哮东去，惊涛拍岸，宏伟气势，可谓举世无双。可在它身畔，大宁河小三峡风光别具，一鸣惊人。前几年只是听人说起，这次亲历，才感到过三峡而不去小三峡，则如入华屋的厅堂而不涉足后花园。厅堂里可以谈笑风生，但无拘无束的自由玩耍还得上后花园。小三峡不能取代三峡的雄浑壮丽、大气磅礴，可它的小巧秀雅、鲜活灵气带给人的独特体验，也是三峡无法取代的。

小三峡之小不是三峡的缩小，它有自己的个性，紧靠辉煌显赫的三峡却又绝不给人以攀缘权贵的依附感，它开辟的是一片完全属于自己的天地。百里峭壁危崖无一似曾相识，带给人的是一个个意外惊喜。龙门峡两山对峙，峭壁指天，“不是夔门，胜似夔门”；巴雾峡山高谷深，重峦叠嶂，鬼斧神工，别有情状；滴翠峡单这水灵灵的名字就活现了两岸翠竹摇影、峡水溅玉飞花之貌。三峡是雄壮的交响乐，小三峡是柔婉的小提琴四重奏；三峡是壮丽宫殿，小三峡是多姿多彩的峭壁画廊。

小三峡之小，小在跟游人的距离缩小了。船过三峡，那攒天群峰、千仞断壁庞大高远，你只有站在甲板上翘首仰望的份儿，它使你崇敬却不能让你亲近，它可望而不可即。舟行小三峡，同样是峭壁危崖，擦身而过，伸手可以触及它那冰凉体温、斑斑洞眼、遍体伤痕，是激流在它那千磨万劫还坚韧的躯体上留下的光辉印记。船过三峡，滚滚江流，惊心动魄。它令你昂奋也令你震慑，它让人赏心悦目也让人想到它汹涌咆哮时带来的灭顶之灾。舟行小三峡，激流浅滩，有惊无险。你可以伸手入水，感受它生命跳动的节律；小舟搁浅，你可以涉足浅滩，上前推上一把，为船工助上你的一臂之力；激流险滩，你还可以弃舟上岸，登上依山就势建造的台阶数百级、起伏回廊二三里。数百米攀登，使你气喘吁吁，浑身大汗淋漓。你在看小三峡，小三峡也在看你，看你的体能，看你的毅力，看你旅途中是不是偷懒、吝惜自己的脚步。儿时小学读书，假期学校组织出游不叫旅游而称远足，意在让孩子们多走点路、走远点路。而今科技发达、交通便利，不仅有车船飞机代步，即高山险峰也有缆车索道相通，这自然省却了举步之劳，却也失去了只有在艰险的攀登中才能迸发出的火花与激情。小三峡不趋骛时尚，它让你徜徉于山光水色之际，依然感受到了火花与激情的迸发之乐。

小中还有小中小，小三峡后是小小三峡，三四十人排排坐的柴油机船改换为十人相对而坐的没有任何机械设备的“神驳子”，这种两头尖尖、身儿修长的铁皮船其实并不神，神的是操纵它的四名船工。船头摇桨的两人恰似一左一右两只巨臂，后摇时身体朝前倾侧，前拉时身体笔直后仰，水上水下桨把360度旋转，这是力的爆发、力的旋转。第三名船工坐在二人后头，悠闲自若，递给他一支烟，才点着火；他已一跃而起，拿起与船长不相上下的长篙，猛地插入激浪之中；忽地他又跳入激流，步上浅滩，拉直纤绳疾步前进。站在船尾的第四位船工，环顾左右，稳稳地扳着舵。四个人的动作那样一致，那样准确，那样充满了节奏感，真是神了。“神驳子”就这样被四位汉子驾驭得服服帖帖，无论跃上浪尖还是跌入谷底，无论与礁石碰撞得砰砰直响还是与石沙摩擦得咔嚓声声，它都没有一丝闪失，一直安然前行。

进入波平浪静水域，只见一只只橡皮筏子从前方漂流而下，有一人座、两人座，也有三人座、四人座，青年男女居多，也有银发满头的，还有“哈啰”声中高兴地挥舞着手臂的老外。他们是乘“神驳子”到达终点后，回程就摆脱单纯乘客的身份，带着强烈的参与欲，自己驾着橡皮筏子漂流而下的。他们手中的三尺木桨，一会儿挥洒自如，一会儿完全不听使唤，不是“神驳子”闪避得快，不知有几次要发生相撞，这种惊险场面不断激起驾筏者欣喜的欢叫。船工对他们关照，激流却把一只双人筏推了个人仰筏翻，一对青年男女站在没膝的水中，眼睁睁看着落进水流的皮包向下漂去，束手无策。哗的一声，“神驳子”上的一名汉子跳进水中，往回三脚两步，伸手抓住了随流急下的皮包，河面上顿时爆出一阵欢呼。天下着小雨，汉子浑身湿透，留在“神驳子”上的三位伙伴的短衫短裤也无干处。炎夏每日如此，寒冬腊月只要有游客光临，他们照样顶风冒雨，跋山涉水。他们当中没有一个啤酒肚，他们是力的化身，他们的肌肤犹如青铜铸就。闲聊中得知，他们每天一趟 20 公里行程，报酬 10 元，月平均收入不到 300 元，这是个很微薄的数字，但较之他们的务农收入就高出许多。他们是苦中有乐，苦与乐在他们身上融为一体。明年（1997）长江三峡大坝合龙，小三峡、小小三峡大半要没入水中，“神驳子”将不复存在，他们家住的房屋亦将淹没，要往高处搬家。问他们打算，回答是：“总有我们干的活！”坚强的韧性和承受力，使他们面对艰难也毫不沮丧。他们的镇定自若无疑是有根据的。那时高峡出平湖，将又是一番景色，他们一定会找到新的用武之地。在宁河口离船上岸时，我怀着深深的敬意，回头久久地望着他们。

它从哪里来

水盂中的几十枚石子，小巧玲珑、花纹细腻、色彩斑斓，没有相互雷同的，显现出各式各样美丽图案。有的如高山飞瀑，有的如谷底流泉，有的如大雨如注，有的如电闪夜空，有的如熟透红桃，有的如剥开的石榴，有的如苍松挺立，有的如柳丝倒挂，有的如红叶满山，有的如雪花飘飘，有的蓝围裙上缀着朵朵银花，有的纤腰上系着金色丝带，有的如丘陵起伏，有的如江南水乡沟渠密布。最大的一枚形如地球仪，深浅不同的色块代表着大陆与海洋。

石子本是静静地躺着，感应了你的想象、你的情思、你奔腾的心潮，那些美丽的图案活动了、翻涌了：波涛汹涌，流泉潺潺，云雾迷蒙，苍松翠柏，桃红柳绿，鸟语花香，不受斗室局限，不闻市井喧嚣，一个活跃的生气勃勃的自然天地任你驰骋翱翔。

友人指着水盂中的石子："它从哪里来？"

"小三峡。"

"小三峡会有这样的石子！？"友人不胜惊奇。

三峡石该有它的英雄气概。峭壁危崖，雄伟险峻，嶙峋峥嵘，如狮如虎，如金刚怒目，如刀尖直扫云天。那个长逾百米，高逾百丈的庞然大物，一半凌空而出势与天齐，一半沉没水中直穿地窖的雄姿，更是气壮山河、惊心动魄。

激流的冲击、地表水的腐蚀、风霜的磨砺，在它们身上留下洞洞眼眼、累累伤痕，却不能把它们撼动分毫，它们还是那样骨头坚硬，有棱有角，岿然不动地坚守在自己的位置上。既阻遏着峡水随心所欲越岸而出，又护卫着峡水昼夜不停地奔流。面对任何激流与险恶风云它都泰然自若，它使人敬畏、使人震慑，它不会在任何人的脚下匍匐，也不会流落他乡接受温室的安抚。

水盂中的小石子经历的是不同的命运。它们原来也是有棱有角的，被洪水从山上冲下来，经过九曲十八弯，落到沙滩，失去附着物失去了根，任凭风吹浪打太阳晒。尽管保持不同的体态，但却都毫无例外地变成滴溜溜的圆，光溜圆润，没有一点棱角。它和那些雄峙岸边穿水插天的峡石已不能同日而语，你会以为它很柔软而忘记它的坚硬刚强。

然而它也给生活带来情趣，遍地刚强也不成其世界。小三峡的游人，涉足清澈透底的大宁河，看着色彩斑斓的一江碧玉，挑选寻觅，捡拾到一枚形状奇特的石子，争相观赏的那副陶醉神情、那种热烈情状，历历如在眼前。“除了摄影外，请什么也别拿走；除了足迹外，请什么也别留下。”适用于许多风景区的这句告诫，对小三峡彩石却是个例外。来自全国和世界各地的游人，谁都忘不了捡拾几枚石子，石子也因而被带到四面八方被置于不同的案头。不能做叱咤风云的英雄汉，就甘为人家客厅里的小摆设。不以娇贵炫人，也不妄自菲薄，只需几勺清水，就生命充盈，永远保持鲜丽的色泽。

大漠里的神奇

莫 高 窟

历史在这儿停留。

不是蜃楼，不是虚空，不是在想象中存在，是可以触摸，可以感知，实实在在地存在。

它在一座座洞窟里浓缩，又在一座座洞窟里展开。它是一条无与伦比的艺术长河，从晋代到清朝流经一千五百多年。水珠和浪花，线条和色块，织出奇幻曼妙的佛国境界、生生息息的人间万象。

一个个王朝埋葬了历史的尘埃。刀光剑戟金戈铁马的战场，在这茫茫大漠上没有留下一丝痕迹，可这四五百座洞窟却永葆青春生命，在大漠深处永驻。时而静谧，时而喧哗，时而被人遗忘，时而引来不同肤色的人们络绎不绝的朝圣热浪。在无限的时空中，它顽强地占有自己的一方位置，把瞬间铸成为永久的辉煌。

不是帝王创造辉煌，他们热衷的是豪华宫殿和死后的墓葬；也不是富商巨贾显示荣光，他们只能从豪奢生活和对财富的无餍足的攫取中享受人生乐趣。开掘洞窟的斧凿声在悬崖断壁上响起，念念有词的是个赤手空拳的游方和尚。

这个法名乐僔的和尚，披一身玄色袈裟，从十六国混战的内地穿越茫茫戈壁来到这里，沙丘之上突然金光万道、钟磬鸣响，神女空中起舞，千佛遍山跃动。也许这是他的幻觉，他在诵经的长吟中一定不止一次地进入过这个境界；也许这是他的托词，战乱、灾祸、死亡、毁灭的阴影，使他急于寻觅一块普度众生的佛地。无论是幻觉还是托词，这位僧人一定浑身奔涌着献身的激情，他在传递佛的呼唤，他的虔诚和激情使这一呼唤变得神圣庄严不容置疑。僧众、工匠和百姓全力以赴，乐僔和尚造出第一个洞窟，是为莫高窟。

一代代僧众、工匠、百姓紧步后尘，像行进在沙漠的驼群，一队一队，绵延不绝。由乐僔发其端的事业成了世界东方独有的壮丽景观。

他造的是洞窟，成就的是不灭的艺术经典。一个伟大民族千年的精神文化演变，悉数进入视野，人们源源不绝地从它的博大精深里获得智慧、接受陶冶、吸取无尽的滋养。

谁也不曾料到，肃杀的沙漠能长出浓荫大树，死亡之海能成为艺术沃土。

宗教不等于艺术，艺术不同于宗教，但二者都需要热烈与忠诚。

没有诱人的许诺，没有丰厚的回报，极乐世界的引渡还在遥远的来世。只有在这种时候，热烈与忠诚受到的检验才是真正严格的。

不是佛祖的法力无边，是信仰与苦行、执着与专注，摒绝俗念与锲而不舍，创造了沙漠里的神奇。

历史从这儿延伸。

不是要再造一批洞窟，不同时代有不同的创造。给历史文化不断增添新的积累，是不同时代共同追求的目标。

当金钱物欲恶性膨胀，贪婪和攫取的狂浪飞舞使人头晕目眩，莫高窟的神奇像惊雷闪电掠过我们的心灵。

我们正在追求富有，正在建造我们时代的宫殿。

我们能不能也给后代留下一份神奇的馈赠？

嘉峪关

茫茫大漠，一望无际，没有任何建筑把视线遮挡。

一座普通的营垒，孤寂会把它吞噬，沙暴会把它掩埋。

无垠辽阔中，雄关嘉峪显示了自己的巍巍存在。

这是一道关，两山夹峙，险峻天成；又是一座城，深藏固闭，丰厚蕴含。

丰厚来自它的宏阔。周长220丈，占地33000平方米。仓库、水井、衙门、营房，可驻万名士卒，纵遭强敌围困，也可固守待援。

丰厚来自它的精湛。城内有城，关内有关。方正其外，回环其中。

九米高的城墙上，三座大城楼，四座角楼，两座敌楼，加上闸门、垛墙、宇墙、瞭望孔、灯台、射孔、马道，森然有序。三层三檐式城楼，红漆回廊，木格壁窗，雕梁画栋，五彩缤纷。

它的使命不是阻断隔绝，而是联系沟通。有明一代，关城内外的汉族和各少数民族的人们，只要验明身份，出入不限；出入关城的外国人只要缴纳税金，一概放行。清朝改了规章，不论中外，不分民族，出关入关，一律交纳 120 文的“过关税”金。无钱的穷汉，还可冒充骆驼商队里的伙计，蒙混过关。

它的使命也不限于防守对抗，它是一种文化精神的远扬。三座城楼飞檐四角挂着的 36 只风铃，叮叮的声音一直传到很远很远的地方。跋涉在风沙弥漫的丝绸路上的商贾、使者不仅从铃声估算途程远近，辨别前行的方向，也从铃声感受到亲情的温馨，闻到华夏文化的芳香。

它建造于荒凉的大漠之上，却从丰厚的历史土壤里吸取着滋养。阳关、玉门关虽只存残垣断壁，那些不朽的诗章永远存留它的英姿；霍去病、张骞的足迹早已不见，可他们着眼开放、寻求沟通的宽广视野，对待使命的无比坚定，仍然是后来者精神力量的源泉。

它建造于一代王朝开国之世，这使它有了一份信心、一份从容。明初的军屯制度，规定边疆驻军三分守卫、七分屯垦。他们一边手持刀枪剑戟，一边掌犁执镢。他们和这块土地血肉连着血肉，它不是一场风暴就能摧毁的孤关一座。

以封闭形式出现的这座雄关高扬着的精神是进取、开放。任何险峻坚固的关隘，没有强盛的国力作后盾，要阻挡强敌的铁蹄只能是一厢情愿。同一时代建造的山海关，没有挡住清兵、日军的铁蹄，如果那些强敌来自西方，嘉峪关也不会有奇迹出现。长城沿线几十座边关中，它是幸运的，它走进现代肩负着历史的光荣。

它如今已是一座空关，可我并不感到它空空荡荡。

站在雄关城楼上，纵目四面八方，祁连积雪，瀚海干燥，大河日落，长城蜿蜒东向，“寂然疑虑，思接千载，悄然动容，视通万里”。在无限的时空中，我们能不能永远拥有自己的一份存在？

鸣沙山

我从没见过这样的山。

没有石头，没有泥土，没有青草，也没有树木。它的金色躯体毫无遮蔽地裸露在你的眼前。它是温柔的，在你的脚下总是驯顺地朝后退缩。它又如此刚毅，长年累月直面太阳的晒烤毫不暴躁，一点也不露出疲惫的神色，始终容光焕发。它是纯净的，一尘不染，色彩单调，花花绿绿与她无缘，人们在这里感受到的只能是圣洁。它是浩瀚的，连绵起伏的山脊犹如大海的惊涛。由于这个固体海洋处于静止状态，它的金碧辉煌，它的梦幻色彩以一种逼人的气势使人在造化的神奇前惶惑莫名、惊心动魄。

攀登这样的山是一种从未有过的奇妙体验。

一脚下去，脚脖子全被淹没。以为要陷落下去，脚跟又被咬得很牢。于是又一脚，一脚接一脚，半匍匐着身体，在笔陡的沙坡上一气上升十来步。担心朝下滑落，索性蹲坐下来，巩固既得阵地。回眸山脚，几位同伴还在徘徊观望，和他们相互招手呼唤，毕竟诱人的风景在高处。又上来两位，我不想被他们赶上超过，又憋足劲，拔脚攀登。登登停停，停停登登，如是者三四次，终于登上最高山脊。昂首回望，上下左右，到处是无边的金黄。山下徘徊远去的游人成了几个模糊的黑点。方才从山下起步，对于能不能登上山脊还缺乏自信，现在山脊已在脚下，心底的喜悦是不言而喻的。人们做事，只要能坚持，实际达到的高度往往超过预计。回首攀登的路，脚印像一条长长的丝带，在陡峭的沙坡画下一条起伏有致的曲线。脚印有深有浅，浅处，脚步飞奔而过，透着几分轻快潇洒；深处，留一个凹坑，是喘息歇脚的地方，透着几分劳累艰辛。没有什么场合像鸣沙山顶端这样，回顾走过的道路，能把自己的脚印看得这么鲜明，哪儿轻松、哪儿艰难、自己使足劲、洒过汗水，都刻印得那么清晰。回顾自己走过的路常常会有一种满足，那是一串履历，如果曾经有过什么业绩，那又成了可以夸耀于人的资本，此刻就颇为扬扬自得，有几分陶醉；然而转眼间再看陡坡，新的跋涉者的加入，改变了坡面的形状，出现了新的脚印，旧的脚印已经消失不见。人不能长久沉浸在走过道路的回顾中，过去毕竟过去了，只有继续向前，在新的攀登中才能享受新的跋涉的乐趣。

更使我惊异不已的，这样一座没有石头、没有泥土、没有青草也没有树木全身裸露的沙山，竟然与一泓清泉结成了友伴。它横卧山底，在几座沙山的夹缝中流淌。泉周有青草镶边，茂树屏障。不知它在这儿流淌了多久，留下岁月印痕的是几块半埋半露的石板。它的纤巧亦如灰蓝天幕上的一弯月牙，它的芳名就叫月牙泉。滚滚沙流身畔鸣响，凶狂风暴耳边吼叫，它无所畏惧、不曾退缩，体态依然这么轻盈，眼睛依然这么明亮，沙流从未把它淹没，狂风从未把它劫掠。它身上减去了一份丰腴，那是十年动乱遭受强暴留下的伤痕。她不曾倾诉、不曾号啕，经历多少风云变幻、大漠沙暴，它早已处变不惊。远离繁华的尘嚣、清幽的山林而无怨无悔，以常人难以企及的勇敢与坚贞，为雄浑苍茫的荒漠沙山缀上一抹绿意、一片春色。这是沙漠里的珍奇，是人间天上、天上人间。

风雨悬空寺

高楼万丈平地起。不是起自平地的房舍楼宇是不可想象的。来到山西浑源县恒山脚下，竟有一座庙宇悬空附着于百尺峭壁之上。其时正值风雨交加，它不摇不动的雄姿，看得我们这些孤陋寡闻者目瞪口呆，如此悬空奇寺，堪称人间绝活，超乎想象。

“悬空寺，半天高，三根马尾空中吊。”当地这首民谣形象地道出悬空寺之悬。自然马尾巴是没有的。别说马尾巴，就是巨型起重机，也吊不起这 40 间房屋构成的三层六座殿阁。这些殿阁相互交叉，飞起栈道相连；高下错落，以木制楼梯沟通。木制楼梯宽仅尺余，踏上去就心跳。我们学习考察团成员半数年逾花甲，登寺前，团长谢丽娟有言：能上者上，不能上者不要勉强。她自居于不能上者之列。可是禁不住山西省政协同志一再热情鼓动，她还是上了，而且走在前头。那逼仄的栈道、楼梯，由于地板上嵌着防滑铁环，一旁有半人高的护栏，行走其上，惊而无险，危而实安。倒是那种在国内其他高山寺庙体会不到的艰险感，激发着登临者产生一种征服艰险的动力。已经没有退路，身后的人一个挨着一个，你不能挡着人家前进，那些善男信女们用毫不畏缩的登临，显示自己的虔诚。对一般游客，他们的身体和意志力也受到一次严格的检验。原来望而却步者登上三层宝殿以后的感觉可以用四个字来形容：妙不可言。人在实现了一次精神上的突破与超越时，才能获得这种感觉。风雨不停，俯视山脚，登寺者撑着各色雨伞，宛如一条向上游动的长龙，一把红伞被风刮翻了，持伞者扔下伞顶着雨上，这情景定格在我眼里久久难忘。

这座悬空寺建于北魏后期，约为公元 471 至 523 年。现存建筑是明清两代修建后的遗物，但基础是当年打下的。在没有任何机电设备的古代，要在峭壁上悬空建座庙，这真是异想天开的神来之笔。它需要何等瑰丽的想象，何等蔑视常规的大胆，而要把这大胆想象付诸实施，又需要何等巧妙的构思、何等严密的章法。大胆想象与严密章法的结合，这才出现一个突破性创造。在千仞石壁上，找到坚固的支撑，吊出古寺半悬空。我们来的路上，连日暴雨，山石塌方，道路多段受阻，可这悬空寺稳悬半空，安然无恙。一千四百年来，狂风暴雨、山洪暴发、岩石风化知多少，悬空寺依然一如既往，庄严肃穆，遥望着广阔山河，俯视着人间沧桑巨变。

自然灾祸以外，还有社会政治风雨。寺庙看似超然于尘俗之外，其实又不能脱离尘俗，它的兴衰起落与社会政治风云变幻密切相关。有信佛的皇帝，也有不信佛的皇帝。就在北魏，那个太武帝就是灭佛的。以后朝代灭佛的皇帝还有几个。这类皇帝一道圣旨，偌大寺庙也能一把火烧个精光，包括五台山在内的一些有名寺庙都遭遇过此类厄运。悬空寺有没有躲过这种厄运以及它是怎样躲过的，我来不及深入了解。而当地同志的一种说法似乎是躲过了。之所以躲过，和悬空寺内有个三教殿有关。悬空寺内各种铜铸、铁铸、泥塑、石雕佛像共有80尊，这与其他佛寺所见无甚差异。耐人寻味的是寺的最高层有个三教殿，殿内供奉着释迦牟尼、老子、孔子三尊塑像。三教的三位祖师爷共居一室，这还是第一次见到。当地同志说，不管尘俗刮什么风、兴什么教、拜哪家祖师爷，悬空寺都能适应，都能把旗帜抓在手里，使自己总是立于不败之地。事实是否真的如此，只能姑妄听之。但让三教的三位祖师爷共居一殿，确也表明主其事者的与众不同的见识。至少，他不把三教的相互关系看成冤家对头，三家都拥有自己的徒众，三家都是现实的存在，于是辟出这间最高的殿，让三家都有位置，共存共荣，共同享受徒众的香火。三尊祖师爷塑像形态丰满，大小尺寸无分轩轾，只是释迦牟尼居中，立于一边的孔子似微蹙眉头，略有不悦之状。揶揄者说，这大概是孔老夫子享惯了“独尊儒术”的光荣，对于和释迦牟尼、老子平起平坐心理很不平衡、很不适应。然而要是预见到后来孔家店也有被打倒砸烂的遭际，他就要为在三教殿内受到的恒久不变的尊奉感到欣慰了。“文革”灾难，悬空寺没有遭到破坏，既由于其险，又由于这一带信佛的多，害怕菩萨报应，得免于劫。这么说来，孔老夫子还得感谢三教殿的创造者了。悬空寺能安度无以计数的自然社会风雨，还得归功于建造者很明白国情、社情、民情，而有应对之道，这个政治智慧也是令人佩服的。

云海游走

我是在登山，还是游走在茫茫海上？

黄山距海遥远，可它的几个著名风景点都以海命名，北海、西海、东海，甚至还有天海。“妙在非海，而确又似海”，想象张开了翅膀，就能尽纳宇宙之大。我果然感到了海的浩渺、海的迷蒙、海的色彩、海的呼吸、海的瞬息万变。

这是云的海。云本来是以山为家的，五百里黄山聚合着世间多少烟云。无边无际的辽阔，无穷无尽的深蕴。它们从不同的地方远游归来，展露的色相、心态又是多么千差万别：雪白的纱裙，皂黑的长袍，袅袅婷婷、跌跌撞撞、蹒蹒跚跚、急急忙忙。忽然间，都齐心合力来推波涌浪，松林被淹没了，峰壑被吞噬了，只留下点点峰尖，星罗棋布，成了顶出海面的岛群。出现在我眼前的西海群岛，填补了我没有到过西沙的空白。据说南海的水是透明的，可以看见鱼藻在其中游动。云海也变得透明了，原来岛群已经披上玫瑰色的晨曦，海天相接处展露的一个红点伸出一柄金色利刃把紧裹着它的黑色云衣切割得支离破碎，奔跑着、跳跃着，璀璨艳丽，带来生命的光华。天红了，海红了，掩藏在海中的峰壑松石闪烁着晶莹的色彩，争先恐后地涌上前来。不要浅尝辄止，尽管你已经出了几身大汗，却依然不会中辍自己的攀登。

这是峰的海。那一个接一个的山峰，一条连一条的巨壑，在烟云中隐现着、晃动着，如同一座座汹涌的洪峰，如同洪峰过处留下的一道道浪谷。镶嵌在峰壑上的嶙嶙怪石，似人似物，似禽似兽，又如同潜伏着危险的暗礁。“虽云黄山七十二奇峰，实则七十二万尚有奇。”是不是七十二万尚有奇，谁也没有计算过，不过是出于诗人的想象，“思接千载，视通万里”。人的审美能力比这奇峰，是更为奇幻无比了。我感兴趣的是，谁是黄山群峰最显赫的代表？论险峻，无疑当首推天都峰。站在峰脚仰望，那座望不见尽头的陡达85度的石阶像垂直的绳梯，从1 500米高斧劈刀削的石壁上直挂下来，看一眼也觉得头晕目眩，令人胆寒。我们一行二十人老弱较多，登上天都峰的只有四人。这四名凯旋者成了大家钦羡的英雄，他们本人也似乎发现了自己的伟大而兴高采烈得手舞足蹈。然而那十六位不乘空中缆车，爬了三万多级“天梯”的同志，在衡量了自己的体力以后，决定止步不前，同样难能可贵。如果像过去曾经有过的“人有多大胆，地有多大产”那样，不管自己的年龄、体力，也不管自己心脏、血压、神经的实际承受能力，来一个“只要胆子大，天都敢上”，那就非出毛病不可。我前面的一个青年人在他那一群里不甘居后，被“当英雄不当狗熊”的激将法激上去，登了几十米就大呼小叫，上不上、下不下，卡在那里造成了堵塞。如果他量力而行，也不至于受这份惊骇。坚持实事求是也是需要勇气的啊。董必武同志1965年登黄山写过两句诗：“奇险天都峰，遥观亦有缘。”堪称风范。“不登天都峰，等于一场空”，这话不但失之于一刀切，而且也误在把天都峰当成黄山唯一的主峰。其实论高度，它比突入云表、海拔1 860米的莲花峰还低50米。登上莲花峰，四望空碧，天都成了俯首身旁的小弟弟了。“黄山四千仞，三十二莲峰。丹崖夹石柱，菡萏金芙蓉。伊昔升绝顶，下窥天目松。仙人炼玉处，羽化留余踪。”李白这首诗，赞颂的不就是莲花峰吗？如果登莲花峰的体力也不济，不要紧，还有一座主峰等着你，这就是光明顶，海拔1 840米，地势高旷。在此观景赏美，视野开阔，莲花、天都两峰倚天并立于前，远山近峦、峥嵘怪石蜿蜒左右，夕阳把它敷染得光怪陆离，幻出仙山琼阁、海市蜃楼，别有洞天。黄山峰美就美在各具特色，但谁也不能傲视其余，唯我独美。如果那样，登山者就都要挤到一条狭路上去了。

这是松的海。悠悠白云间，危崖绝壁上，一棵棵青松，一层层绿荫。久负盛名、挺立在玉屏楼前的迎客松，枝干苍劲，形态高大；天海海心亭前的凤凰松，枝干奇特，高仅一米许。严酷的自然条件给黄山松的庞大家族成员打下了深深的烙印。它们的体态很不规范，有的根比枝高，有的伸出一条长臂竟是身高两倍。有的昂首仰望有一席挺立之地，有的只能俯着身体腾空蹲坐。怪石压顶，它能绕石而过，穿石而出，只有一点沙土，它也能生根发芽从石缝中不屈不挠地生长起来。我正对着一株石缝中绽出的青松出神，一列挑夫从我脚下鱼贯而上，每人一根扁担两头弯，挑的是米粮菜蔬水酒，还有游客的行李。一个肩上压着吃重的扁担，另一个肩上斜插过来一根短撬棒分担一部分压力。每登一步要靠担子晃动的惯性保持身体的平衡，看起来还是心惊肉跳。歇脚时我问一个中年汉子，他挑的面粉每袋多重？“60 斤。”听了不禁咋舌，他一共挑了 4 袋，就是 240 斤。我们这一队登山者，此时到了空着两手也嫌多的地步了。这位汉子拿的是工资，每月 210 元，我们一行中有位教授，工资不到 200 元，但在这位汉子面前，他压根儿就没想到这是体脑倒挂，他觉得这 210 元和这位汉子付出的血汗相比，那才是倒挂了。他们顽强的精神，与黄山劲松也相差无几了。来到万松林，一阵山风带来了滚滚松鸣，像汹涌澎湃的海涛，震撼着山岳，这是为壮观的黄山松，也是为这些挑夫们唱出的一曲生命的赞歌。

奇松、峰石、云海，相得而益彰，形成了黄山独特的美。孔老夫子在谈到对自然美的欣赏时，以动喻水，以静喻山，黄山妙在非海，而确又似海，这就把动和静，虚和实结为一体，表现了宇宙的勃勃生机。审美空间拓展了，人的目光就突破松石峰壑有限的形质伸展到远处，丰富的想象受到激发，由有限而把握到无限，引起对于宇宙、历史、人生无穷奥秘的思索。我们登山途中，恰遇老画家刘海粟在北海写生。老人这是十上黄山了，他也是把山看成浩瀚的大海。大海对于探索它的人来说，不是只具有一次性的魅力。它的千变万化、千姿百态，它频频发出的审美信息，要窥见它、捕捉它、摄取它，似乎没有捷径，有志者只有不辞劳苦，永远不中辍自己的跋涉攀登。

云冈观佛

来到云冈石窟，视觉首先受到的冲击是它的大，大得恢宏、大得瑰丽、大得具有慑服力量。石窟群沿云冈半腰东西伸展1公里，石雕5.1万尊，规模可谓大矣；有窟高达25米，窟中有窟，空间可谓大矣；有佛端坐，膝上可立120人，一只脚上可立12人，形体可谓大矣（虽然较之乐山大佛不过是小巫见大巫，但乐山大佛的出现是二三百年之后了）。站在大佛前，区区凡人一个，再渺小不过了。吴承恩写孙悟空跳不出如来佛的手掌心，如果他曾见过云冈大佛，那么这大佛对于激活他的想象力大概是起了作用的。

佛异于凡人。异在哪里，只有形体是看得见的。形体不能三头六臂，那近乎旁门左道，虽能使人敬畏，却难让人虔诚膜拜。形象高大，体态丰满，“凿山开石，因岩结构”，在强悍的实体上用线刻表现突起的衣纹造型，高浮雕的效果增加了佛像的宏大气魄与厚重感，严肃庄重与柔和慈祥融为一体，使人油然而生敬意。传说开凿最早的昙曜五窟，像高13米以上的主佛模拟的是北魏王朝五个皇帝的形象，既形体高大，又面相清秀、姿态英俊，绝不能像哼哈二将、四大金刚那么吓人的。

尘俗众生，形体相互差异不大，却也有大人物小人物之说。与佛界不同，尘俗的大人物貌不惊人，但威慑人的力量却比大佛要强大得多。契诃夫的小说对这类人间景象有入木三分的描写。善男信女和大佛的关系毕竟是虚空的，想象中的因果报应还在来世，敬畏并不意味着提心吊胆。现实中形形色色的“大人物”，掌握着一定的权力又不懂得不能滥用这样的权力，他跟人发生的关系就不是虚空的，要让人看一点颜色，那就是够厉害的了。

云冈佛像的建造却也未走极端，并非唯大为唯一。还有几厘米的小佛，它看起来很不起眼，但众多小佛相聚就非同凡响。万佛洞中层层叠叠1万余尊小佛像，它同样给人造成震撼，使人顿生敬畏之心。小佛数量大大超过大佛，这也是尘俗凡人生活的真实反映，身为小人物大可不必妄自菲薄。世界毕竟是由无数小人物组成的，即在佛界也不能免俗。云冈佛像的建造者有此识见，诚弥足珍贵。

和莫高窟不同，云冈石窟是北魏皇家工程，由当时的佛教高僧昙曜奉旨开凿。前后延续 50 年，参加开凿人数多达四万余。当年石窟造佛，与国计民生无关。除了弘扬皇家威力，很难说有什么具体实用目的。1 500 余年过去，北魏早就灰飞烟灭，在中国历代封建王朝中它并不占有显赫地位，但云冈石窟却为它保留了历史的辉煌。1973 年法国总统德斯坦访华，别的无兴趣，就要看云冈石窟，周总理陪同前往，当时石窟已经有不少损坏，周总理指示用三年时间修复。20 多年过去，现在部分石窟风化严重。有的小窟，佛像无存，旅游者竟索性端坐其上摄影留念。怎么保护好这一民族文化的瑰宝，是个必须严肃对待的课题。

草堂随想

到成都一定要去杜甫草堂，可是去了草堂却又感到未见草堂。

原来我心中早就有座草堂，诗人那些脍炙人口的诗章曾不止一次地引我漫游其地。那是个偏僻的乡野，“城中十万户，此地两三家”；房屋低矮简陋，“野老篱边江岸回，柴门不正逐江开”“熟知茅斋绝低小，江上燕子故来频”；经不起风雨，“八月秋高风怒号，卷我屋上三重茅”“床头屋漏无干处，雨脚如麻未断绝”。可如今的草堂是座占地260亩的大庭园，亭台楼阁、精舍华屋、林木葱茂，那成行成片的常青松竹，肩并着肩傲然挺立的香樟、楠木，显出的是一副远非平常可比的非凡气魄，柴门草舍在这里已经不留痕迹。

然而我的思绪却执拗于那流逝的岁月。安史之乱的滚滚烟尘中，困顿不堪的杜甫拖带着家小，从陕甘一带辗转流浪，最后于此荒郊筑茅舍栖身，前后住了五年零五个月，其间因避蜀中军阀战乱曾流亡外地，实际在草堂生活三年零九个月。当时草堂还说不上知名度，杜甫去蜀离世数十年后，草堂便已倾废。还是唐末诗人韦庄来此寻得草堂旧址，“柱砥犹存”，为“思其人而成其处”，在旧址上“结茅为一室”，这才把草堂保存下来。

今天漫步草堂，得到的已是和韦庄完全不同的感受，经历几代直至解放后一次次的重修扩建，这里已是一座完全不同的宏大的建筑。但是循着《茅屋为秋风所破歌》的袅袅余音，“思其人”的心情，却是从四面八方汇聚到这儿来的瞻仰者所共同具有的。

你看，在杜甫其人的像前，人们驻足流连，浮想联翩，久久不愿离去。草堂第一次陈列杜甫绘像是在他离世后三百年。今天草堂里他的像就多了。除了绘像多帧，还有塑像、石刻像、铜雕像。各个创作者都是按照自己的想象造出自己心目中的杜甫，表现同一对象，相互却差异悬殊。现代手法的铜雕就不用说了，可同样是石刻像，一个是瘦骨嶙峋、心事重重，一个是心宽体胖、容光焕发。这些像各在多大程度上再现或表现了杜甫其人，不必加以苛求。它们都不能给我留下什么印象，没出这个庭园，它在我脑海里就已模糊不清。草堂也是这样，不因其宏大阔气而越显其灿烂辉煌。但是随着怒号秋风而来的“安得广厦千万间”的呼唤，至今却仍强烈地震撼着我的心灵。而这声呼唤，就是从草堂发出的。草堂使诗人的呼吸紧连着人民的呼吸。它的逾千年而不衰的魅力就在这里，历代瞻仰者带着虔诚的心情到这儿来追踪寻觅的，就是诗人那崇高情怀所由产生的奥秘吧。

岳墓前

游西湖不能不观光岳庙。这幢坐落于栖霞岭下的古老建筑在几经风雨后又修缮一新。

高大门楼上镏金的“岳王庙”三字竖匾，如一束火把，灼灼照人。门楼内两排十二根红漆柱顶端，800年前抗金前线的战斗再现。过门楼，一条青石甬道直通正殿。大殿屋檐正中悬挂着“心昭天日”横匾，与殿顶百鹤图上数百只跃跃欲出的白鹤相互衬映。端坐在大殿正中的岳飞彩绘塑像，红缨帅盔，金甲紫袍，一手握拳，一手按剑，凝目蹙额，巍巍英雄状。但真正体现岳飞精神风采的倒是塑像上面巨匾上岳飞手书的四个大字：还我河山。龙飞凤舞，风骨雄健。

给我印象最深的还是岳墓。“青山有幸埋忠骨，白铁无辜铸佞臣”，岿然耸立的“宋岳鄂王墓”墓碑令人肃然起敬，反剪着双手跪在墓前的是四个造型粗糙、丑陋不堪的铁像，游人投去的是鄙夷不屑的目光，带着嗤之以鼻的一唾。

中国历史上功勋卓著的文臣武将殊多，但像岳飞这样，在他的墓前，人们至今仍旧把自己的爱憎表露得这么强烈、这么毫不含糊，亦属罕见。岳飞的战功，无论怎样辉煌，毕竟遥远而抽象，但是一首《满江红》，却使我们仍然感受到这位英雄的脉搏跳动、心血吞吐和浑身激荡着、喷发着的壮志豪情。但更牵动着人们感情的是，他是南宋历史上最大冤案的受害者。他的命运悲剧造成的震撼，并没有在滚滚而过的历史长河里消失。好人活活被坏人整死，没有谁比岳飞更典型了，因此，整死岳飞的坏人秦桧，就成了人民倾泻愤怒的一个最集中的目标。记得50年代第一次游西湖，结伴而行的同学，都才20出头，沐浴着新中国初升的太阳，个个理想崇高、抱负远大，但由于思想还没有来得及被阶级斗争的烈火炼红，平日高谈阔论中胡言乱语不少。比如有人声言，人生在世，一定要在这世界上留下痕迹，不能流芳百世，也要遗臭万年。可到岳飞墓前一站，马上改口：不能流芳百世，也决不遗臭万年。遗臭万年在这儿形象化了，任何一个神经健全的人，也不会自甘堕落到这几个丑陋铁人们的行列里去的。

遗臭万年对已经死去的人来说，是横竖不搭界了。但对我们这个封建思想影响很深的社会来说，却苦了后代。杭州就有这么一个民间传说。秦桧的一个后代到杭州来做抚台，逛西湖时看到自己的老祖宗跪在那里，便差人把秦桧夫妇的铁像推到湖里。第二天，湖水竟被污染得发出奇臭。百姓发现墓前秦桧夫妇铁像失踪，便涌到抚台衙门前要求追查。抚台只得跟随百姓一起去现场，走到西湖边上，又臭又黑的湖水托着秦桧夫妇的铁像直朝岸边漂来，抚台大惊失色，慌忙钻进轿子就溜。他还为此作了一副对联："人从宋后少名桧，我到墓前愧姓秦。"姓什么怎么由得了自己呢？但是干不干坏事却是能够做出选择的。这位抚台大人只要正直清廉，没有干卖国勾当，是大可不必愧的。

幼时听说书人讲岳飞的故事，有一点很不理解：打了那么多胜仗，拥兵在手，又受到那么多百姓的拥护，怎么就没有一点自主精神，乖乖地让皇帝老子的12道金牌给调回京城去呢？经过了"文革"，这个问题就一点也不费解了。还怎么能再苛求岳飞呢？岳飞非一介武夫，打仗不是凭匹夫之勇，他的用兵术是"仁、智、信、勇、严，阙（缺）一不可"。人家问他天下何时太平，他的回答是："文臣不爱钱，武臣不惜死，天下太平矣。"他还是很有一套治国安邦的想法的。在12道金牌面前，他是知道自己别无选择的。

"罪该万死"是"文革"中造反派叫得震天价响的口号，但古往今来真正受到"罪该万死"惩罚的也数秦桧最典型。800多年过去，对他的"死刑"执行还没有终结。世世代代，整个民族对一个卖国贼的愤恨，像潮水一样一波一波朝这座铁像冲击。这也是中国历史的一大奇观。其实，秦桧奸计能够得逞，还不是在于那个皇帝？他是吃透了高宗赵构的心病：徽钦二帝一旦回来，他高宗往哪里摆呀！上有好者，下必甚矣。秦桧自然有恃无恐。可临了，高宗似乎充当了一个被蒙蔽的角色逃过罪该万死的惩罚，一切罪恶都由秦桧包揽了。

岳飞的冤案，在南宋没有灭亡之前就推翻了。1162年孝宗即位，追复岳飞官爵。岳飞当然不能去履行官复原职，这时远离他被害已经 20 年。又过了 20 年，孝宗追封岳飞为鄂王。1221 年建岳庙，这是他死后 60 年的事了。有这个被平反的冤案在，按理后世可以以此为鉴了。然而事实不然，历代冤案似乎就没有断过。历史教训临到自己又“当局者迷”了，其实“迷”也是假的。权力斗争的残忍，使理智良知在这个角逐场上难以找到自己的位置。

圆明园风景

依稀可辨的断石隐卧在荒草间，形状怪异的残柱在天穹下兀立。辽阔的蓝天，晴朗的秋光，和这片废墟的残破景象恰好形成对照。

凭吊，追思，从残垣断壁间寻觅往昔的辉煌壮丽，还是心怀忧愤，感受冲天火光残留的灰烬，还是仅为到此一游，好在形状怪异的残柱前摆好姿势留下纪念？

我说不清我为何而来。

我看不清断石上的字迹，那是一团团血泪的淤积；我辨不明残柱上的纹路，那是永远平复不了的疤痕。它们也许在哀叹，当初翻越千山万水往京城进发的路上，如果不是甘于忍受跋涉的艰辛，如果不是刹那间也许萌生过的造反念头毕竟战胜不了那冥冥中主宰着它们的臣民的忠诚，如果它们不是来到这处皇家行宫而是改道去了虎门，去了吴淞，去了焦山，去了江阴，去了强固古炮台的防御屏障，那么，它们即使焦头烂额也能分享英雄的光荣，而不致束手就擒，留下这片废墟残骸。

我沿着曲径缓缓穿行。这条小径，130 多年来经过了多少人的踩压，它不再呻吟、不再战栗，它是在默默地审视着、谛听着，一代代人的脚步从这里带走的是漠然、麻木还是激愤、滚动不已的心潮？它也许是在默默等待着、迎候着新的历史性场面的出现。

对着这片废墟就像对着一座公墓、一片坟地那样，我心情灰暗，但并不过分哀伤。不存在没有废墟的世界，火山喷发会造成废墟，江河决堤会造成废墟，地震会造成废墟，甚至时光老人之手也会使坚固华丽的建筑衰朽腐烂成为废墟。无须为废墟哀婉悲叹，一切都会衰老。枯枝败叶不去哪来青枝绿叶，没有衰朽死亡也就没有新生命的茁壮。

然而这是一座完全不同的废墟，它不毁于火山喷发，不毁于江河决堤，不毁于地震，仅仅几千名侵略军，却长驱直入闯进这里如入无人之境。他们发了疯似的扑向价值连城的宝物，把自己的口袋、衬衫、帽子、将军住的帐篷统统塞足堆满，然后就是一把火，熊熊烈焰延续了三天三夜，宫殿化为云烟，青山顿成焦土。在一个封闭落后、丧失保卫自己能力的国家里，任何华丽坚固的建筑都无异于建筑在沙滩上，随时都可能变成一片废墟。

我的视线又回到那隐卧在荒草间的依稀可辨的断碑，兀立在天穹下的奇形怪状的石柱，这里本是西洋楼景区。虽然景观湮灭，但“远瀛观”“万花阵”“谐趣园”的名称，使我想象得出这组西式洋楼曾多么摩登。它们的设计者是当时供奉于清廷的几个外国人，采取的是巴罗克式建筑风格。在以“天朝”自居视海外为蛮夷之地的皇帝头脑里，似乎并未处于全封闭状态，他们并不拒绝“引进”，并不拒绝中西的“兼收并蓄”。只是他们只把这种“引进”限制在极其有限的范围内，除了满足享乐生活需要的洋玩意，还有解决燃眉之急的洋枪洋炮，其他的东西尤其是那些被认为会危及他们安宁的一切，他们是怀着极大的惊恐避之唯恐不及的。

然而躲避、封闭、遏制、阻挡全然无效，侵略者的一支轻骑也能直逼京师腹地，把一座经营了150年的皇家乐园变成废墟。一败涂地至此，咸丰还要照摆皇帝老子的威风，坚持外国人觐见要行跪拜礼。

这座废墟的造成绝非偶然，它留下的耻辱和创痛至今也不曾从我们的记忆中抹去。大概正是因为这个缘故吧，到北京去的人，除了观光长城、故宫，还要涉足这座废墟。一个有希望的民族，不能只习惯于展示往昔的光荣而讳言创痛和耻辱。

火山喷发，江河决堤，地震灾害，帝国主义的侵略战火不断地制造废墟，但地球依然在运转，废墟上崛起的是更壮观的建筑。因为废墟使人得到教训，废墟激发催生的是觉醒、改革、振兴、创造！

天空为何变得这样红？熊熊火光又在我眼前闪动，这支从“光明之神”居住的世界屋脊唐古拉山引来的圣火，分成了成千上万支火炬在九百六十万平方公里的土地上滚动，亚运会已经结束，这火光并未熄灭，它还在滚动。伴随这火光的不是弱者的呻吟呼号，而是一曲雄壮有力的歌唱：

我们亚洲，山是高昂的头，
我们亚洲，河像热血流。
…………

兀立在天穹下的残柱显然也感受到这支使人热血沸腾的火光的照耀、雄壮歌声的震撼，它一定为它这 130 多年等待到的东西感到欣慰，很像一位身残志坚的老人，还要继续兀立在这里，等待看到新世纪更为精彩的历史场面。

此境只应天上有

不知什么时候夜幕已经隐没，从硬卧上坐起，抬眼望窗外，巨笋般的奇峰拔地而起，一座，又是一座，相连成林。我看得呆了：跃身从铺上跳下，双手把沉重的车窗往上抬起几格，几颗雨点扑打脸颊，灰灰蒙蒙的云雾中，灰得发黑的群峰更平添神奇的魅力。这就是桂林的山呀！

遗憾的是，在桂林只能有一天停留，桂林山水甲天下，阳朔山水甲桂林。我们决意由桂林而阳朔，雨中舟游漓江。行囊往丹桂饭店一放，就乘一辆小面包直驶滨江码头。七十一岁的书画家徐子鹤叫苦不迭。这位先生长期习惯了有规律的生活，起床、漱洗、上厕所，都得不紧不慢，悠悠地来，这样的快节奏，难怪他要连呼："吃不消""老命也搭上了！"同样年逾七十的吴强同志，潇洒地扣着那顶法兰西小帽，却显得从容不迫。他在火车上就抓紧了漱洗、方便，一切准备停当。早年部队生活养成的习惯，还未在他身上消失呢。

迎着斜风细雨，吐着雪白的浪花，游船缓缓前行。两岸峭拔的群峰，在雨幕中时远时近时隐时现。雨幕飘忽不定，忽稀忽密。忽而像一抹淡淡的青影，一层薄薄的轻纱，遮不严、盖不没一群仙子的款款腰肢，忽而像一团飞渡的乱云，一道密不透风的帷幕，把害羞的仙子的倩影掩藏得严严实实。可我还是看见她的笑脸了，那淋漓的雨点在江面上溅起的，不就是仙子笑脸上的一个个圆圆的酒窝吗？"山得水而活""水得山而媚"，这奇丽的峰峦，这满江翻动着圆圆笑窝的绿水，完全是一个整体，合起来才有活泼泼的生命。

我们在舱内坐不住了，一个个沿梯登上船顶平台。塑料棚子挡不住横穿过来的风雨，忽然有人站到一侧把风雨挡了，我一看是老当益壮的吴强，忽然另侧也有人把风雨挡了，这下我吃了一惊，徐子鹤老先生竟也全神贯注地举着照相机取景，方才还大喊吃不消，现在却不怕风吹雨打，比年轻人劲头还足。"万点奇峰秀可餐"，岂止是可餐，这秀色还给了人返老还童的力量呢。

漫天雨雾，一片迷蒙，刹那间云消雾薄，雨细天青，攒聚在两岸的怪石奇峰先后从缥缈的轻雾里走出：窈窕的秀女、躬身的老翁、翘首的妇人、相逢的夫妻，或倚或偎，各露情愫；腾跃的骏马、负重的骆驼、昂首的猛狮、酣饮的大象，或喜或怒，各逞姿态；珊瑚、古瓶、宝塔、金钟，或坐或立，各显峥嵘。丹纳把多种多样的艺术形式、艺术流派看作人类精神不同的表现，认为形式与派别越多越相左，人类的精神面貌就表现得越多越新颖。“百家争鸣，百花齐放”思想的生命力，是由于它实事求是地承认了艺术的多样性。漓江这颗艺术明珠，不也由于包容了多种多样的“形式”“流派”才显示出无穷尽的魅力吗！

你看，山腰穿了个月亮状的大圆洞，让你窥见远方迷蒙天空的穿山，巧峭独立的山峰上立着一座古塔的塔山，东西两岸相对而立，如同两只昂冠振羽、跃跃欲斗的雄鸡的斗鸡山，如果这些以山峰的形状、特征而得的名字，算是现实主义的话，那么，净瓶山、望夫山就带着浪漫色彩了。观音大士的“净瓶”怎么会丢到了这儿？也许她是走遍仙境也没见着漓江这样的净水，就索性把净瓶插在这儿，让它取之不竭、用之不尽吧；望夫山由两块石头得名，人们赋予它多么丰富的想象啊：贫苦的船老大面临断炊的威胁，爬上山顶望了多日不见有船来搭救，由忧伤而陷于绝望，化成了石头。妻子背负婴儿寻上山来，看到丈夫呆立山头成了石头，急火攻心，自己也烧成了石头。这个浪漫色彩的神话，既是劳动人民苦难命运的写照，也是他们美好的感情的颂歌：就是化成了石头，妻子还是信守着生前的海誓山盟，追踪着丈夫的足迹，永不分离。

又是一道青山浮水出，如果说它带有象征意味，那半边渡就是荒诞派了。我们乘惯的渡船，是从此岸渡到彼岸去的，可这儿的渡船，却是沿着此岸，从这头渡到那头去。原来这儿耸立着的几十丈高岸悬崖，像被谁用巨斧劈去了半边，留下的这半边益显得陡峭险峻，住在峭壁两端的乡人，只好靠船往来了。

前面传来琮玲悦耳的响声，一条银晃晃的匹练，从那湿漉漉的苔藓密布的崖上飞泻而下，雪白的水花，呼喊着，跳跃着，消融在漓水中。一条竹筏子漂了过来，竹筏是由五根碗口粗、丈把长的竹头拼成的，驾驭着它的村民，并不像山水画上所描绘的，老渔翁戴着竹笠，披着蓑衣，安闲地坐在那里，倚着鱼篓抽烟。驾着竹筏穿行浪尖，哪能如此轻巧。这位蓝布褂外罩着塑料雨衣、裤脚卷到腿肚以上的村民，不停地左右撑篙探水，竹筏也随着忽上忽下，看着它要翻了，它总是又安然地漂向远处，驾船的胆量和高超的技巧，给烟雨漓江增添了生气、活力，谱写了一曲清新动人的渔歌。

村民大概是来下网的，几条竹筏子漂过去了，也没有见到一只水上水下沉浮的鱼鹰。船上的服务员告诉我，由于沿江一些工厂的三废和施用高效农药的农田的雨水排入漓江，污染江水，鱼鹰生存受到威胁，虽没绝迹，也所剩无几了。我不由得想起前年有机会漫步多瑙河畔，一位奥地利朋友的感叹："多瑙河现在什么颜色都有，就是没有蓝色了。"我面前的漓水，已不是清得能看见河底的卵石、石旁的水草、游鱼了。墨绿之中，也带着几分混浊。这不也令人感到忧虑？！

船过浪石，两岸山峰夹峙，几疑置身三峡，忽而江面宽阔起来，前面一座雄奇的山峰矗立江中，像是要挡住江流的去路，这就是有名的画山了。画山九峰的峰峦宛如九匹骏马。九马神形各异，有的像是沙场归来，临江漫饮；有的像是卧槽小憩，养精蓄锐；有的像是跃足腾空，要开始那千里之行。一马就有一部传奇经历，任你驰骋丰富的想象，自由地抒发情思。严肃的写实主义，热烈的浪漫色彩，意识流，现代派，在这一艺术杰构里，种种艺术手法都得到了融会。

然而这佳境胜景臻于极致的，还推碧莲峰。峰下就是阳朔。五小时多的水程，一百六十里漓江锦绣长卷，至此又出惊人神笔。碧绿青翠的山峦，状如出水的莲花，披着雨纱从湿漉漉的烟雾里，一层层浮现出来。浓绿、青黛、灰蓝，不断变换着深浅浓淡的颜色。

"此境只应天上有，人间能得几回观？"我不由得想起杜甫赠花卿的名句，不过把它改动了两个字。一直背着双手、默默观景的吴强，出其不意地从衣袋里摸出照相机。徐子鹤先生则懊恼刚才拍得太多太急，胶卷不够用了。大家都有一个同样热烈的愿望：能有机会，说什么也要再来。但漓江能不能永久保持它的妩媚呢？这又得靠人间的努力了。

似此曲水“本无多”

武夷山归来有些日子了，我依然为之心荡神驰。我不是指那大王峰、天游峰的雄奇，仙掌亭的秀丽，因为我也攀登过泰山十八盘，见识过黄山天都峰、莲花峰的雄峻、庐山锦绣谷的奇丽。武夷山使我倾倒、使我心醉的是那穿绕山中的九曲溪水，它的妩媚，它的灵性，它那与丹崖翠壁紧紧相依，绿水青山浑然一体，不因岁月淘洗而减色的青春容颜，使我强烈地感受到活泼泼的生命的跃动。这才是武夷山的美之所在、魅之所在。有人赞美武夷山，说它兼有泰山之雄，华山之险，黄山之奇，峨眉之秀，但我想，如果武夷山只是兼有他山之雄险奇秀，那么人们在游历他山之后还有多大必要非一览武夷不可呢？武夷之美武夷之魅不在兼有他山之所有，而在独有他山之所无吧。

乘竹筏游九曲，武夷山之独特的美和魅，便尽得于心了。

码头上，几十条竹筏沐浴着初升的秋阳，挤挤碰碰，煞是热闹。每条竹筏由五根碗口粗、两丈来长的竹竿拼成，据说由于出过事，竹筏都已两条并一条，一筏乘五人。为避免超重，我们一行人中几个形影不离的胖子被分开搭配。但踏上竹筏，依然摇摇晃晃，站立不稳。几年前乘汽船游漓江，看见村民撑着竹筏在浪尖上忽上忽下往返穿行，其胆量和惊人技巧令我叹服不已。这回自己也上了竹筏，尽管这筏比那筏宽一倍有余，也还是身不由己，趺趺撞撞。看到我们这副狼狈相，躬腰立在溪边水中的几位洗衣姑娘，哄地笑开了。

我们几只竹筏结伴而行，时首尾相接，时同步并肩，回首相望，景在水中映，人在画中行。画是流动的，画之流动来自水。那荡漾的清波，阳光抚摸着它，如柔软的碧玉，冷凝的翡翠，起伏的竹林。微风吹过，水面裂开道道波纹，如几何形图案，图案中行走着白云蓝天。水之魅在于它的灵性。它时而笑声朗朗银花四溅，时而神情凝重波平如镜。漫浅滩潇洒自如，复深潭举步从容，峰回路不迷，两岸夹峙奔于前。对它的脾性摸得最透的莫过于撑筏的排工了，一篙在手，驾轻就熟，时而任筏漂流；时而调整导向，眼看竹筏就要撞上急转弯处的岩石，他只将竹篙往水中轻轻一点，竹筏与岩石擦肩而过，顺势而下。我们这条竹筏的排工是个身材瘠瘦的中年汉子，在九曲溪流上度过了三十多个寒暑，撑筏达到如此炉火纯青地步，只要看看他那古铜色面庞上条条道道的沟纹，就不难想象那上面流过多少汗水。

九曲水之迷人，得之于与两岸峰岭相互依存，形同一体。九曲溪发源于武夷山主峰黄冈山麓，从武夷山自然保护区的深山密林流出，在风景区内由东向西依山绕峰，折为九曲十八弯，长达 15 里。宋代理学家朱熹写过一篇《九曲棹歌》，道尽九曲的迤丽多姿。竹筏上极目四览，两岸群峰千姿百态，巨岩峻峭嵯峨。拔地擎天的大王峰，雄伟葱茏；高耸壁立的晒布岩，气势磅礴；巍峨奇丽的仙游峰，攀登者首尾相接，如同一条长蛇游动。天游峰下晒布岩边，林荫深处隐着一座“武夷精舍”。这是朱熹晚年创建的高等学府，他在此著书讲学十余年。尔后宋代的范仲淹、李纲、辛弃疾、陆游，明代的刘伯温、王阳明、戚继光等都相继来这里讲学。历代名家荟萃，众儒星拱，留下大量诗章，摩崖石刻。如此众多前人的身影足迹在此隐现，给这里的山光水色平添了丰厚的意蕴。

撑筏的中年汉子打开话篓子，滔滔不绝，一峰一壑、一曲一弯，他一一指点来历，道出妙处，他说得最动情的是玉女峰。它俏拔秀丽，独对寒潭，亭亭玉立，看上去有几分孤凄，几分忧郁，中年汉子指着它对面的一座山峰说，那是大王峰，它和玉女本是一对情人。只是因为一个铁板鬼向玉皇大帝告密，玉皇盛怒，把两人驱逐下地，化成两座山峰，命铁板鬼居中监视，迫使大王、玉女近在咫尺，却终生不能相会。我们循着中年汉子手指的方向，双峰之间果然踞立着一座巉岩。这样一来，玉女只有利用镜台的反照观看大王俊伟的身影。玉女峰一侧的岩壁上，非常醒目地刻着“镜台”两个大字。这两个大字的刻造者是令人尊敬的，他们用丰富的想象和艰辛的劳作，把人们呼唤忠贞爱情的故事，变得更美更富于生命力了。

竹筏漂流的速度又趋平缓，中年汉子提醒我们，下面是三十多米的深潭。矗立潭边的一座巨岩叫仙船岩，被人们赋予神奇色彩的“仙人葬处”就在这上面。我抬头仰望，高耸入云的悬崖峭壁上，横着一条大裂缝，缝口隐约可见棺木、杂草。相似的架壑船棺一连出现数处。这真是珍奇的历史遗迹。朱熹当年曾对此发出“不知停棹几何年”的感叹。这个谜今天已经得到初步解答。我们在武夷山市文物馆陈列室，观看了从这儿白云崖上取下的一具船棺，是用武夷山生长的楠木刳成的船形棺木，长近 5 米。船棺造型规整，轮廓流畅。棺内尸骸上覆盖人字纹竹席，竹席下用木棒和竹片做“册”字形衬托。头部两侧填塞细棕，身穿大麻、苎麻、丝绢、棉布衣，据考古学家测定，这是 3000 多年前我国殷商时期的遗物。但是在那生产力水平十分低下的古代，古人是怎么把船棺搬运上五六十米高的悬崖峭壁上，又如何在坚硬险峻的巉岩上挖出能把 5 米长的船棺安放的洞穴，至今都还是没有解答的谜。这些死者不是皇帝老儿、王公贵族似乎可以肯定。生而艰难，葬却如此讲究，即在今天也是够豪奢的了。也许是以为这样可以使死者升天，或者是要给后人带来好运？

九曲溪上观群峰，一件件历史遗迹，一篇篇神话传说把我们带向脱离尘俗的仙境，但那些充满壮志豪情的石刻题咏又使我们清醒地意识到严酷的现世人间。一曲的水光石上，留着明代抗倭名将戚继光的誓言：“大丈夫既南靖北蛮，便当北平劲敌。黄冠布袍，再期游此。”六曲苍屏峰岩壁上那幅抗日战争时期游人石刻题咏的“打倒日寇，保我中华”，仍然如一团烈火在我眼前闪耀。观仙人之居处，闻精舍之书声，感同仇敌忾之浩然正气，九曲山光水色间交织出的这幅历史现实，天上人间的璀璨画卷，深深地震撼我的心灵。

竹筏走完九曲，我想到了一曲旁新建石牌坊上的一副对联：“似此名山宜第几，相当曲水本无多。”有些风景区喜欢标榜“天下第一”，其实其地其景他处屡见不鲜，何第一之有？按第一、第二来为风景区排座次，未必科学。应该各以各的个性、特色见长嘛。这副对联的作者看来识透了武夷山名之所在特之所在优之所在，不自我标榜第一、第二，把评判留给游人来做，当然倾向性也尽在不言中，“相当曲水本无多”，像这样的曲水你看有几个呢？美的魅力就在于个性化，不雷同。几年前看过一部苏联影片：莫斯科的一位公民夜晚酒醉归家，误上了飞往列宁格勒的班机。下机后居然乘车回到了家。原来，他在莫斯科的住宅和他到达的这所列宁格勒的住宅，建筑式样是相同的、路名门牌号是相同的，更绝的是连门锁、钥匙也是相同的，于是这位莫斯科公民开门住了进去，由此引发出一系列令人捧腹的笑剧。我们生活中没有什么比雷同一律更缺乏生气更令人厌倦了。走过一些城市，一条条马路，一幢幢大楼都大同小异，有时简直不知道自己究竟到了什么地方。涉足一些风景区，什么天下第一山，天下第一泉之类，都似曾相识，往往是慕名而去，兴味索然而归。而武夷山九曲之游，赏心悦目之外，还留下无尽的回味，我想，原因就在于这个"本无多"吧。

十八盘上竞攀登

迂回十八盘，举步上青山。登泰山最艰难的路程要算中天门以上的三个“十八盘”了。现在有了空中索道，游人可以一免攀十八盘之苦，从中天门乘电缆车，空中飞越，直达南天门，只要七分钟，就可以纵览泰山的奇伟景色。然而十八盘道上，步行攀登者仍然不绝于途。在数千级犹如登天之梯似的陡峭石阶上，叠罗汉似的不断向上延伸的攀登者，构成了泰山壮丽景观中最富有生气的画面，泰山活了。

尽管中途从泰安下车，只有一天时间，我和女儿还是选择了攀登的路。自山麓至中天门，是登山行程的一半。这一段行程，我们花了两个小时，走得相当轻快。沿着缓缓而上的登山盘道，两侧苍松翠柏郁郁葱葱，层层叠叠散布在浓荫中的殿堂馆舍、碑记石刻，称得上步步有景，举目成趣。人们在王母池、红门宫、斗母宫前流连，在孔子登临处立脚，在经石峪前吟哦，那一亩上下的大石坪上，北齐人隶书刻制的“金刚经”，虽经一千五百多年的风雨剥蚀，那雄浑遒劲的斗大字体，仍有半数依稀可辨。

险途是在中天门以上，可是大自然精巧安排，登上险途之前，呈现出大好风光，让你获得充分的愉悦。回马岭、云步桥、五松亭，漫山泼翠，一片松海。悬崖上、峭壁间，苍松或昂首苍穹，撑冠如伞；或回环曲折，匍匐山岩；或傲然兀立，巨石飞松；或舍身就险，倒挂悬崖。在松海下前行，绿荫蔽天，碎影筛日，置身在清凉世界，暑气荡然无存，怪不得这段路有“快活三里”之称。过了这三里，就是“十八盘”。山势顿显陡峻，迎面两崖对峙，巉岩巨石，突兀峥嵘，脚下深渊无底，危级削壁而上。加之烈日当头，酷暑逞威，人们全都汗水淋淋，气喘吁吁，开始登山时那股轻快劲儿已经不见了。

“紧十八，慢十八，不紧不慢又十八。”陡直险峻的十八盘转弯抹角，无穷无尽。举前脚，拖后脚，我不知道拐了多少弯，爬了多少级。渐渐地，爬几步就要歇一歇。可是盘道毫无遮拦地暴露在烈日之下，连两侧的铁扶手都晒得滚烫。无处可坐，只有站了，然而站也是耗力气的，所以喘了口气又举起步。这时已经有进无退，我只有一个念头：攀！

腰腿疲软，嗓子眼又燃烧起来。随身带的水杯里灌得满满的水，已经涓滴不剩。女儿已经渴得走不动了。“冰棍吃吧？”从前面突然传来的这声叫唤，我怀疑为灵芝仙子从天而降。这确实是位“仙子”，但不是从天而降，她是和我们一起从山麓出发，一起登山的。从她手边厚厚一叠理得整整齐齐的冰棍包装纸来看，她背着偌大的一个冰棍箱子攀到这里把甘霖呈献给口干舌燥的攀登者，已经有好大一会儿了。她只有十六岁，是个初中生，暑假期间利用上泰山卖冰棍的收入，贴补一点家用。收入是微薄的，到十八盘上来卖冰棍比在山脚卖，每支加一分，但一箱冰棍所得，不过块把钱，而她流出的汗水，怕也得装满冰棍箱子啊。刚才还说走不动的女儿，脚底板有力了。这不只是冰棍的作用。凉意一会儿就消失了，可是卖冰棍姑娘那黑瘦的面影却深深印在我的脑海里驱散不去。

又攀了几十级险阶，是一块两丈见方的台地，高竖一座石坊，名曰升仙坊。手扶升仙坊，仰头朝上望，紧十八盘仿佛一架笔陡的长梯，要“升仙”，就得上长梯，一直爬到顶端，就是南天门。为了积蓄这最后冲刺的力量，升仙坊旁，游人三三两两，席地而坐。几个外国语学院的学生和一位肩后背着桶形旅游包的大胡子外国朋友在愉快交谈，大学生问：“外国游人乘电缆车可以优先买票，你为什么要爬十八盘呢？”大胡子像挥扇子似的摇摆着大手，笑着用不太熟练的中国话回答：“我跟你们，竞赛！”

啊，竞赛！我再仰头上望，紧十八盘上正展现出竞登攀的动人情景，我还在打量，女儿已拉着我一跃而起。

一阵凉风扑面，我们已经站在南天门口，回顾紧十八盘，不禁怦然心跳。但我们毕竟胜利地通过了这场竞赛！要是乘电缆车，我可能不会有这种惊悸之感，但是对十八盘也就不会有这种汗水浸染的感情，更不会有征服险和累才得到的这种快感了。这真是轻易得来终觉浅，历经艰难爱始深啊。

然而慢着，南天门内亭上的三个大字“未了轩”，使我猛然一醒：虽然“十八盘”险途已过，但是岱顶仍在前头。然而再往上攀登的路毕竟容易多了。过天街、碧霞祠，至大观峰，巨大的崖壁上刻着李隆基的“纪泰山铭”，通篇隶书二千字，字字碗口大，后人评议其书法“若莺凤翔舞于云烟之表”，如今用贴金保护，益显巍巍壮观。再往上走，登临玉皇顶，放眼四望，真是“只有天在上，更无山与齐”。时当午后两点，太阳倾泻着火流，西南群峰，光华耀眼，火气腾腾，东北云海茫茫，奇峰险岩像一座座美丽岛屿，若隐若现。无限风光，赏心悦目。没有攀“十八盘”之劳，焉有此“一览众山小”之乐。登山如此，“四化”建设也是登山，不过那艰难险阻又非攀“十八盘”所能比拟，当然收获的欢乐也将千百倍于攀“十八盘”所能得到的了。

鼎湖山赏绿

在一老友家做客，友人说他小孙儿和澳大利亚一个同龄儿童相互交换了一幅写生，都以自己居住的小区为题材，让我猜猜都画了些什么，我说猜不着，但画的不太可能是同样的东西吧。友人拿出澳大利亚儿童的写生，画的是一棵挨着一棵的树木，而他自己孙儿画上的是密密麻麻的人群。

我也去过几个国家，印象之一，也是树多。城市众多公园，高速公路两边，处处可见绿树浓荫。在我们城市里，如今也在加紧大面积植树造绿，绿是生命的颜色，希望的颜色，成片成片的绿树浓荫，减弱了尘嚣，美化了环境，使城市生气勃勃。

都市里栽种的树木，无论公园里马路边还是住宅小区的，都还只是一种点缀一种衬托，是单薄的，被切割的，这里几棵那里几十棵，零零星星，一眼望穿，跟那树山林海的山林之绿是不能比拟的。

近日走访有“天然氧吧”之称的鼎湖山，又一次领略了山林之绿的宏大气象。四千多公顷原始次森林，莽莽苍苍，满眼皆绿，居于最上层次的是高大的乔木，中间层次的是低矮的灌木丛，下层是野蕨、小树、攀缘植物。它们互相组合，铺缀出一派看不尽穿不透的无边的绿，层层叠叠，连绵起伏，厚重沉远，无限深邃，远看是不可分割的庞大的绿色家族，走进其中，数千种植物风采各异，形成不同的森林植被类型，显示出自然界无限丰富的多样性，它们又都从自己的花、叶、根、茎组织昼夜不息地分泌出一种挥发性植物气体，除尘抑菌，净化空气，既造福人类，也为自身创造最佳的生存环境。世界上北回归线穿过的许多地区都是荒凉的沙漠，鼎湖山的纬度也处于北回归线附近，却山清水秀，林木茂盛，这跟50年代它就被划为国家的自然保护区、严格执行森林保护法规是分不开的。

鼎湖山的古树名木，可谓精英荟萃。古梅、丹桂、钓樟、黄皮，树龄都以千百年计。眼前出现一片树冠浓绿青翠格外醒目的林木，株株高大挺直，这叫铁木，在我国亚热带地区也属罕见，这种树材质坚硬，连铁钉都难钉进去，可谓顶天立地的林中一杰。篷篷树叶如同伞盖的桫椤，是与恐龙同时代的孑遗植物，有一亿八千万年的历史，是逃过了地球第四纪冰川的浩劫而幸存下来的活化石，虽然数量寥寥无几，它久远而沧桑的生命历程，不能不令人深感宇宙的浩渺。

林子大了，什么树木都有。那些藤本植物，挺不直身干，伸展出去的藤蔓，像一条条游动的巨蟒，攀岩走壁，穿林绕树，腾空飞挂于大树之间，纵横交织于林冠之上，自成一种境界。做不了良材秀木的脆花兰，索性选择大树苍老的枝干做栖身之所，将自己的根系扎进树皮裂缝里，居然也繁衍生息下来，成了寄生一族。还有先寄生，站稳了脚跟就将恩主置于死地的。我看到相拥相抱的两棵树，一荣一枯，荣的是榕树，靠小鸟把种子携带到寄宿的大树身上萌发生长后，就凭着自己垂吊下的气根网，紧紧缠住宿主吸尽其养分将其绞杀致死成了一棵枯树。宁静的树林，生存空间的激烈争夺，竟也如此惊心动魄。也就是在这样的激烈竞争中，森林生态形成一种奇妙的动态平衡。

山林无法向都市移植，但是保护绿化，严格执法，使每年的植树造绿活动切实收到成效，则是都市人可以做到的。

美在青屿

几年前去过厦门，当时并不知道青屿，这次去闽参加华东九报协作会议，厦门市的领导同志热情相邀：“你们应该去看看青屿。”

船离鹭江码头，顶着烈日，乘风破浪，船头掀起的雪白浪花伴和着突突响的马达，其声其势令人精神为之一振。江岸那鳞次栉比的楼群，矗立鼓浪屿上的郑成功石像，很快消失在身后很远的地方。四顾茫茫，陪同我们的战士遥指着前方：“看见了吗？”

看见了，这是水天相接处的一抹云，又像是突出海面的一礁石。待船靠近，耸立在滚滚波涛上的是座礁岩挺立的青青的山林。青屿这个美丽的名字对它真是再恰当不过了。

小岛面积只有 0.6 平方公里。这儿没有商店，没有市场，没有带来喧嚣噪声的车辆，但这儿绝不荒凉，那遍地绿荫、喧喧鸟声，那蜿蜒起伏的石级、小径，那结实累累的亚热带果木，洋溢着的是一派欣欣向荣、生机勃勃的景象。

小岛上的常住户口清一色的草绿服装，都是刚刚长出胡茬的 20 岁左右的年轻人，但他们所在的守备四连，是立过战功的英雄连队。海峡炮战的硝烟早已消散，老战士一批批离开连队，一批批新战士又以火红的青春年华、洒遍小岛每一寸土地的心血和汗水，为连队创造了新的光荣。连长告诉我们，在老战士垦殖的基础上，他们使这个从前船不靠岸、鸟不栖身的荒秃小岛绿化覆盖面积达到了 90% 以上，从而获得了全国绿化先进单位的光荣称号。绿是生命的颜色、希望的颜色、美的颜色。对生命对美的热爱从一个侧面展示了新一代军人的风姿。

生活在这座小岛上，连淡水也是每周一次从陆地上运来，艰苦是不难想象的。但对年轻人来说，更难耐的还是生活的单调和寂寞。训练、施工、巡逻、站岗，战士们活动的地盘超不出半平方公里的范围，如此日复一日，年复一年，这需要多大的耐心与毅力啊！领着我们参观的一位排长，指点着块块礁石，株株花草，棵棵果木，熟悉它们如同熟悉自己手上的掌纹。如果把他们一遍遍地走过这些地方的足迹叠印起来，画面将是很惊人的。他说，在这么个圈圈里打转转，越出一步也不行啊。一次打篮球，劲大了点，球出界了，他跑去捡球，球已沿着礁岩滚落下去，掉入波涛滚滚的大海。

但战士们精神驰骋的天地却突破弹丸之地的局限而无限宽广。他们创作的书法诗画寄寓着高尚的情操，悉心阅读的书刊带来了源源不绝的精神滋养，一年一度的花卉盆景展览比赛，把他们的环境装点得多姿多彩。他们把美的心灵、浓烈的爱倾注在这座青屿之上，小岛上的一草一木、一砖一石在他们眼里就都具有了不同的面貌和色彩。别看那礁岩单调，那是海潮千冲万击完成的威武神功杰作；别为那篮球落海泄气，那是世界上独一无二的海上球场。黄山的峻伟、华山的险峻、桂林溶洞的奇幻，这里应有尽有。爱心美感启动并丰富着他们的智慧与想象。他们从礁岩看到了内蒙古草原千里奔驰的马群，从步步高升的石级上看到了攀登泰山峰巅的道路。

美在青屿，那是因为它连缀着祖国壮丽河山的美景。1875 年英国人在这座小岛上建了一座灯塔，那是为他们的商船、炮舰指路的。如今这座灯塔仍保留在岛上，这页屈辱的历史使战士们更懂得自己处在一个多么重要的位置上。来自大陆的封封家书、帧帧照片，牵动着他们对故乡的缕缕情思。电波、荧屏传来的信息，使他们把五洲的风云变幻，960 万平方公里土地上涌动着的改革潮流，尽纳心底。他们日夜凝睇着台湾海峡的茫茫云水，为大大小小的船只指引着通途。他们朝朝暮暮相对的前方，岛群若隐若现，那是金门、大担、二担，最近处距离只有 3 000 米，无须举起高倍望远镜，岛上的营地、标语一一进入眼帘。归来吧，兄弟！昼夜不息的潮声带去他们殷切的心音。一只深灰色的信鸽，战士双手托着它喁喁细语，那么深情，那么亲密。那是对岸飞来的，战士们让它带去的是多么热情的呼唤。

战士们高兴的是，他们的呼唤已汇入一股强大的时代洪流之中，已经和正在产生令人欣慰的回响。厦门出现了台商投资热。台商投资项目开工开业已达 180 多家。战士们派出代表参观这些企业，他们掩饰不住心中的喜悦。岛上绿荫掩映中的一排排新房，表明他们和平的心愿。欢庆团圆的锣鼓响彻海峡上空的日子还会太远吗？他们将是最先听到这个锣鼓声的人。他们正怀着美好的心情期待着这一天的到来。

美在青屿，美在把青春奉献给青屿的战士们心中。在青屿停留时间虽然短暂，但我觉得自己身上也被注入一股朝气活力，东道主安排我们来看青屿，大概就含有这个意思在内。

罗星塔的记忆

古人在航行的时候，只要手中有罗盘，头上有星星，就不用害怕在茫茫大海上迷失。矗立在福州马尾港山峰上的这座石塔以罗星为名，可见它在人们心目中占有的位置了。塔七层八角，檐角悬铃，海风吹来，发出叮叮当当的铃声。“舵楼风细听铃语，月近家园渐觉圆”，诗句把海上归来的人望见这座罗星塔感受到的温馨，表现得是很真切动人。

这座建于宋代的古塔，历尽沧桑。它被台风摧毁过，因度过漫长岁月而破败衰朽过，但是在它的经历中，留给它的最沉痛的创伤莫过于19世纪80年代在它脚下的马江江面上发生的那场海战了。那是一场令人心酸的海战。法国兵舰开入马尾江面，如入无人之境。它和福建水师的兵舰一在塔东一在塔西遥遥相对。法舰发出开战通牒，指挥福建水师的船政大臣何如璋却秘而不宣，使水师的官兵都蒙在鼓里。法舰大炮齐发，福建水师仓促拔锚应战，但战机全失，福建水师全军覆没，死796人，沉兵舰9艘和各式木船40余只。用李鸿章的话说，“毁闽船不过数刻”。这个日子是1884年8月23日，距今106年。

登上整修一新的罗星塔，眺望马江两岸，不见废墟，不见硝烟，百年风雨，已把那场海战的遗迹冲洗得不留一点痕迹。而今广阔江面上，商船齐集，百舸争流，两岸一片片广厦拔地而起。昔日“马尾马尾，缺电缺水”的冷清村镇，已经拥有宽敞的马路、优美的环境、先进的通信、充足的水电、配套齐全的生活旅游服务设施，成了欣欣向荣的新兴工业区，海内外投资者向往的佳境。马尾人用自己驾驭改革开放大潮的聪明智慧、劳动创造，洗刷了那场海战带给它的深重耻辱。

然而马尾人并没有把这一耻辱从自己的记忆中抹去。罗星塔旁的古榕丛中露出一角红墙，那是马江海战纪念馆。这座纪念馆陈列的不是辉煌的战果、英雄的业绩，而是一页页失败的记录。几乎占了一面墙壁的一幅全体阵亡将士名单，上自舰长下至伙夫、剃头匠无一幸免。尽管这已是一页永不复返的历史，其惨景依然强烈地震撼着我的心。而要对这一惨败负责的船政大臣、闽浙总督，却一个个逃之夭夭。

失败总能给人以教训。清廷的总督大臣中并不是没有头脑清醒者。福建的民族英雄林则徐已经喊出要“睁眼看世界”。马尾船政局也已派出我国第一批留学生，但是从鸦片战争到马江海战，40 年过去，国势渐微日甚一日，腐败的清廷病入膏肓，不可救药，因而马江海战的惨败并没有为失败屈辱打上一个句号，而是新的一轮更大失败屈辱的开始，亡国惨祸的逼近。

作为这一页历史见证的罗星塔，俯视着滔滔马江，林立的广厦，气宇轩昂，精神焕发。我总觉得，它也在频频回顾古榕丛中的红墙。历史的记忆，是能给创造新生活的人们带来多方面启迪的。

漫步“锦绣中华”

我游过不少园，观赏到的是一些各具特色的四时花木、小桥流水、亭台楼阁，走进这座“锦绣中华”园，感觉完全不同了。作为一座园，它也许还不够精致，但却在我面前打开了一个别的园子所无法比拟的广阔的世界：数万里壮丽河山尽收眼底，一座座历史的殿堂再现往昔的辉煌。

岁月悠悠。清明元宋唐，闪回倒逝的时光，历数着人间无尽沧桑。才乘长江轻舟，又见万里长城。故宫盛开大典，秦墓明陵相望。多少荣华，多少权贵，多少赫赫王朝，多少怒发冲冠壮怀激烈的英豪，消失于岁月的波涛，被历史的烟尘湮没。但历史没有变成一片迷茫，一派虚空，没有仅仅成为一串串典籍上的符号，不就是由于有这锦绣琳琅遍布中华大地的石桥、木塔、楼台、寺庙、宫殿、陵墓、高山大河、石窟画廊、避暑山庄、四合院、客家土楼、傣族山寨？这一簇簇珠宝可观可感可触，连通着生息在这块土地上的人的血脉，千百年光辉闪耀。

徘徊流连，走走停停。微缩景观毕竟不能再现景物的原貌：泰山失去那一览众山小的气势，海疆不见那万里滔滔。一个个庞然大物，都成了玲珑小巧的玩具。游人却兴趣浓厚，指指点点，谈笑声不绝于耳。也许他们平时没有机会走过这么多地方，今日总算一览锦绣河山，但我们一行人中，有的是游遍四方的，竟也兴味盎然。面对着微缩了的历史、河山，似乎是别有一番滋味在心头。此时你不会感受到那庞然大物的压迫，想象可以从容地张开翅膀，于千载万里之间翱翔。回首观历史，放眼看世界，站在上头看和跪在下头看，感觉是大不一样的。穷乡僻壤之人，最远只到过几里外的小镇，乘着人造卫星飞行，才看清我们原来居住的是个转动的星球，而且是循着特定的轨道转动。

停停走走，走走又停停。我默默地站在秦陵兵马俑前。为了守护中国第一个皇帝的亡灵，这一排排武士列成的军阵，惊心动魄。虽然武士微缩成一个个小泥人，虽然以俑代活人已大大减少生命的死亡，我还是脊梁发凉地感受到奴隶尸骨上建筑起的皇帝权威是多么残酷。从秦始皇开始，中国历代皇帝几乎都拿出与造宫室同样的劲头造坟墓。秦时全中国人口 2 000 万，被征发造宫室坟墓的就有 150 万人。阿房宫被项羽一把火烧掉，秦陵兵马俑却在 2 000 多年后使整个世界为之惊讶。研究中华文明，不能不研究陵墓文化。陵墓从一个侧面反映了当时生产力发展的水平。“锦绣中华”园的设计者们对陵墓给予了注意。秦陵兵马俑之外，还有黄帝陵、成吉思汗陵、明十三陵、昭君墓、香妃墓，一个个皇帝、后妃的梦境，引发着游人的遐思。

一百多年前，我们曾经有过一座荟萃风景名胜和建筑精华的圆明园，占地 5 200 亩，真个皇家气派，如今只剩下断柱残垣，一片废墟。可若论起集纳全国各地的景观，它倒是祖师爷呢。前些年一些影片还常有这片废墟的镜头出现。作为锦绣中华的微缩，这片废墟似也应在园中占有一席之地。回顾历史，不能只陶醉于昔日的辉煌，更不应该忘记的是那些曾经那么深重地刺伤我们民族心灵的耻辱！

无论是辉煌还是耻辱，无论是光荣还是带着难以弥补的遗憾，前人已经留下了自己的业绩。这中华园内的玲珑锦绣，浇注着他们的心血汗水、勇敢智慧。发思古之幽情，不如争朝夕而奋起。后人之视今，亦如今人之视昔。在这锦绣中华大地上，我们将给后人增添一些什么？这该不是多余的问题吧！

西双版纳散记

“少多丽”的魅力

从西双版纳首府景洪走下飞机，眼前灿然一亮：停机坪上两位“少多丽”（傣语，美丽少女的意思）脚蹬木屐，纤细腰肢紧裹筒裙、小褂，亭亭玉立，衣裙上的金色碎片，在骄阳下闪闪烁烁，如一抹璀璨的朝霞，一朵浮动的轻云，又像是微风掠过湖面漾起的一片涟漪。“少多丽”爱美，得了西双版纳山山水水的灵秀之气，“少多丽”就是美的化身。

在西双版纳的日子里，我们的导游小谷也是一位“少多丽”。她身材娇小，圆圆的脸蛋，弯弯的眉，一双大眼睛秀气亮丽，身上的筒裙一天一个色调。我们都在称赞她的美，她却告诉我们：最美的“少多丽”不在衣装，要看她手背是不是印着几条细小的疤痕。傣族青年男女的恋爱婚姻是很自由开放的，没有父母之命，不经媒妁之言。男女相识相知以后，可以自由地向对方表达爱恋的情感。月光下，棕榈树旁，青年男女一起唱对歌，跳拉手舞，玩“丢包”：一般是男子采取主动，发现可心的人，便把包投给她，女子若是捡了那包便说明是情投意合，几个回合之后便可订下终身。如果包被退了回来，那就大事不妙。男子爱不成，就来了“恨”，上去就在“少多丽”手背咬一口，自然是轻轻的。最美的“少多丽”眼界高，条件苛刻，被她拒绝的情人不止一个，手背上的疤痕也就不止一条了。小谷说到这里，却把自己的手藏了起来，那上面是不是留有几条疤痕，她不想让我们知道这个秘密，倒反而盯住我们中间的一位小伙子，提议他在西双版纳留下来，到一群“少多丽”中去丢一次包，试试运气，但她又告诫说，真想挑一位“少多丽”，得有当三年长工的思想准备。被“少多丽”接受的意中人，先要住到女家，做上三年活，这关通过了，这门亲事才算大功告成。我们这位小伙子问：三年吃不消怎么办，能中途退出吗？小谷笑着说，不能，逃了会把你追回来。吓得这个小伙子伸伸舌头再也不敢搭茬了。

其实，这个小伙子不用怕，若是真正钟情于一位“少多丽”，那三年活就算不得什么，赶他跑他也不会跑。傣家的这一婚俗大概是意在检验爱情的那股神奇的力量。不仅许多傣族青年欣喜不已地通过了这个检验，一些汉族小伙子也顺利地过了这一关。小谷的父亲是汉族，母亲是傣族，她本身就是这美满爱情的结晶。

泼水的游戏我们都身不由已地参加了。泼水节已过，在公园里举行的这场游戏是泼水节的模拟。开始是“少多丽”的歌舞表演，烈日当空，满园游人兴致勃勃席地而坐。表演临近结束，人们望着舞台两侧满满的几大池水，纷纷起立，有的往后退，有的在寻找有利地形。说时迟，那时快，靠近池畔的人已经端起盆盆，你追我赶，尽情地泼洒起来。退后也没用，泼水的行家里手就像操作着水龙把水投射到园里任何一个角落，想溜也无路可溜，公园门已经铁将军把门——上锁了。只有豁出去，舍得一身湿，你泼过来，我泼过去，男女尊卑长幼的界限不复存在，照泼就是。欢声笑语夹着沙沙水声，痛快淋漓，还未见过哪项游戏如此热烈活泼，又如此强烈冲击涤荡着人的心灵。这是一种生机勃勃的文化精神。傣族拥有悠久的历史文化，刻写在贝叶棕榈叶子上的经书保存下来的就有数万部。泼水节这种古老民俗就富有深厚的文化底蕴，而与民族生活的紧密联系又使这种文化精神总是那么新鲜活泼，给人以无尽的滋养。

龙血树伴他长眠

车行在连绵起伏的公路上，远远近近莽莽苍苍的密林，满眼皆绿，这不是城市公园、林荫马路那被切割的一眼就能望穿的绿，这是在 1.5 万平方公里土地上由 5 000 种植物铺缀出的无边的绿。它绿得深沉绿得厚重绿得密密层层让你无法洞穿，它又绿得透明绿得晶亮绿得闪闪发光让你感到遍地珠玑。绿使我迷醉，绿使我感到对于绿色世界的知识实在是贫乏得可怜。除了那风度翩翩的棕榈，枝头缀满果实的柚子、龙眼、荔枝、杧果、菠萝，我就叫不出多少别的名字了。直到进入罗梭江畔的热带植物园，那来自西双版纳全境以至世界各热带地区的奇花异木一一向我通名报姓，棕榈园、百竹园、标本园、人工植物群落区、水生植物区、沟谷雨林构成的一幅幅色彩美丽的画面，向我洞开了它的奥秘。它的繁茂丰富、珍稀奇谲使我大开眼界。

高龄 800 岁依然绿意盎然的铁树王，坚硬无比刀斧难入的铁刀木，鹤立鸡群高耸入云的望天树，剧毒汁液致人死命的箭毒木，抗癌治癌救人生命的美登木，全是我见所未见、闻所未闻。尤令我惊异不已的是那只要用刀在树干上一割就能流出像人体的鲜血一样殷红汁液的龙血树，它貌不惊人，树干短粗而枝叶繁茂，根则深深扎进石块当中，从它身上流出的汁液作为一种活血圣药曾在我国传统医学上沿用 1 500 年之久，忽然间它却从历史记载中消失了，它的重新被发现是在 20 世纪 70 年代，它的主要发现人之一就是 30 年前开创这座植物园的植物学家蔡希陶教授。

众多的游园人显然并不熟悉蔡希陶这个名字，这从他们走过那块一米高的石头前视若无睹的神情可以证明。就在那块石头上刻着的几行字是蔡希陶的墓志，那是蔡教授安息的地方，它没有任何显眼的标志，很容易被人忽略。陪伴着他的，就是他亲手种下的那株龙血树。

其实，陪伴着蔡希陶的又岂止一株龙血树。

30 年前，蔡希陶带着助手们，18 人乘一条独木舟，横渡罗梭江，登上这四面环水的葫芦岛，这儿藤蔓缠绕，密林阻路，这位学识渊博的植物学家一改文弱书生形象，竟也像绿林好汉那样拿起砍刀，只是他拿砍刀不是剪径，而是为一项崇高的事业开辟前进的路。空地开出，茅屋架起，苗圃和草园锦绣如画，一株株珍奇苗木源源引入，蔡希陶为植物世界建造了一座崭新的家园。这是他为之奉献全部心血汗水的终身家园。在野外作业时，他曾指着种类繁多的植被对年轻的科学工作者说，这里一屁股坐下去就有三个课题供你研究。而他创造的这个植物家园，提供的是穷毕生精力也研究不完的课题。他已经穷其毕生精力，安息的时候也不离开这座植物园。这个园里的奇花异木，枝枝叶叶都熟悉他的眼神、他的手势、他身上的泥土气息。现在随着阵阵轻风，奇花异木常常从四面八方朝龙血树这儿转过身来，发出轻声细语：蔡教授，我们都在陪伴您！

轻风中龙血树枝叶沙沙，它为自己的使命感到自豪。它的陪伴不仅是回报蔡教授的知遇之恩，也是作为植物园数千同类的光荣的代表。由它做代表真是再恰当不过了。它是植物界的长寿树，可以活到 8 000 年，在这么漫长的时间内，蔡教授都会由于它的陪伴而不感到孤寂。由于龙血树的守护，这个不惹人注意的再也简朴不过的基地，就变得世所罕见，再珍贵不过了。

岁月的印痕

那场历史风暴曾把 5 万名上海知青驱赶到西双版纳，当历史把选择的自由还给他们时，他们的离去就如决了堤的潮水一样不可阻挡。来也匆匆，去也匆匆。然而这支知青大军再也不能保持整齐划一的队形了。将近 20 年后的今天，在西双版纳美丽的土地上，到处都能见到那场历史风暴的遗留。

最先提醒我注意这种遗留的是位老司机。穿越连绵起伏的山岭不让你有任何颠簸之感，显示的不仅是他高超的驾驶技术，还表明他是怎样熟稔这块土地，他脸上的沟壑简直就是村村寨寨的缩影。在从景洪开往勐仑的途中，他忽然朝我偏偏头，眼睛瞄着左边的山坳说："你们上海知青中出的那个顶儿尖儿就住在这里，都爬到省上了，那一阵子风头出得可足啊！"他说的这个人物当年上海的报纸曾连篇累牍地介绍过。知青艰苦奋斗的事迹不是能够虚构出来的，但是，一旦被变成政治棋盘上的小小卒子时，命运就不是本人所能左右的了。整个 5 万上海知青朝西双版纳的涌入并不出于社会生产发展的内在需要，其实不过是政治魔法的驱动，这就从根本上注定了它的悲剧性结局。像这位曾经红了一阵的知青头儿，命运还不能算是最糟的。他掌握了基本的谋生技能，开始是回到村寨里做理发匠，现在成了一名技术员，生命旅程又从零重新开始。

岁月无情。上海知青作为一个特定历史时期出现的庞大群体已经非常遥远，可零星散落在这块土地上的知青遗留，却不愿那段非凡岁月的痕迹在今天的生活中完全湮灭。在西双版纳首府景洪，在边境打洛，在风景如画的橄榄坝，我都发现一些以"上海知青"为店标的饭馆、珠宝、玉器、木雕店铺，但店铺的主人却都已人到中年。在一片玉器、木雕店里，老板留撮小胡子，穿一件褪尽了色的军便服，颈上金灿灿的项链戴着精致的玉佛挂件，不同年代的标志在他身上来了个奇妙的混合。听说我们来自上海，他满面春风，热情倍加，对玉器、木雕的成色、工艺制作介绍得分外仔细。货架上的木雕、玉器，均以佛像居多，大大小小神态各异的如来、观音琳琅满目。问他缘何对销售佛像情有独钟，是不是佛徒？他说："我并不信神拜佛，卖得快我才进得多。我看买的人也并不都是信佛的，买去作为艺术品欣赏的不少。但是我也确实有个虔诚的心愿，当年'破四旧'的时候，我带头冲过寺庙，今天多销售一些佛像，也算是我能做的一点小小补偿。"

正说着，老板娘从里间走出，一听口音，也是位上海姑娘，把腰身清晰勾勒出的八片衫带着都市的时髦，脚底的木屐又显出傣家的风采。她上月才从上海回来，"儿子在上海读书"。谈到儿子，夫妇俩笑眯眯地毫不掩饰一股得意之情，"儿子今年 18，正是我们来西双版纳时的年岁。当年叫我们'知青'，其实，那个知字是打引号的。除了一本语录，我们肚皮空空，一无所有。我们用上海知青的店名，不光是为招徕顾客，也是提醒自己不要忘记历史。那段岁月已经流逝了，但我们不想抹去它在我们心上留下的印痕。"

第四辑

浅看那边风景

苏联解体后的俄罗斯

20世纪，再没有什么比苏联的出现与消失更具戏剧性，更使世界震撼和晕眩。

当克伦斯基政府，延续千年的剥削制度在阿芙乐尔号巡洋舰的炮声中被埋葬的时候，全世界旧秩序的维护者为那个在欧洲游荡了许久的“幽灵”终于在世界六分之一的土地变为活生生的存在而惊恐万状，仇恨、诅咒、把它“扼杀在摇篮里”的歇斯底里大发作，直至赤裸裸的武装干涉，必欲置之死地而后快。然而，与他们的愿望相反，新生的苏维埃政权没有被力量超过自己的敌对势力骂倒咒倒打倒，在饥饿与混乱中，在血与火的生死拼搏中，在几个五年计划的艰苦奋斗中，它奇迹般地成长壮大了起来，成为一个不可摧毁的存在。不可一世的希特勒的排山倒海般的攻势没有把它摧毁，反而使自己陷入灭顶之灾。于是这块土地在我们心目里越来越占有至高无上的地位，这里是世界人民革命运动的中心，是庄严神圣的圣地，是人间至善至美的乐土。这里的今天就是我们的明天，如若对此有所怀疑，表示一点不同意见，就要遭到惩罚，灾祸临头。对苏联这种只能说是不能说非的态度，其实也成了多数人一种自觉的要求，一种真诚感情的流露，因为大多数人对那片土地也确实只知其是，不知其非。尽管他们没有机会去那个国家，去感同身受那儿发生的一切，但是，大批小说、电影、绘画、雕塑、芭蕾舞、马戏团为我们展现壮丽的历史场景和劳动者幸福生活的画面，它的浓郁生活气息和强大艺术感染力，唤起我们美好的感情，在我们心中引起强烈的共鸣，使我们对那片土地上的城市和乡村、河流和草原、矿井和森林都变得那么亲切那么熟悉，那么紧紧牵动我们的心弦，好像我们与它相距咫尺，红场上游行队伍的行列，斯达汉诺夫劳动者掀起的热潮，列宁格勒保卫战的炮火硝烟，第一颗人造卫星发射时的轰鸣，我们都如见其影如闻其声，在那片土地上成就的壮丽辉煌，使我们为之目眩。

晴天霹雳。赫鲁晓夫秘密报告扔出的那枚重磅炸弹一下子把我们心中的圣殿轰毁，使我们为之目瞪口呆。但是我们很快又从“一论”“再论”、斯特朗的《斯大林时代》中恢复了心理平衡，认为那是处于敌对势力包围下的社会主义革命必须付出的代价的一部分。当着那片土地上的生活随着赫鲁晓夫开其端的方向继续往前变化时，我们与它的蜜月期宣告结束，而代之以激烈的论战、对抗。于是，在我们心目里，那片土地完全失去往昔的光彩，人们害怕与那片土地上的任何人和任何事沾边，以免犯下不可饶恕的错误。

一次次的历史反复把人们的神经和承受力锤炼得更坚强。我们与那片土地的关系并没有因它的剧变而急转直下，人们处理问题的方式变得聪明起来。这样，文汇报社一年前与苏联文学报社商定的我和政法部副主任张冠华同志代表文汇报社进行的回访，在苏联解体后仍能如约进行，拟定访问的几个苏联城市，现在分属于三个国家，由于我们的恳切要求和东道主的友好支持，我们对这三个国家的访问都如愿以偿。这是一次难忘的访问。由于经济困难，发行曾经高达 450 万份的《文学报》，如今急跌至 30 万份，经济拮据，六层楼的一层楼面已出租给证券公司，用以维持设在国外的七个记者站。陪同我们访问的国际部主任谢尔盖告诉我们，接待我们的经费预算是四万卢布（当时一美元兑 130 卢布），只领到三千。我们每天外出采访，乘车、吃饭、住宿所需费用，先由他们夫妇垫付，自然力求节约，我们表示理解。在这种情况下，文学报社仍坚持如约邀请我们回访，其践约的信誉和诚意着实令我们感动。尤让我们感到欣慰的是，访问是在宽松的氛围中进行的，相互坦诚，没有禁区，无所顾忌，无拘无束，没有繁文缛节，没有把时间精力花在对层层官员的拜访、会见上，我们访谈了著名经济学家、新闻界权威人士、作家、记者、电影导演、农民、合作社经理，还有在俄从事医疗的中国医生、经营餐馆的中国经理以及访问学者，到一些普通知识分子家做客。在火车的软卧上，我们和陪同的翻译谢尔盖夫人莲娜女士长谈。我说到我们很喜欢唱的苏联歌曲《祖国进行曲》，歌词有一句：“‘我们没有见过别的国家，可以这样自由呼吸。’这是不是有点夸张？”莲娜却神情严肃，“说实在的，在我们国家，真正能够自由呼吸的只有一个人，就是斯大林。我们已经与那个时代彻底告别了”。这个回答让我震惊，没有对历史的深刻反思，莲娜博士是不敢在一个外国来访者面前说这样的话的。其实这并不是莲娜一个人的感受。在莫斯科冒雨参观新圣女公墓时，当过兵的导游冈恰洛夫领我们来到一座美丽女士的雕像前，心情沉重地停下脚步，他对我们说，这位年轻的女人叫阿利卢耶娃，是斯大林的妻子，31 岁时开枪自杀，是一场真正的悲剧。冈恰洛夫称赞阿利卢耶娃聪明、漂亮、懂事，30 岁时还到工学院去读书，乘公共汽车去上学，不让人知道自己的身份，她渴求掌握一门专业知识，独立做一份工作，厌恶当高高在上的第一夫人，悲剧也由此而生。这位感情强烈、有追求的女人年轻时性格纯洁天真，对革命充满浪漫的幻想，严酷的现实使她渐渐清醒、成熟，和斯大林的夫妻关系上出现不和谐直至激烈的性格冲突就变得不可避免，习惯以自己的意志去左右一切的斯大林当然不会重视她的意见，接受她的情绪的影响。事情就变得像普希金说过的那样：“你不能把一匹马和一头发抖的母鹿套在同一辆车上。”于是遭灾的自然是发抖的母鹿了。当时，农业集体化正在激烈进行，残酷的派别斗争造成的猜疑和敌对盛行，党的领导成员中经常有人开枪自杀，诗人马雅可夫斯基也是自杀的。阿利卢耶娃是一个诚实的人，感情强烈真挚，却不能自由呼吸，现状之糟而她既无力改变，又不愿同流合污，只有自杀一途了。

阿利卢耶娃当时就读的工业学院的党委书记是赫鲁晓夫，赫鲁晓夫的墓地恰好也在这里，墓板是四块方方正正的大理石，墓碑由左面三块白右面三块黑的花岗岩拼接而成，赫鲁晓夫的头像雕在黑色花岗岩上。我问冈恰洛夫这黑白两种颜色是什么意思？他大概不止一次听到这样的提问，不假思索地说，赫鲁晓夫是一个非常矛盾的人物，有功也有过。他揭露斯大林的专断暴行，可他自己也胡来。他号召种玉米给农业带来灾难。在联合国大会上脱下鞋子敲台子有失大国领导人的尊严。冈恰洛夫滔滔不绝，他的话反映了一部分普通人的看法。有意思的是，设计这座墓碑的雕塑家恩斯特的艺术曾被赫鲁晓夫生前批评嘲弄过，恩斯特也因此备受冷遇排挤。为赫鲁晓夫设计墓碑，他一定感慨颇多。用黑白对比的强烈反差是不是反映墓主性格的反复无常？在艺术家的心目中，黑白是分明的，他把三块白花岗石相叠在一边，三块黑花岗石相叠在另一边，表明二者是不能混淆的，墓主的头像恰恰在黑的那边，笼罩在阴影里，这是不是恩斯特对批评嘲弄过他的人的一种反嘲？赫鲁晓夫时代早已成为过眼烟云，但这座墓碑触发的对赫鲁晓夫、对历史的思索却要多年延续下去，这就是艺术的力量。

苏联的解体，是内部矛盾深重积累的结果。一千多年前唐朝诗人杜牧，给战国纷争和秦代兴亡做过最简洁的概括："灭六国者，六国也，非秦也。族秦者，秦也，非天下也。"完全符合内因与外因相互关系的辩证观点。

我访俄的时候，莫斯科正经历着改名热，斯维尔德洛夫广场改名了，加里宁大街改名了。凡是十月革命后以领导人名字命名的广场、大街都在改名，其实范围不只以领导人为限，高尔基大街也改了名，仍然获得人民普遍喜爱的诗人是普希金，他的纪念馆，观众仍络绎不绝。二十几座地铁站已经或正在改名。还有整座城市，列宁格勒改回了圣彼得堡。圣彼得堡以它瑰丽的宫殿、古老的教堂、横跨涅瓦河上的桥梁吸引着众多的来访者，它的巨大魅力使驻足其间的人迷醉倾倒。彼得大帝的雕像又高高矗立了起来。当年斯大林在回答一个英国记者的提问时，曾把列

率团访俄期间在莫斯科作家俱乐部

宁比作大海，而彼得大帝不过是大海里的一滴水。而今天在这座城市中处处都能感到彼得大帝的存在。彼得大帝纵马奔腾的雕像宏大气派，似乎从历史飞越而来。为他的魅力所倾，一双双青年男女正在雕像前举行婚礼。最能表明苏联 70 年巨大存在的，大概就是涅瓦河上的“阿芙乐尔”号巡洋舰了。我们在大雪纷飞中登上它悄无声息的甲板，它的萧条冷落和大雪中冬宫里的游人如织恰成鲜明对照。人们的兴趣已经从这儿转移。这座城市整个儿显示的是历史的辉煌。列宁格勒的名字被摒弃。它重新又和过去的时代接轨，恢复了圣彼得堡的旧称。现实的历史化成了历史的现实。对历史的怀念变成历史的回归。彼得大帝似乎睥睨一切地从坟墓里走了出来，他可以骄傲地宣称现实并没有把他遗忘，他是应着人们的呼声而来。彼得与列宁的较量曾经画上了一个句号，这个句号画得太早了一点。这不是两个人的较量，这是历史对历史的较量，这一座座瑰丽宫殿、古老教堂、姿态各异的桥梁都参与了较量。现在还不是预言这场新的较量的结果的时候，让我们拭目以待吧。未来的历史会庄严地做出宣告的。

历史珍藏在心

——俄罗斯汉学家费德林的思念

今年（1992）莫斯科的春天来得晚，4月下旬了，依然看不到一片绿叶。住在市郊，早晚尤感寒气袭人。住宅楼前被车辆碾压得坑坑洼洼的道路上，一片狼藉的碎冰碴儿。一排排笔直的白桦树，暴露着被冰雪压迫、风刀割体留下的斑斑伤痕。市区街头，行色匆匆的妇女依然用俄罗斯式的厚呢大衣紧裹着身体。克里姆林宫尖塔上的五角星和伊凡大教堂的镏金圆顶，冷峻地一如既往地在空中矗立，但生活已不是在重复那惯有的沉缓的节拍。捷尔任斯基广场雕像被推倒后留下的残破基座显示出这儿正经历着的剧烈变动，这个广场已经重新以一个沙俄时代公爵的名字命名了。

和曾是苏联科学院院士、多年主持东方研究所的著名汉学家费德林会面以后，我发觉，要抹去人们对历史的记忆是很难的。

对费德林的访问，是在俄罗斯文学报社的小餐厅里进行的。这位身材高大的八十老翁，潇洒地敞着黑色皮夹克，里面是一件浅色衬衫。他面色红润，满头银发微微卷曲，他一开口，那略带山东口音的爽朗的普通话使我几乎把他当成中国北方的一位乐呵呵的老汉。

“费翁还不见老，有什么养生之道？”

“每日散步半小时。”他乐呵呵地腰板一挺，“我身体先天素质就好。因为我出生在高加索的一个普通人家，不是高官。”

可他自己，当过苏联外交部副部长，官也不算小了，他经历的风云变幻就更不普通了。

他是一位历史人物，他本身就是一部历史。而他的历史又和中国、中国当代波澜壮阔的革命浪潮、中国悠久的历史文化难分难解。

还在国民党统治时期，他就是苏联驻重庆、驻南京大使馆的高级外交官。作为外交官，他在中国一共生活了十五年，在中国出生的大女儿同国都不会说俄国话了。作为一位汉学家，他与中国一大批著名学者的交往、对中国历史文化的倾倒、迷醉和全身心的投入，就不能以十五年为限了。

他外交官生涯中最引起他无尽思念的经历就是1949年毛泽东主席访苏与斯大林举行的会谈，苏方是由他担任翻译。回忆这段往事，他面孔发亮，感情澎湃。莫斯科近郊的孔策沃别墅，长桌上摆着的餐具、高脚杯、小酒杯、矿泉水、格鲁吉亚葡萄酒，斯大林坐在长桌顶头，毛泽东座位紧挨着主人，他就坐在他们中间，一切细节都记得那么真切，仿佛就发生在昨天一样。1949年他正在翻译《毛泽东选集》，接到命令去担任斯大林和毛泽东之间的翻译，他的激动真是难以用言语形容。在重庆、在南京，他目睹蒋家王朝由腐败走向崩溃的过程，对以毛泽东为代表的中国共产党人缔造的崭新的共和国充满由衷的向往之情。现在能陪毛泽东一起赴苏，这真是一次幸运的旅行。他在翻译《毛泽东选集》中的《井冈山的斗争》《反对党八股》等文时，有几个问题搞不明白，正好乘此机会当面向毛泽东请教。毛主席解答了他的问题，同时也告诉他："有的事我也说不清楚，你可以到这些地方去找当地的人民谈谈。"后来，他果然去了。

然而对于这次光荣使命，也有些紧张的小插曲曾经令他惊悸不安，至今说起来都有些后怕。毛泽东乡音重，又喜欢用成语，翻译起来很吃力。毛泽东在一次谈话中介绍解放军的勇敢时用了"视死如归"这个词，他听起来很费解，便请求毛主席写在纸上。这四个字分开看，他都熟悉，但落到最后那个"归"字上，又不明白了。他再次请求毛泽东解释。"您还打算长时间地在这里搞秘密活动吗？"斯大林这冰冷的一声使他的心猛地一沉，他想解释："我在理解上有困难。""您的困难是不是拖得太久了？"简直像审问了。"这里有一个中国字——""您是不是想使我陷入中国字的迷魂阵中？""这个字按字面直译——""毛泽东同志的解释如何？""毛泽东同志还没来得及说。""那好吧，请继续搞秘密活动吧！"贝利亚就坐在对面，戴着夹鼻眼镜，那双鹰一般锐利的眼睛盯着他。后来毛泽东解释这是12世纪古代中国一位著名统帅岳飞使用过的一种说法，"归在这里不是通常的'回来''再来'的意思，在历史上'归'的意思是‘回到原本状态’。这个成语应当解释为‘像看待自己回到原本状态一样看待死亡’”。斯大林听了，若有所思地说：“看来这是一位聪明勇敢的天才统帅。”他这才轻轻吁了口气。

可是忆及和周恩来的交往，他开朗的面庞就只有阳光不见阴影。在重庆时代，他曾对周恩来预言：“将来你们取得政权，你是外交部长的最佳人选。”周恩来谦逊地笑着说：“不敢当，不敢当。”新中国成立后，在一次聚会上他向周恩来道歉：“请原谅我低估了您的才能。你不仅是最好的外交部长，也是最好的总理。”他为周恩来的才智所折服，更敬佩周恩来的品格。周恩来跟他地位不同，但平等待人、平易近人，善于理解人、尊重人。“他跟我们摊牌，批评的话听起来也服，因为他说得在理。”

费德林在中国结识最多的还是学者、作家们。在重庆那些难忘的日子里，他和郭沫若、闻一多、茅盾、老舍、艾青、张天翼都是要好的朋友。难以区别他是一个外交官还是重庆进步文化圈子里的一名热心的成员。他是天官府街四号郭沫若私邸的常客。那幢很像上海亭子间的小楼书房里，壁上的名画，桌上的古瓶、铜鼎，依稀仍有印象。当时他在苏联《文学报》上发表的以《中国文学与苏联文学》为题的专文中，介绍了郭的创作活动和文学见解。苏联科学院220周年庆典邀请郭沫若出席的请柬，是他亲自登上小楼送到郭的手里的。有一天，在郭的书房里，老舍来了，拿出一盒龙井茶给郭。那个年月，这可是件稀有的珍贵礼品，郭沫若让老舍留着自己吃，老舍说自己还有。“那好，”郭沫若打开茶叶盒，“费德林在这里，我与他共产主义，一人一半。”

真巧，我们今天也带了一罐龙井茶赠给费德林，他接了爱不释手，闻了又闻，审视良久，他从这罐茶叶中也许闻到了被他称之为第二故乡的那块土地的泥土芳香，感到了中国文化界的朋友们对他的怀念和呼唤，他感慨万千地说：“这在莫斯科可是个稀罕的东西啊。”

费翁的话反映出他们物质的匮乏，然而更使他忧心忡忡的还是精神的贫困。“你们去过电影院吗？”我们从莫斯科最大的俄罗斯电影院门口走过，玻璃橱窗里陈列的电影剧照没有一幅是俄国的，“现在放的美国电影，充斥凶杀、打斗、性爱镜头。还有流氓、妓女，高级宾馆中这种女人很多，收美元。老百姓没有这个习惯，看不惯，受不了。饮料也是美国的可口可乐。可口可乐是化学品，有副作用。我是高加索出生的。高加索的矿泉水是天然的，很好，我们却不去发展。书籍市场也很糟，好书、有学术水平的书出版不了，侦探、色情的小说倒印得很多。现在许多人眼里只有西方，只有美国。我不反对向他们学习高科技，但是文化上的糟粕怎么也要学？有人说总有一天要恢复社会主义，但目前在我们这里社会主义是破产了。你们坚持走自己的道路，搞得有成绩。不能否认你们对建设社会主义的理论比我们清楚。”

出去办什么事的翻译莲娜正好进来了，费德林把脸转向她：“今天我让您失业了！”

莲娜是个对工作非常认真的人，手提包里带着本袖珍《俄华字典》，遇到难点就翻字典，提出几种不同的译法和我们一起斟酌。今天她可是轻松不已，不但用不着翻字典，在我们交谈的过程中，居然还能出去办点小事。她对费德林友好的调侃报以微笑：“不是失业，是得到了一次向您学习汉语的机会。”

费德林的浓厚兴趣，更多的是在中国文化上。对于人类文化，费德林自有他的一番见解。他认为地球是一个整体，东西方是一个整体，犹如人的大脑也是一个整体。大脑分两个部分，是为研究的方便，实际不能要了左脑丢了右脑或者要了右脑丢了左脑。“东方文化尤其是中国文化有许多精华，我们丢掉了，真是惭愧得很。”

他说中国的艾青是个天才诗人，过去既注意研究法国，又注意研究苏联。去年他自费前往北京出席艾青的国际研讨会，他的论艾青的专文长达60页。他说艾青，还有鲁迅、郭沫若、闻一多、茅盾、老舍，他们那一代作家，都是学贯中西、知识渊博的大师。他在四十六七年前写的那篇专文中，盛赞过郭沫若的《屈原》，写作那种历史题材的剧本也是为了描绘现代。他说，当时旧家庭基础的崩溃曾是茅盾、老舍、巴金写的长篇小说的主题。他们是写得非常深刻的。当代中国作家写的作品，他也阅读过一些，还有写农村的有些好作品。农村在中国很重要，发展快，进步大，但也有矛盾。写农村的大作品还没有，写工业的还要差一些。“总的来看，还没有出现史诗类的作品，还没有出现鲁迅、茅盾、老舍、艾青那样的大师。当然，我要等待。”

费德林研究中国历史和中国现代作家，称得上硕果累累。他已经出版了三十多本专著，其中有几本是对日本的研究成果，他也担任过驻日本的大使。他说不拒绝这个任命是因为在日本可以继续研究中国文化，只不过是换一个方位和角度罢了，因为日本文化和中国文化有密切的关系。

然而费翁的研究目前遇到了困难。今年是郭沫若诞生100周年，中国将举办隆重的学术研讨活动，他已接到中国方面的邀请。“我一辈子都在研究郭沫若，写了专著。这次当然要去。可怎么去呢？去年艾青研讨会，我是自费上北京的。今年，我再也负担不起了。”

费翁的苦恼还远远不止此，他的一个专集已经早就交付出版社，“出来后我一定送您一本”。不过这个允诺看来一时难以兑现，由于经济原因，他的专集已经在那里搁浅了。

从文学报社小餐厅起身的时候，费德林从桌上小碟子里拿了两块巧克力糖，那是带给他心爱的孙子的。他和我们同乘一辆伏尔加。途经斯莫良斯基广场，他指指那幢灰色建筑物，不胜惆怅地说：“这是外交部大楼，我在这里坐了十年办公室，现在是永远地与它告别了。但是对于中国、中国文化，”他昂奋地语调一转，“我是永远不会与它告别的。我死了再生，还是要研究中国，研究中国文化！”我们的车子正行驶在繁华的原名高尔基大街的特维尔大街上，面对着莫斯科生活中的剧烈变动，面对着令人眼花缭乱的改名热，我想到的是，珍藏在费翁心里的对历史的记忆，将会延续下去。

历史的辉煌

——圣彼得堡漫步

圣彼得堡以它瑰丽的宫殿、古老的教堂、横跨涅瓦河上的桥梁吸引着众多的来访者，它的巨大魅力使涉足其间的人为之深深地迷醉倾倒。

宫殿之最当推冬宫。走进正门是一座华丽的前厅，宽敞的平缓而上的大理石阶梯，富丽的天花板彩绘，四壁柱形栏杆上的塑像、圆柱和金碧辉煌的饰物，仿佛在向你预告这里惊人的宏大与豪华。这座建于 18 世纪中叶的宫殿，一建成就有 1 050 个房间，117 座阶梯，1 886 扇门，1 945 扇窗户，飞檐总长近 2 公里。1837 年大火后花了 15 个月的时间修复。许多大厅都采用孔雀石、玉石、玛瑙制品装饰，一个孔雀石大厅就用去 2 吨多宝石。拼花地板用的都是紫檀、红木、乌木、棕榈等贵重木材。彼得大帝厅又称小金銮殿，正中挂着彼得夫妇的巨幅肖像画，四壁装饰着写生壁画，空中是从彩绘的屋顶上垂下的彩石制作的银吊灯。墙壁是用银丝织就的丝绒装饰的。彩石制作的柱形花架、沙皇宝座显示的是无尽的豪华。1917 年 2 月前，冬宫一直是沙皇的宫邸。后来克伦斯基临时政府设立在它的各个大厅里。10 月 25 日至 26 日那具有历史意义的一夜，起义人民攻占了冬宫。以后这里成了全国最大的博物馆——国立埃尔米塔博物馆。它保存着 250 多万件展品，大部分是写生画、雕塑、艺术家具、瓷器、黄金、白银、水晶、纺织品、中世纪武器、宝石与象牙制品等稀世之宝。要欣赏各个展厅的全部展品，一个月时间都是不够的，每个展厅甚至每幅画都值得花上一两个小时仔细观赏。我们看到一位年轻的女教师带着一群孩子采用的就是这个方法。老师站在画前，仔细讲解绘画表现的内容和艺术特点，然后向学生提几个问题，让学生一一回答。回答完了，老师问学生："累不累啊？"小学生们齐声回答："不累！"于是再看第二幅。我们也学习这个方法，走马观花中尽量给观赏一些珍品多留一点时间。

使我们赞赏的是这座博物馆具有的世界性眼光。在原始文化史部的展品中，我们看到将近50万年前的旧石器时代的石斧。在东方文化与艺术部一个展厅里，陈放着一只于1399年铸成的巨型铜鼎，重2吨，高160厘米，直径245厘米，这是蒙古征服者铁木儿赠给一家清真寺的礼物。另外一个厅保存着古埃及纸莎草纸文献，其中有公元前20世纪撰写的《海上遇难记》。

中国厅陈列的敦煌壁画拓印出来的片段，也是稀世珍宝。

古代世界（古希腊、古罗马）部的各展厅里，陈列着大理石雕像、精致的首饰、金属与玻璃制品。公元前4世纪希腊雕塑的杰作中包括利西普斯的《赫拉克勒斯勇战猛狮》组雕，他是亚历山大·马其顿宠爱的艺术家。

西欧艺术部的大量收藏品分布在120多个大厅里。意大利写生画和雕塑艺术方面陈列着达·芬奇、拉斐尔、米开朗琪罗、提香、委罗内塞、丁托列托、乔尔齐涅、卡拉瓦乔等人的作品，西班牙美术家迪戈·委拉斯开兹的画作，佛兰德和荷兰写生画派画家鲁本斯、伦勃朗的作品。我们在伦勃朗的名作《丹娜埃》《取下十字架》《圣家族》《浪子回头》前驻足流连良久。我们还看到15—20世纪法国艺术文化杰出代表克罗德·洛伦、普桑、华托、布歇、夏尔丹、格勒兹、弗拉戈纳尔、大卫、德拉克罗瓦、科罗、库贝，以及莫奈、雷诺阿、西斯莱、毕沙罗、德加、罗丹、塞尚、马尔凯、高庚、马吉斯和毕加索的画作。

俄国文化展厅的展品丰富多彩。诺夫哥罗德公爵亚历山大·涅夫斯基的巨型银棺，自学成才的机器匠库里滨的著名钟表。一座钟的形式和尺寸很像一只鹅蛋，有三套机械：钟表、音乐和活动小人形。俄国瓷器、骨雕，一个巨型玉石花瓶，重达19吨左右。

宏伟的冬宫并没有使彼得大帝满足，他在郊区又建了一座彼得宫。这是宏丽的宫殿园林建筑群。这座沙皇宫邸1723年开放之后，建筑学家、雕塑家、工程师、园艺师继续在这儿工作了150年，把它扩展成了10座宫殿，众多园林、喷泉（140座）、池塘的庞大建筑群。大喷泉以巨大的阶梯形状下通海边。著名的“萨姆松”是一座体现俄国在北方战争（1700—1721年）中战胜“瑞典狮”的喷泉，它的水柱直冲22米高。屹立在花园之上的正面长达300米的大宫殿，是沙皇的正式离宫，它的各个大厅和客厅都装饰得富丽堂皇。

郊区还有一座叶卡杰琳娜的夏宫。叶卡杰琳娜原为彼得大帝的情妇，后来自己当了皇帝。宏大宽阔的空间，巨大的镜子，富丽的顶篷壁画、金饰银饰，使座座厅堂全都处在明亮辉煌的氛围中。1 000平方米的客厅，即使当今在这里举行一场大型宴会、舞会，它的豪华也是任何高级宾馆都不能与之相比的。

对豪华的追求，教堂也不甘落后。彼得保罗大教堂、斯莫尔尼修道院大教堂、喀山大教堂、伊萨基耶夫斯基大教堂、耶稣复活堂，它们的宏伟庄严异峰突起。继承彼得大帝事业、雄心勃勃的叶卡杰琳娜二世就是在喀山大教堂宣布即位为女皇的。这座教堂在涅瓦大街上，门前一座不大的广场，由半圆形柱廊构成，对着涅瓦大街。东正教教规规定圣堂必须面向东方，这就造成面对着主要大街的只能是教堂侧面。但建筑师把侧面设计得非常壮丽，让人不感到它是侧面，柱廊遮住了大教堂一面的基本部分，只有高大的圆顶的中央耸立在一排排圆柱上空，70米高的圆顶平衡着长长的柱廊。教堂前面是街心花园，花园栅栏花纹精细，上面镶着一幅幅美丽图案，大教堂内部更像一座宫殿。人们感觉到的不是上界的森严，而是人间的温暖明亮。彼得保罗教堂里的圣像壁、精美的顶篷画、壁画与恢宏的金饰结合之完美，令人叹为观止。

走出宫殿、教堂，在圣彼得堡街头信步闲游，那一座座姿态各异的桥梁，显示的也是浓郁的古朴风味。涅瓦大街上的阿尼奇科夫桥车水马龙，桥的两端四角安放着的四组驯马师雕像，表现了青年驯马师在不同时刻对撒泼的野马的驾驭，是力的炫耀、智的闪光。守卫着银行桥的是傲视着行人的镀金猎狗。横跨涅瓦河的冬宫大桥别开生面，人行车驰时平直如箭，巨轮通过时从中央张开，成了两扇敞开的大门。据导游介绍，全市横跨涅瓦河和其他河溪、水渠、海峡的桥梁有几百座，千姿百态，各臻其妙。有长的有短的，有宽的有窄的，有石砌的有木质的，有“弓背的”，有像一支箭那样平直的，它们构成了圣彼得堡独特风光的不可分离的一部分。

普希金的最后一站

在莫斯科，在圣彼得堡，广场上、公园里，普希金的雕像不止一次地出现在我眼前。俄罗斯生活中的急剧变动，使一些在文学史上享有崇高声誉的著名人物受到质疑。可人们在谈到普希金的时候依然怀着特别的亲切，他所创造的那个爱和美的世界，对人的吸引力依然那么新鲜、那么强烈。

访问他在圣彼得堡的故居那天，天色阴沉，刺骨的寒风追逐着漫天飞舞的雪花无声地坠落，又无声地从水泥路面上纷纷扬起。从车水马龙的涅瓦大街拐弯步入一条小街，一边是一道向前延伸下去的石栏，栏下是条混浊的河流；一边是一排保持 20 世纪古朴风味的楼房。车马喧声失，路上行人稀，伴随着我们的是扬起、坠落、坠落、扬起的雪花。

我们在 12 号前停下脚步。这是一幢米黄色的三层楼建筑，除了门牌号，没有任何特殊的标志。从底层门洞进去，里面是个四方形的宽大院落，敞着大衣露出紧身马甲的普希金雕像，高高站在圆柱形的大理石基座上，似在凝视又在沉思这茫茫雪雾中纷乱的人间。

短短一生的普希金，走过俄罗斯辽阔大地的许多城市和乡村，这里是他生命旅途的最后一站。1836 年秋，他举家搬迁到此。在那场维护自身尊严的决斗中受了重创以后，在这儿度过了他生命的最后 46 个小时。

一群男女走在我们的前头，因为参观者都要套上陈列馆特备的软塑鞋子，所以只见人移动，不闻脚步声。在陈列室的过道木门上，贴着一张信笺原件，字迹的潦草透露出书写者的焦虑心情，那是友人写来报告他的伤势的，这张信笺预示着的凶兆，使我仿佛受到感染，脚步一下子沉重了许多。

他住到这儿的时候，名气已经很大了。这所拥有许多个房间的住所显示的是宽裕与富足。餐室、卧室、会客室里的摆设不多，桌椅、沙发、镜台、壁炉质地上乘，制作精细，给人的感受是高雅的文化气息而不是豪华的炫耀。在这雅致的底色上抹上华丽一笔的是他年轻美丽的妻子，在沙龙里舞会上频频展示自己的美貌和款式时髦的服饰是这位美人最大的赏心乐事。她的奢侈花费，从卧室里陈列的一叠叠账单上得到说明。还有她写给他的信，都是用法文写的，这是当时俄国上流社会的一种习俗。信里有情意绵绵的爱的絮语，有源源不断的物质需求，而他对于她的所求自然是竭尽所能予以满足。

给我留下深刻印象的还是他的书房。这是所有房间中最大的一个房间，足有四五十平方米。纵横排列12架书橱的精装图书，显示的是另一种富足。在那只宽大的写字台前，这些书架没有造成挤压。宽大的台面、宽阔的空间，使主人能够从容自如地驰骋在书海之上，无穷无尽地从这书海里汲取着滋养，又给这书海输送着、充实着新的水源、新的财富。

我们去过他读书的皇村中学。全班30名同学中他成绩排名第26位。老诗人杰尔查文慧眼识人，在他当众朗诵《皇村回忆》的升级考场上，发出惊呼：“这就是将要接替杰尔查文的人。”数年后，在普希金写出在俄罗斯文学史上具有划时代意义的长诗《鲁斯兰与柳德米拉》以后，著名诗人茹科夫斯基送给他一张带有这样题词的照片：“失败的先生赠给胜利的学生，在他写完长诗《鲁斯兰与柳德米拉》的那个值得庆祝的日子。”但是胜利了的学生并未小看失败了的先生。次年写成的长诗《高加索的俘虏》后面，普希金加了一个长长的注，引用杰尔查文和茹科夫斯基的数十行诗句，让读者了解，这两位诗坛前辈已经以怎样优美的诗句描绘出高加索风光的惊人画面。尊重前人创造的财富，才能不断给这份财富增添新的积累。这12架藏书又一次告诉我，他在俄罗斯文学上实现的天才超越不是偶然的。

写字台上立着一座尺把高的黑人雕像。赤脚，头发卷曲，裸露着上体，但是潇洒地扎着的黄绸裤又表明这不是一般的黑奴。他写过一部未完成的小说《彼得大帝的黑奴》。俄罗斯朋友介绍说，小说中写到的这个黑奴是有原型的，那就是他的曾外祖父汉尼巴。这个汉尼巴原是埃塞俄比亚一个部落酋长的儿子，被土耳其人俘获后押解到君士坦丁堡，一个俄国使节买下他作为一件礼物送给彼得大帝。不料彼得竟很喜欢他，派他到法国学习军事，后来又封他为贵族。他第二个妻子生的一个儿子名叫奥西普，奥西普的女儿娜杰日达便是普希金的生母。这段传奇色彩的家史引起普希金浓烈的兴趣，他曾在给弟弟的一封信中，让弟弟建议一位十二月党人在新的长诗中“把咱们的曾外祖父作为彼得大帝的随员加以描绘。他那黑人的嘴脸对于整个波尔塔瓦战役起了奇妙的作用”。普希金每天面对着这座雕像，胸中该涌起多少感慨、多少思念？！

写字台上放着两本打开了的书，一份未写完的手稿，他是去就餐还是去会客了？他走得这样匆忙，我的目光落到壁炉上的挂钟上 2 时 45 分。时光仿佛向后退去，又回到 155 年前的这个时刻，悲哀笼罩着这所房屋，人们沉默地神情肃穆地站在院子里，站在面临滨河街的窗户下，注视着这所房屋，目送着普希金身带重创一瘸一拐地离开这个世界。

“我国诗歌的太阳陨落了！”人们在讣告里以这样的语言表达失去他的悲痛感受，但是人们的心底又回响起他离世前几个月在这所房子里完成的诗句：

不，整个的我不会死亡——灵魂
在圣洁的诗中将逃离腐朽，超越
我的骨灰而永存——
我会得到光荣，即使在这月光的
世界上，
到那时只留传一个诗人。
我的名声将传遍整个俄罗斯，
它现存的各种语言，都会说出我的姓名，
无论是斯拉夫的子孙，是芬兰人，
是至今野蛮的通古斯人，还有卡尔美克人
——那草原上的雄鹰。
我将永远被人民所喜爱，
因为我的诗的竖琴唤起了那善良的感情，
因为我在残酷的时代歌颂过自由，
并给那些倒下的人召唤过恩幸。

岁月证实了他的预言。每年的这一天，人们都从四面八方来到这里，默默地神情肃穆地站在院子里，站在面临滨河街的窗户下，就像在那个悲哀的日子里一样。今天，他的作品被译成世界所有主要的语言，它超越民族的障碍在全世界引起共鸣。因而讣告里的那句话似乎要加以修改："诗歌的太阳并没有陨落，它的不灭的光芒永远暖热着人类的心灵！"

一衣带水

按照《文汇报》和日本《读卖新闻》之间互访的协议，我于 1992 年 5 月率《文汇报》代表团进行回访。我们走出东京成田机场大楼，机场入口处并排站着三位着深色西装的先生，这是《读卖新闻》派来迎接我们的外报部次长高井洁司、成田支局长川岛正人和记者高山伸康。略事寒暄，我们去办入境手续。出机场大门，三辆崭新、车体宽大的奔驰车在我们面前缓缓停下。我们访问团一行三人，每人行李只是一只箱子，竟来了三辆车，这种盛情中也显示了东道主的阔绰。《读卖新闻》日发 981 万份，日本 1 亿 2 千万人口，每 12 人就有一名《读卖新闻》的读者，发行和广告一样，各为报纸创造 50% 的经济效益。报纸的发行量随着经济增长而增长。1945 年 160 万份，1985 年 890 万份。而且还有《朝日新闻》这样强劲的竞争对手。这说明日本人的报纸消费水平是很高的。

中国的历史文化在日本有深远的影响。在我们访问了日本著名作家水上勉后，对此有了更深切的体会。水上勉出生在贫寒农家，几十年来创作上百部作品。50 年代即已成名，至今仍不改简朴本色。我们是在他幽居在远离东京的乡村小屋里造访的，到达时间刚好是午后一点，我们为在这样一个时间来打扰感到不安，水上先生却笑道："我从小在寺庙里长大，佛经上说，白天睡觉是一种罪恶，所以我没有午睡的习惯。"

水上说："我到贵国访问过将近二十次，上海的南京路、成都的杜甫草堂、杭州西湖的雨丝、云南的彝族自治州、王府井大街旁的北京饭店，给我留下难忘的回忆。对你们《文汇报》，也有良好的印象。"毕竟是中国人民的老朋友，一提起中国，就有说不完的话语。他拿出他在日本小说月刊新发表的长篇小说《闽江风土记》，写的是一段中日交往的历史故事："我写了一个造纸的工匠，借用了一个现在京都大学学习的中国女留学生的名字。小说中没有个女的不行啊。"他的话又把我们逗乐了。

心灵是没有国界的。随着对这部小说内容的介绍，他的思绪深深浸沉进遥远年代的历史回忆里。“当时中国到日本来的和尚很多，日本到中国去的和尚也很多。日本有钱人家的孩子为了逃避兵役就当和尚到中国去。中国有名的人像唐代的鉴真和尚名字留下来了，无名的人不知有多少。杭州的南屏山、净慈寺、灵隐寺就有不少和尚的墓，‘文革’中都被毁掉了。在日本都还能找到中国和尚的墓。日本到中国去的和尚，有些在日本失去和尚的地位以后，和中国女子结婚，生出混血儿回到日本，也常常要回首望乡。你们知道日本有种叫尺八箫的乐器吗？人们吹着尺八箫西望，心里荡漾着的就是望乡的情调。”说到这儿他起身到内室拿出一本苏曼殊诗集，翻开来指着一篇本事诗念道：“春雨楼头尺八箫，何时归看浙江潮。芒鞋破钵无人识，踏过樱花第几桥。”苏曼殊把这种望乡情调表现得多么深切啊。前人默默地做了多少文化交流的工作，我们不能让这个工作中断，我是用小说表现这种望乡情调，现在日本的年轻人不了解历史，我想在作品里再现这段历史。

“你是在做一件非常有价值的工作。”水上神情一振，拉住我的手紧紧地一握说：“我今年七十二岁，心脏三分之二死了，说不定哪天就心肌

作者（右）与日本著名作家水上勉亲切交谈

梗死。死不可怕，每个人都要死，但想到这件有价值的工作还未做完，目前还不能死。”水上熟悉许多中国当代作家，他说得最多的是巴金，“我到过成都巴金的家，那个大四合院没有了，成了一个机关的宿舍，还能认出一个丫鬟住的房子，还有一棵大柳树，一辆自行车靠在那里，我摸着柳树，轻轻喊着巴金先生的名字，我拍下照片，拿到上海给巴金看，巴老哭了。巴金在小说里把家给否定了，但在感情上还割不断对家的情思，我能感受到他内心的波澜”。

在日本这样高度发达的商业社会，水上弃绝东京的烦嚣，在山野乐与虫鸟为伴、种地、写作，这也表明这位出身底层，作品里充溢着对邪恶势力控诉和对下层劳动人民悲惨遭遇深切同情的作家本性未泯。他说他在中国南京一家宾馆里遇到一位服务员，不知道他是中国人还是日本人，竟然在看他的小说，这使他非常感动。他说他不是为钱而写作，而是为像服务员这样的普通人而写作。“我对西方国家没有兴趣。从小念经，念到的许多地方都在中国，所以就想长大去中国看看。我十九岁就到过中国沈阳当苦力，以后当了作家又去过，当苦力时住过的房子仍在。我写了一篇《沈阳之夜》，月亮没有变，只有一个。只是世界变了。”

我告诉水上先生，他的小说在中国有好几个出版社的版本，他的那部在日本引起巨大反响的长篇小说《雁寺》，在中国读者中也引起震撼。水上听了十分感慨：“想不到中国还有那么多读者理解我。我的这些作品，在日本也不那么受欢迎了，有更时髦的东西在吸引人。一棵大树，人们不会想到给它施肥料，只想把它砍掉做桌椅。但是一个作家必须有自己的精神追求，活着才有意思。作家要耐得住寂寞，要孤独。”

日本朋友向我介绍，水上先生近年除偶尔在电视露面外，已很少参加公众活动。可是在精神王国里，他正经历着一场新的漫游。他说他是七十岁以后才开始和中国有关系的小说创作的，这一新的题材领域使他入迷。为了缩短现实和遥远的历史的距离，增强切身体验，他在别墅木板房旁盖了个造纸坊，完全仿照中国南宋时代的造纸法。一种是用竹叶做原料，一种是用蚕丝做原料，还有一种是竹叶和蚕丝的混合，他把揉成一团的纸浆和制出的适于毛笔书写的土纸一一拿给我们观赏。跟着这位日本著名作家，我们的脚步也仿佛跨越到了八百年前的中国造纸坊。

水上熟悉许多中国当代作家。他翻着放在榻榻米上的日文版《围城》说，这是一本很有意思的书。他倾注深情说得最多的还是巴金。

水上虽然幽居乡野，但并不是隐士。这样一位热爱人民、热爱生活的作家是不会让自己从现实的土地上超逸出去的。电话、电传使他保持着和外界的紧密联系。他每天晚上都要观看卫星电视，他那深邃热情的眼睛关注着世界、关注着中国，他的脉搏紧贴着时代的脉搏。他说："人民生活应当是作家始终关注的。过去我对中国社会生活的了解，许多是通过中国文艺作品获得的。文学创作是男子汉的事业，作家笔下不断流泻出的应该是人民的情绪愿望。现在日本有些作家进入睡眠状态，他们也写作品，但看不出是什么意思。"

将要告别之际，水上先生从内室搬出一叠作品，他磨墨挥毫、逐本题书，蒙他的厚爱，给我们一行四人每人题赠了两部作品，其中一部是名作《雁寺》的新版本。他的字近似颜体。他说巴金是七十几岁学日语，他是七十几岁学汉语，学中国书法。我告诉水上勉先生，他在中国的许多朋友都惦记着他。我向他转达了上海杜宣先生对他的问候。他回答说，请你们回去转告杜宣先生，烟斗不要抽了。

对水上先生的访谈，我们深切感受到中日人民之间的友谊有着多么深厚的基础。

我们来到了京都风景胜地岚山。山峦连绵起伏，林木郁郁苍苍，碗口粗的翠竹相连成片。翠竹那边，清溪潺潺，几叶扁舟在水面荡漾，沉郁幽远的山林充满人间生趣，樱花盛开的时候，山林的色彩格外鲜艳热烈。晚来了几天，樱花已谢，我的目光还是在山林中寻觅，希图能有意外的发现。忽然游人不约而同地都往斜坡行进，我的脚步也紧跟了上去，啊，不是樱花，巨大的吸引力来自一种精神，一种情怀，周恩来诗碑——一个伟大的中国人留在这儿的足印。

这种精神、情怀凝聚的诗句，镌刻在树荫间的一尊天然巨石上，巍然屹立。

"潇潇雨，雾浓浓，一线阳光穿云出，愈见姣妍。人间的万象真理，愈求愈模糊——模糊中偶然见着一丝光明，真愈觉姣妍。"

作者当年上岚山的日子恰逢阴雨，山林一片迷蒙，满天雨雾滚滚，似乎也让他感受到远方的祖国也正陷在迷蒙的雨雾中，推翻了清朝皇帝，又出来个洪宪皇帝。袁世凯呜呼哀哉，大小军阀你方唱罢我登场，战乱频仍满目疮痍，然而在他眼里并不是一团漆黑。在诗句中他一连用了两次“姣妍”，无论在山林还是人间，他都在没有光亮的地方看到了光亮。

他是 1917 年 10 月怀着“大江歌罢掉头东，邃密群科济世穷”的抱负东渡日本求学的。和当时许多留日学生一样，把日本看成中国学习的榜样以图从中找到救中国的出路。这位年轻人在日记中记下自己的心绪：“我自来日本以后觉得事事都可以用求学的眼光看。日本人的一举一动，一切的行事，我们留学的人都应该注意。我每天看报的时刻总要多用一点多钟，虽说是光阴可贵，然而他们的国情，总是应该知道的。”可是观察了解得愈多，感受得愈深，就愈益洞见日本政府奉行的军国主义政策在国内专制高压，在国外又把侵略魔手伸向中国，逼迫北洋军阀政府接受卖国的二十一条。种种事实使这位年轻人大悟，从前所想的“军国”“贤人政治”这两种主义可以救中国，实在是大错了。真是“二十年华识真理，于今虽晚尚非迟”。他毅然中辍在日本的学习，决定“返国图他兴”。归国前夕他上了岚山，这离五四运动爆发还有一个月。他好像隐隐约约听到了那场惊涛远远而来的声音，因为他胸中正汹涌着同样的涛声。70 年岁月悠悠，不知道多少人在这里留下过脚印都已消失得无影无踪。可这双脚印却成了这儿无法磨灭的巨大存在，日本朋友怀着美好感情树立起这座诗碑，已把这个足印的存在引为岚山的一种荣耀，当年的那个年轻人显然也从这个国家获得过知识和思想的滋养，即使是负面的，也是一种有益的清醒剂。我的目光落到山坡上，我仿佛又发现了那脚印，它向前延伸得很远很远，那样坚定，那样清晰。

到日本不能不到广岛。

广岛是一座美丽的城市，1945 年那颗原子弹使它的名字顷刻传遍全世界。如今它已在废墟中重生，广阔街道，成片绿荫，汽车和各色家电产品源源装船运往世界各地。但是到广岛来的人，最要看的是那座原子弹爆炸资料馆，它的正式名称是“广岛和平纪念资料馆”。

原子弹给广岛造成的毁灭，书刊资料介绍得很多了，但身临其境，受到的强烈震撼仍使我久久不能平静。资料馆前保存着的那座大楼的断壁残垣，显示的战争破坏尚没有特异之处，资料馆图片、实物再现的那幅图景就令人毛骨悚然十分可怕了。原子弹爆炸产生的火球达几十万度高温，爆炸中心地面温度 4 000 度，一般铁的熔点 1536 度，爆炸中心 2 公里半径范围内，可燃物几乎全部化为灰烬，广岛市成为一片焦土，爆炸物产生的数十万高温气压超高压力形成的暴风对房屋建筑的损坏 16 公里半径圆。爆炸产生的放射线也造成大量死亡。常人一年只能身受 0.1 单位的放射线。人如身受 400 单位放射线，半数死亡。身受 700 单位以上放射线，全部死亡。爆炸中心 925 米内的放射线是致死量 700 单位，1 025 米处放射线是半致死量 400 单位。到当年 12 月底，全部死亡的 14 万人中，60% 为火灾所致，72% 为爆炸风所致，20% 为放射线所致。广岛市总面积 72.7 平方公里，烧毁地域 13.2 平方公里被称为原子沙漠，受灾地域为 30.3 平方公里。走出资料馆，心情沉重，感受是四个字：惨不忍睹。

带领我们参观的资料馆馆长原田浩先生头发稀疏，戴副眼镜，神情严肃，彬彬有礼，他对我们说得恳切："日本对贵国造成过不幸，你们痛恨日本军国主义，但原子弹造成的灾难，日本人民的心情你们是能够理解的。"翻译矢口小姐也对我说："太惨了。当时就是不扔原子弹，日本也要失败了。"矢口小姐的话是有道理的。新中国成立初期，我国民间曾流行一则谜语：日本无条件投降取决于什么？谜底是我国一古代人名。答案却有两个：一是屈原（屈服于原子弹的威力），一是苏武（苏联红军出兵）。说明一般民众也不是全把原子弹作为盟国制胜的唯一因素。因为中国坚持抗战，日本军国主义败局已定，即将受到严厉惩罚，自食其果。

但是看完整个资料馆，我也有些纳闷。原子弹爆炸造成的灾难介绍得十分详尽，包括美国参谋长联席会议助理签署的投掷原子弹命令文件的复制件也在，但这场可怕的灾难不是个孤立的事件，它是怎么来的呢？资料馆对此却讳莫如深，没有只字涉及，这是出于一种什么心理呢？

但抓住原子弹造成的这场灾难来教育国民，这件事是做得非常成功的。原田馆长告诉我们，资料馆 1955 年建立以来，已接待参观者 3 700 万人，每年 100 万人中，外国人有几万，最多的一天达万人。现在全国原子弹灾害幸存者还有 30 万人。资料馆内储存着十来位幸存者的录像录音。一台特制的机器，排列着幸存者照片姓名，每张照片下有一只按钮，我上前揿了一只按钮，一位幸存者就在屏幕上映现，面对面地向我陈述当时的受害惨景。其实被动员起来控诉原子弹罪恶的远不只这十来位幸存者，在资料馆门口不远处，一位拿着一叠叠资料的老太太走向我们，向我们露出头颈下的伤疤，啊，又是一位原子弹灾难的幸存者。知道我们是中国人，在为日本军国主义给中国带来的不幸向我们表示道歉之后，声音颤抖地说，广岛事件再也不能重演了。一队队中小学生在老师的带领下到资料馆前的慰灵堂向原子弹死难者致哀。灵堂类似一座缩小了的城门洞，里面点着一束长明火。陪同的日本朋友说，这束火要一直亮下去，直到这个世界没有战争才熄灭。灵堂一侧在四周堆满了花篮，一群中学生围着一座高高的大理石基座，基座上一座少女雕像，伸开双臂捧着纸鸢遥望着远方。这也是原子弹灾难带来不治之症的受害者，躺在病床上以顽强的毅力，扎了许多呼唤和平的纸鸢寄往世界各地。在一些国家，人们起而共鸣也纷纷扎起纸鸢往外传递。世界上还有什么比这位少女结束核战争灾难的呼唤更撼人心魄、更激活人的良知？

音乐之邦

应奥地利政府的邀请，1984 年 10 月，我参加中国新闻代表团访问奥地利。奥地利处于欧洲中心，曾是欧洲煊赫一时的帝国，第一次世界大战后，帝国解体，捷克、匈牙利都成为独立国家。1938 年希特勒并吞奥地利。第二次世界大战结束，苏、美、英、法对奥实行占领。1955 年四国结束占领，签署奥地利国家条约，恢复奥地利国家主权，宪法确定国家实行永久中立政策。今天奥地利的领土、人口均只及第一次世界大战前的八分之一，面积是 83 000 余平方公里，略小于我国的浙江省。可由于它所处的战略地位和发达的工农业生产，它的重要性就不能仅仅用面积、人口来衡量了。联合国继在纽约、日内瓦后，又在维也纳设立了办事处。奥地利在国际上引起了更多的关注。

这是我第一次走出国门，展现在我面前的是一个陌生的世界。西方在我们眼里陌生，我们在西方眼里更陌生。走在维也纳大街上，我们不止一次被当作日本人。下榻的旅馆，陈列的介绍资料，有德文的，英文的，法文的，也有日文的，就是不见中文的。当时，除了极少数官员、记者、各种专业人员出于工作需要出国外，自己掏腰包出国潇洒走一回，普通的平民百姓是不存这个奢望的。

作为海顿、莫扎特、贝多芬、施特劳斯度过辉煌创作生涯的地方，维也纳最值得自豪的就是它的音乐艺术了。自 18 世纪以来，它就是欧洲古典音乐的摇篮。200 年间，乐坛人才辈出，群星璀璨。他们以澎湃的激情，精湛的技巧，惊人的创造力，谱写了人类历史上多少优美壮丽的乐章。他们创造的不朽的旋律，至今仍葆有美妙迷人的魅力。

走进维也纳城市公园，远远望见约翰·施特劳斯的青铜雕像站在高高的乐坛上拉着提琴。岁月的磨蚀，使这全位圆舞曲之王身体变黑了，但他还是那么全神贯注，专心致志，在大理石群像浮雕的拱门下，不知疲倦地为游人演奏无声的《蓝色多瑙河》。

距青铜雕像不远的地方，有一座漂亮的音乐厅，这里白天晚上都有古典音乐的演奏。在这个音乐之城，有 5 个大的交响乐团，小的乐团不计其数。有 28 个剧院，1 万个座位。还有众多的音乐厅。饭店、咖啡馆、街头的茶座，洋溢着音乐之声。揿揿电话机上的旋钮，也能听到动人的音乐。维也纳人喜爱音乐，他们的文化素养、生活情趣从他们的艺术爱好中生动地展示出来。

热情的东道主请我们在人民歌剧院观看施特劳斯的轻歌剧《蝙蝠》，在音协大厅（又称金色大厅）欣赏了维也纳交响乐团演奏贝多芬、勃拉姆斯作品的音乐会，在国家歌剧院观看了威尔第的歌剧《茶花女》。在剧场，我发现我们是在出席一个盛大的庆典，眼前呈现的是一片色彩的海洋。无论是上了年纪的观众，还是年轻的情侣，都穿上了最漂亮的服装。陪同我们的伊丽莎白·楚克博士，每次都换上新装，第三次还穿上款式新颖的袒肩服。我跟她开玩笑："你今晚年轻了十岁！"她说："这是艺术使我变得年轻了。"金色大厅名不虚传。大厅座位两侧，16 尊大理石雕的金色音乐女神遥遥相对，每侧有八扇门供观众进出。楼座是从左、右、

在维也纳咖啡馆和奥地利作家交谈

前三面俯瞰着舞台。楼座两翼包厢后也各有八扇门，金色门檐上男女浮雕卧像，门与门间敬置着欧洲历代音乐大师的金色铜像。房顶四周涂金，顶篷一幅幅巨制彩画。在 12 盏从房顶直挂下来的华丽的水晶吊灯的照耀下，大厅内金碧辉煌，堪称名副其实的艺术宫殿。在贝多芬第五钢琴协奏曲的演奏过程中，场内静极了，每个乐章之间的短暂间隙，有几声轻微咳嗽。三个乐章演完，全场爆发热烈的掌声，最响的掌声来自后面的站座上。剧场内设站座，每张票要五六百先令（10 先令合 1 元人民币）。高则上千先令。站票由一道栏杆隔在座席外面，每张票只需要一二十个先令。这样，那些酷爱音乐艺术的低收入者、穷学生，也能来解渴了。

奥地利朋友告诉我们，这些剧院尽管票价昂贵，场场满座，也是入不敷出。因为这些剧院费用很大，要靠国家补贴。我们在国家剧院观看《茶花女》，我翻过手里的票子一看，价格是 960 先令。使馆的王参赞对我说："这票价有国家的一半补贴在内，否则票价要再加一倍。"从这里可以看出，奥地利的音乐艺术能保持一个很高的水平，国家的大量资助具有决定性的作用。

说到这个问题，奥地利朋友给我们讲了一点历史。1938 年纳粹德国强行合并奥地利，使这个音乐之邦受到严重的摧残。1945 年第二次世界大战结束至 1955 年这整整十年，奥地利作为战败国处于美、苏、英、法四国共管状态，政治、经济均处于困境。可是酷爱音乐、富于悠久文化传统的奥地利人民，是不能容忍他们优秀音乐文化的象征——维也纳国家歌剧院处于半废墟状态的，即使勒紧裤带，也得尽快地把歌剧院修建起来。1955 年 10 月，四国占领军撤退，奥地利恢复国家主权，奉行永久中立政策。就在这差不多同一时间，按原样修复一新的国家歌剧院重新开幕，全市和来自全国各地的观礼的人群如潮水一般地涌向歌剧院及其附近街道。能够进入歌剧院的幸运儿毕竟有限，成千上万的群众如醉如痴地站在街头，在欣赏开幕盛况和上演的贝多芬的歌剧《费德里奥》，因为街头都装了扩音器播送实况。这个战争创伤未愈、百废待兴的小国把修复歌剧院置于如此重要的地位，乍一听来，有点难以理解。可我们进入歌剧院和金色的音协大厅，耳闻这里处处洋溢着的音乐之声，亲身感受到这儿的人们酷爱音乐的浓厚情趣，我就不感到奇怪了。楚克博士问我："你在歌剧院、音协大厅看到了什么？"我说："对音乐、舞蹈艺术的欣赏，是维也纳人另一种形式的呼吸。""OK，"楚克吹了声口哨，高兴地说，"不到歌剧院，你就不能完全了解我们维也纳人！"

奥地利每年吸引大量旅游者，跟他们重视宣传工作极有关系。他们在国内外设有二十个旅游宣传机构。小的旅游宣传机构就更多了。全国旅游局的新闻处是各个新闻处最大的，每年印发的宣传材料达六百吨，这些材料都图文并茂，印刷精美。每天出版的报纸都有一个旅游版面。而且，他们不是把旅游孤立地看成是一个部门管的事，旅游局和银行、剧院、赌场、滑雪制造中心等部门，都有很好的伙伴关系。还有对旅游人才的培养，每个州都有旅游学校，那就更不在话下了。

奥政府对我们的接待相当热情。政府总理、多位部长、维也纳市市长先后接受了我们的采访。奥新闻局配备一辆旅行车，由翻译伊莉莎白·楚克博士陪同，走遍全国几个州、市和一些村镇。对奥的工农业生产、经贸、旅游业、教育、文学艺术、历史文物、宗教、工会、华人状况等，做了全方位的了解。给我留下的诸多印象，深感奥地利是欧洲历史的一面镜子。在维也纳的美泉宫大厅，我驻足良久。1814 年的维也纳会议就在这儿举行。当时拿破仑战败垮台，欧洲各国的君主和大臣，为了拟定和约条件和重新审定欧洲版图满足战胜国的利益，在这儿开了一个分赃性质的会议。恩格斯曾说，"当'科西嘉怪物'最后牢牢地禁闭起来以后大大小小的帝王们立刻在维也纳开了一次大会，以便分配赃物和奖金，并商讨能把革命前的形势恢复到什么程度。民族被买进和卖出、被分割和合并，只要完全符合统治者的利益和愿望就行。"在这个会场上最活跃的人物是奥国外相梅特涅，这次会议缔结的以镇压各国革命为宗旨的"神圣同盟"，他又是中心人物。可是历史的进程和这位外相的愿望相反，在人民的要求下，领导反动的奥地利政府 30 年之久的外相梅特涅被革职，他害怕性命难保，一个人悄悄地逃之夭夭。

140 年后的 1955 年，又在这间大厅举行了一次有重要历史意义的国际会议，苏、美、英、法四国外长签订奥地利国家条约：撤走占领军，恢复奥地利国家独立、主权，奥地利实行永久中立政策。奥地利被称为第二共和国，实行联邦制，八州一市，各州都有自己的宪法、议会和政府，有一定的自主权，国防、外交由中央政府统一管辖。此后，奥地利全力投入从战争废墟中重建国家的努力，经济有了长足的发展，使奥地利从一个不太发达的国家迅速跃入先进工业国家的行列。

两次不同国际会议产生两种完全不同的结果，这面历史的镜子可谓无情又有情。

在贝多芬居住过的地方

贝多芬出生于波恩，但他在音乐王国里那些辉煌的岁月，却是在维也纳度过的。他 16 岁的时候，怀着朝圣的心情来到维也纳，那时莫扎特已是闻名世界的音乐之神。他一想到自己要敲开莫扎特的家门并向他提出请求“我想做您的学生”，心里就不住地怦怦直跳。果然，他弹奏了一首巴赫的作品，并没有给莫扎特留下深刻的印象。看着莫扎特那彬彬有礼却又透着几分冷淡的神情，他懊丧已极，几乎要哭出来了：

“大师，我求求您，让我再弹一次，您随便指定哪首都行。”

莫扎特正在写唐璜的歌剧，就站在钢琴旁随手弹了歌剧里的几个小节，便让他弹奏。他把自己的命运寄托在这次弹奏上了，他要赢得音乐大师对自己才华的信任。这次他成功了。为键盘上流淌出来的神奇的充满灵感的旋律深深陶醉的莫扎特，走到了他身边：“我好久没有听到过这样的演奏了。”大师兴奋地告诉朋友们：“请注意这个青年人。有朝一日他会让全世界都来谈论他的。”大师歌剧的创作正进入紧张阶段，还是抽出不少时间和这位年轻人切磋艺术，探讨人生。可惜这次聚会还不到两个月，贝多芬就因为母亲病重赶回波恩去了。等到再访维也纳时，莫扎特已经离开人间，他只能到圣马尔克公墓和那些流浪汉躺在一起的公共墓穴前去凭吊这位音乐大师了。

这以后，贝多芬又师事维也纳乐坛泰斗海顿，在这个荟萃当代许多出色音乐家的都城里，他如鱼得水、才华过人、崭露头角，他被引为维也纳的骄傲。那些公爵小姐、伯爵夫人把能够接待他或者做他的学生，视作莫大的荣耀。维也纳成了他的第二故乡。但他的住处还是很简陋的，有的只是一间小阁楼。不知是由于钢琴的弹奏要惊扰邻人的休息与安宁，还是由于他脾气太倔，也许是这两者兼而有之，他和房东的关系常常搞得很僵，以致不断搬家、换房子成了他一大头痛的问题。

贝多芬曾经居住过的房屋，现在没有什么特殊标志，只不过是在墙上或门上钉着一块铜牌，说明贝多芬何年何月曾在此住过而已。我们走进一家酒店，门内就是一个园子，葡萄藤架形成的浓绿伞盖遮蔽了日光，桌位就摆在树荫下面，门上的铜牌告诉你这是贝多芬曾经居住过的地方。当你端起一杯葡萄酒慢慢品尝的时候，耳畔仿佛响起田园交响曲的甜美宁静的旋律，使你沉浸到一种诗情画意的愉悦境界。

我们重点参观的是贝多芬 1802 年前后的一所故居。这是一座带院落的小楼，紧接郊野。那时贝多芬失去了爱情，也失去了听力，乡村半年多的幽居生活并没有使他获得治疗。他心情坏透了，但是并没有中断创作，每天一早起来就开始作曲，一直持续到下午 2 时左右，午饭后出去散步。还有就是久久地伫立窗前，凝望着远方。他在凝望什么呢？

我走到窗前，放眼望去，小山岗林木茂密，隐隐约约露出教堂的哥特式尖顶。啊，贝多芬是在祈求上帝，还是在向上帝爆发内心的愤怒呢？

1802 年 10 月 6 日至 10 日，贝多芬断断续续写了一份遗嘱，那是给他弟弟的一封信。这封信的真迹现在印制出来作为纪念品在这所故居出售，东道主送给我们中国新闻代表团的同志人手一份。遗嘱反映了贝多芬深沉的忧伤和与命运搏斗的复杂心境：

> 啊，我的心，我的理智，从我孩提时代起，就向往着善良，向往着温柔的感情。我也曾准备去建树功勋。请代我想一想，六年来我是怎样为那疾病之无法治愈、为那庸医之误人而痛苦万状。年复一年，我越来越失去获得痊愈的希望，面临的是一场与痼疾旷日持久的斗争。我生来是个活泼好动、充满热情的人，喜欢公共娱乐，可我却不得不早早地把自己与世界隔绝开来，过一种封闭式的生活。有时候，我也想摒弃所有这一切，但多么残酷啊，我的失聪带着一股威慑性的力量，时时让我意识到那痛苦的现实的存在……
>
> 如果在你们看来，我是在竭力躲避你们，而不是像我原来所希望的那样竭力亲近你们，这得请你们原谅。我的不幸对我来说之所以显得加倍地痛苦，就因为我不得不掩盖它……
>
> 这种情况把我引向绝望，再稍稍朝前发展一点，我就只能结

束自己的生命。把我挽留在这个世上的只有一样东西，那就是——艺术……

对至高无上的艺术的热爱和献身，使这位伟大的音乐天才终于打消了结束自己生命的念头。不然，他的天才将无从进一步展现，人类也将失去一份宝贵的精神财富。第三交响曲《英雄》、第五交响曲《命运》、第六交响曲《田园》、第九交响曲《合唱》这些带突破性的杰作，都是在他写了遗书以后创作的。特别是第九交响曲，他把合唱歌曲引进交响曲，合唱是根据席勒的《欢乐颂》谱写出来的。这是一个了不起的创举。1824 年 5 月 7 日晚 7 时在维也纳皇家剧院，这位失去听力的音乐家亲自指挥了第九交响曲的演出。当歌唱演员唱出颂歌中的诗句时，他连一个字也听不见；他看到的只是一张张仿佛根本没有发出声音的张开的嘴唇，那提琴、笛子、号、定音鼓，好像同样也没有发出声音。他不敢想象这场演出会取得什么样的后果。整个交响曲在合唱中结束，提琴手们放下了自己的弓子，他还是背对着观众站在那里，没有勇气回过头来。一位女歌手上前轻拉着他转过身子，他这才面对着观众。尽管他听不见那惊雷一样的欢呼声，但是他看得见观众的充满狂喜的面孔，无数只朝他挥动的手。有人激动得用手揩泪，有人奔上台来，给他戴上了花环，献上了鲜花。这位饱经苦难、贫病交加、孑然一身、被生活夺走了一切欢乐的巨人，自己却创造出永不消逝的欢乐，把它给予人类，这是多么伟大、多么崇高啊！

贝多芬勇敢的独立不羁的性格，使他不同于他所师承的莫扎特、海顿。后者为贵族服务，但是受到贵族、宫廷、教会的严格控制，不过是他们手下的高级奴仆而已，吃饭只配和用人同席，备受凌辱；贝多芬则强烈要求和贵族处于平等地位。在音乐领域，他自己就是皇帝。他接受过一位有名公爵的经济资助，当公爵要他为占领维也纳的拿破仑军队演奏时，他愤怒拒绝，离去时留下一封信：“公爵！您之所以成为您，应该感谢您那带偶然性的出身；我之所以成为我，应该感谢的是我自己。公爵成千上万，现在有，将来还会有。而贝多芬——只有一个。”他和大诗人歌德那唯一的一次散步，也很能说明问题。在路上，他们遇着了奥地利皇后和随从她的一大帮公爵和宫廷女官；歌德早早地摘下帽子，光着头，弯着腰，让在路边，一直等皇后、公爵、宫廷女官从他身边走了过去；而贝多芬却把手抄在背后，若无其事地继续走自己的路。皇后的随从们为他闪道，公爵们朝他鞠躬；他只是抬手举了举帽子，作为对他们的回应。

贝多芬敢于如此与贵族社会抗衡，这也是时代的影响。法国大革命动摇了欧洲封建制度的统治，不可一世的贵族显贵开始走向没落。法国大革命对贝多芬的创作产生了重大影响。他的一些作品汹涌澎湃，气势宏伟，使人昂扬奋发、热血沸腾，就反映了资产阶级的革命热情。拿破仑称帝，使他大失所望。他把拿破仑看成是一个惯于撒谎的家伙，把他从那些受他尊敬的人的名单上一笔勾销。他的第三交响曲是从法国大革命受到鼓舞而作，本来是献给拿破仑的，后来他一怒而改变了主意，题词改为献给理想中的英雄。

贝多芬的强烈个性和创造天才，是在维也纳乐坛形成的。由海顿、莫扎特赋予光彩的古典主义音乐，达到了顶峰。他集古典主义的大成，开浪漫主义的先河，在音乐史上起了继往开来的巨大作用。这座故居陈列着贝多芬的许多乐谱手稿和绘画作品，我默默观赏了一会，又走到那扇窗前。林木茂密的小山岗，教堂哥特式的尖顶，贝多芬曾在这儿站了那么久，望了那么久，上帝并没有把“耳朵”还给他，在音乐王国里创造出伟大奇迹的是他自己！

参观莫扎特故居

古老的广场，现代化的会议大厦，辉煌华丽的巴罗克式建筑、镶嵌着彩画玻璃的哥特式教堂，与庄严肃穆、带有宗教色彩建筑物相映衬的是欧洲城镇典型的市民住房，流过市区的萨尔察赫河的滚滚碧波、郁郁葱葱的森林、耸立在四周天际的一座座蓝色峰峦，这优美如画的景色，使萨尔茨堡具有一种诱人的丽质。然而给这个城市带来最令人称赞的光彩的，还是它为世界贡献了莫扎特这一天才的音乐大师。

莫扎特故居在盖特赖德巷的一幢米黄色大楼内，楼前有一方空地，走不多远就是过去的宫廷教堂。大楼有五层，原来是分租公寓，底层是个肉铺子。故居纪念馆布置的沿革很有意思。莫扎特是 1791 年逝世的，19 世纪在一层楼辟了三间房子作为纪念馆，进入 20 世纪又把二层楼辟作了纪念馆，我们到来前不久，纪念馆已经扩展到了第三层楼。流逝的岁月，不是使人逐渐淡忘了这位音乐家，而是恰恰相反，在奥地利、在全世界，每年有越来越多的人来这儿瞻仰，有越来越多的人怀着尊敬的感情提到他光辉的名字。

1756 年 1 月的一个风雪之夜，莫扎特在这幢大楼里诞生了。他的父亲莱奥波德·莫扎特是一个颇有才华的小提琴家和作曲家、宫廷乐队的副指挥。莫扎特从小对音乐表现出特殊的天赋，还没有学会写字母就已经会写音符。3 岁时，这个漂亮的金黄色头发披在外衣领子上的娃娃，一坐到钢琴旁就舍不得离开。4 岁时，拿起父亲的小提琴演奏，父亲马上给孩子做了一把小提琴。5 岁时，父亲把他即兴弹奏的一支曲子谱写出来，紧接着，他就开始自己作曲，创作出完整的小型小步舞曲。过了一年，他的钢琴小曲出版。如果只是会弹琴、拉琴，充其量不过是个出色的钢琴、小提琴演奏家，对作曲的渴望和才华，才是这个娃娃日后能造就成音乐大师的真正源泉。

莫扎特的演出生涯 5 岁就开始了。那是他参加萨尔茨堡中学上演的一出拉丁语喜剧的合唱团。6岁时，一辆马车的沉重车轮滚过门前那积雪的肮脏的路面，他让父亲领着去旅行演出。德国、英国、法国、荷兰、比利时、瑞士，一路轰动。回到音乐之城维也纳，被带到宫廷为女皇演奏，又是一片喝彩和赏赐。7岁他在德国法兰克福举行音乐会时的海报上这样写着："他将在盖上布巾的琴键上自如地演奏，好像没盖上琴键一样；他能辨别出任何乐器上发出的单音或和弦，以至其他物体（如小铃、玻璃杯）发出的声响，他都能准确地说出它的音响的音名；他将不仅用钢琴，而且还用管风琴随听众的要求做各种即兴演奏；他将演奏小提琴协奏曲……"9岁在阿姆斯特丹举行的音乐会上，节目全都是他自己的作品，他不仅是个出色的演奏家，而且被公认为一个优秀的作曲家了。10岁他开始创作清唱剧。11岁用拉丁文写成一部小型歌剧。14岁在意大利米兰指挥欧洲最大的交响乐队，演出他的两部歌剧。罗马教皇授予他骑士勋章。15岁时，他已经创作了20个交响乐和6部歌剧。他被当时欧洲的人们称作"18世纪的奇迹"。

莫扎特的早熟和卓越的音乐才能，世所罕见。他没有上过学，没有过正式的教师，听上去确实有点"神"了。可是任何一颗天才的种子，也须得到适宜的气候、土壤才能成长。良好的家庭音乐环境，使他耳濡目染、潜移默化。莱奥波德自知自己不能出人头地，就把全副心血都浇注到孩子身上。不但在音乐上充当他高超的导航员，还教他文化知识，学习多种语言。频繁的旅行演出，使莫扎特的足迹遍历欧洲全境，这大大开拓了他的视野，使他学到渊博的知识，达到高度的艺术素养。他曾说过："有许多人是用青年的幸福做成功的代价的。"这也可说是他的自我写照。没有后来的努力，天才也是不能光华闪耀的。

莱奥波德认为幼小年龄会增强表演的神奇色彩，使孩子的天才及早得到普遍承认，他就马不停蹄地领着孩子不停地奔波。当时欧洲处于一片混乱不堪的状态，大小王朝林立，战争此起彼伏，交通工具又只有马车和船只。道路崎岖，饥饿、寒冷，脏肮的乡村小旅店，行路之难可想而知。莫扎特在旅途中多次患病，还要坚持演出。莱奥波德让孩子迅速闻名于世的目的是达到了，但也摧残了孩子的身体，使之生理上和精神上不能得到正常发展。加之，在那个年代，音乐家不过是供贵族取乐的，才华只能换面包而已。尽管他已饮誉全欧洲，萨尔茨堡大主教雇他为宫廷乐师，仍视之为奴仆。他在音乐会上赢得热烈掌声和一束束鲜花，吃饭时只能和仆人们坐一张桌子，而坐在首席上的竟是大主教的两个心爱的听差。他不能忍受这种屈辱，终于愤然离去，到维也纳开始了“自由艺人”的生活。

翌年，他与房东的女儿康斯坦茨结婚。结婚还不到一年，他便陷进了债务的泥坑。往往在他手头拮据的时候，又有一个小生命在家中诞生，6 个孩子有 4 个夭折。他究竟欠了多少债，去了多少次当铺，故居的管理人也回答不出了。他呕心沥血创作的歌剧《费加罗的婚礼》，演出取得空前的成功，场场观众挤得水泄不通，几乎每唱一段，观众都要求再来一遍，鼓掌和欢呼经久不息。他的名气增大了，但困窘境遇并没有得到改善，相反，由于创作这部歌剧耗尽精力，一年后就患上了重病。他一贫如洗，那些穷追不舍的债主，使他一听到敲门声就心惊肉跳，精神上备受折磨。1791 年 7 月，也就是他去世前 5 个月，一位神秘的陌生人走进他的家门，递给他一封信，信中要求他创作一首安魂弥撒曲，并开了酬金的数目。同时提出一个条件，他不得以任何方式去调查是谁委托他创作这首安魂曲的。他心情阴郁压抑，可能还有着某种莫名其妙的恐惧，以为这种委托是冥冥中传来的信息，是死神在向他发出召唤。随着安魂曲的创作，他的健康状况日益恶化。12 月 4 日，他的几个朋友在他床前试唱了这部作品已完成的部分，他自己还唱了男高音。唱完了便声音微弱、神智昏迷。午夜过后，这位年仅 35 岁的天才音乐家便与世长辞。没有花圈，没有挽联，没有送葬的行列，在维也纳圣马尔克公墓，一只廉价的薄皮棺材披着冰冷的雪粒，掘墓老头把它放进了公共墓穴里。那么多观众为之倾倒的一代音乐大师，就这样跟那些流浪汉和叫花子一起，躺到了自己最后的安息地。

莫扎特死后，康斯坦茨再嫁给一个丹麦外交官，养育了她和莫扎特的两个孩子，自己活到 80 多岁。莫扎特的后代有搞音乐的，但是成就不高，名字也就不为世人所知了。

故居陈列着莫扎特的大量手稿、信件。房东儿子进了修道院当神父，莫扎特专门为他写了一个曲子。陈列柜里还摆着许多生活用品和纪念物，像钱包、烟盒、戒指等各种古玩和装饰品，是女皇和贵族送的。但是最珍贵的物品，是莫扎特生前使用的一架 1787 年维也纳制造的风琴，他的最后一部歌剧《魔笛》（此后的《安魂曲》未能完成即成为绝笔），就是用这架风琴创作的。

莫扎特一些重要歌剧在各个时期、各个国家的舞台演出模型，专门辟了一层楼陈列。像带有鲜明反贵族倾向的歌剧《费加罗的婚礼》，揭露贵族荒淫生活的歌剧《唐璜》，讽喻现实、憧憬理想境界的德国民族歌剧《魔笛》等，都是久演不衰、深入人心。包括气势磅礴的《朱庇特》交响曲在内的他的最后三部交响曲，为 19 世纪的交响乐大师们气魄宏大、色彩丰富的音乐语言开了先河。他过人的天赋、精湛的技巧、神奇的创造力和想象力，对每种音乐形式的娴熟自如的运用，流传下来的大量音乐珍品，使他在音乐长河的璀璨群星中，至今仍放射着独特的夺目的光辉。

现在奥地利政府有专门机构保护莫扎特的一切遗物。萨尔茨堡在每年 1 月 27 日莫扎特诞生日前后，都要举行莫扎特音乐周，全部上演莫扎特的作品。在莫扎特逝世后的 80 年，开始举行每年一次（7 月 27 日至 9 月 1 日）的艺术节。今年的艺术节也是名家汇聚，柏林交响乐队、维也纳交响乐队联袂前来，深孚众望的音乐指挥卡拉扬登台指挥。音乐迷们从四面八方涌来，黑市票价高达一百多美元一张。前后演出 133 场，观众 207 000 人。艺术节不光是音乐演出，还有戏剧。今年艺术节开场是演出话剧《每一个人》，剧情是说有钱人花天酒地、放荡挥霍，最后的结局还是跟普通人一样，免不了一死。这也算对富人生活的一种讽喻，当然是十分无力的。每年这样盛大规模的纪念活动，也是一种最好的艺术传统教育，莫扎特九泉之下也会感到欣慰吧！

美利坚行走

纽约给我的第一印象是它那不灭的灯火。飞机9时从旧金山起飞经过漫漫长夜的航行，飞抵纽约上空是凌晨，纽约在睡梦中，从舷窗向下望去，耀眼的灯火，像夏夜灿烂的星群，连成了线，汇成了片，层层叠叠，疏疏密密，高高低低，把灰蒙蒙的夜捅了个明亮的大窟窿。灯火使一幢幢摩天大楼有了生命，灯火使这座都市炫耀着花花公子般的奢侈，灯火也象征着它的繁荣富足。夜晚漫步曼哈顿街头，灯火像个魔术师一样把一切都变得灿烂辉煌，路人像是在银河里游走。第五大道两侧，银行、公司、事务所的大厦，大面积玻璃墙映着绚丽的灯火成为一座座透明的宫殿。玻璃柜里成行成列的项链、戒指、钻石珠宝在雪亮的灯里光华闪耀，香水、提包、时装、皮鞋、毛皮大衣在灯火下平添了诱惑。世界上价值惊人之物在这儿应有尽有。富豪们一掷千金万金，在这里昂首阔步如入无人之境，灯火映着他们矜持的志得意满的面孔，他家里又增添了一件显示阔绰之物，也许是可以用来博取情人一笑的项链或钻戒。普通工薪收入者只能望洋兴叹，而且只能远远地望，因为营业员的殷勤和微笑会把你弄得不知如何是好，你脸上的尴尬会在无情的灯火下暴露无遗。尼克松曾说过他当年走过第五大道不敢朝橱窗里多看，因为那与他的收入差距颇大，此话是否言过其实不得而知，但连尼克松都这么说，一般市民的情形就可以想见了。他们经过这里，是匆匆而来，匆匆而去，明亮的灯火并没有给他们的脸上带来笑容，他们大都面无表情，甚至挂着一抹阴影，或许正经历被公司减裁的厄运，在为交不出房屋、汽车的分期付款而发愁呢。曼哈顿的灯火不属于他们。只有站在街头发送商品广告的打工仔，在灯火下注视着过往行人，不管行人口袋里的信用卡还有没有支付能力，也不管他们是不是有兴趣朝广告纸看上一眼，都毫不例外地给他们的手上塞上一张商品广告。据说有的外国留学生揽上这活，并没有拿到马路上向行人散发，而是扔到一边。老板当然不会到街头来一一察看，但是如果迟迟不见广告市场效应，他是不会让打工仔白拿钱的。灯火带来的辉煌没有惠及所有的纽约人，但是对那位盗火给人类的“神”的尊崇怀念却是纽约人共同的。连接第五大道的洛克菲勒广场上，一泓清泉、一座小山和几株松柏，烘托着高达五米五的普罗米修斯巨大镀金铜像，他手里的那支火炬似乎在永不熄灭地燃烧。人类文明的一切成果都离不开火，它也带来了纽约繁荣富足。在普罗米修斯的雕像背后，一棵庞大的圣诞树已经搭建起来。它有七八层楼高，树上缀着数万只彩色灯泡，五彩缤纷，匆匆而过的行人忍不住放慢脚步，围着圣诞树流连忘返的人也不少，灯火能够能制造梦幻憧憬，它使人驱除烦恼摆脱生存危机的缠绕，飘逸地神游于心造仙境。街道的乞讨者点破了仙境的虚幻，灯火的辉煌不能带来生存的辉煌，失落的人们便把目光转向上帝了。在第五大道与 51 街之间立着一座科隆式大教堂，双蒂式尖塔直刺被灯火映红的夜空。进入教堂犹如进入一座偌大室内广场，彩绘的穹顶高悬，两侧一座座小圣坛供着一尊尊精雕圣像，信徒们步履缓慢，神态凝重，从摆在圣坛一侧的烛箱里取出一支蜡烛点燃，再把它插进烛台。烛台很大，十几支蜡烛闪动幽幽火苗，和曼哈顿的辉煌灯火不可等量齐观，这里需要的是虔诚而不是辉煌，烛火的光芒虽然微弱，它是属于点烛者自己的，它在普通人心里占有位置。曼哈顿的辉煌灯火就难以比拟了。在大厅两侧一排排灯火的映托下，一个个虔诚的点烛者默默地在大堂内落座，有的闭紧双目，有的在凝望着前方的圣坛，管风琴伴奏下响起唱诗班沉缓的歌声，悠扬幽远，像一只无形的手在慢慢抚平人们内心的波澜，引领着圣徒们的灵魂向天国攀登，在一旁为他们照亮的是一排排幽幽的烛火。攀登是安静的，无声的，忧虑和烦恼、生存竞争的拼搏置诸脑后吧，我们还是可以平等地坐在上帝的面前。海湾战争结束后，美国国防部长不是在军营里召开庆功大会，而是来到纽约的大教堂里为胜利举行祈祷仪式。身上散发着火药味的军人也需要借用上帝的手来抚慰人心凝聚人心。如果说曼哈顿的灯火会造成一些纽约人的心态失衡，那么这教堂里的幽幽灯火就可以使那一颗颗躁动不安的心慢慢平静下来。烛在燃烧中渐渐耗蚀殆尽，可那幽幽烛火却还在闪动，它是不那么容易从人们心头消失的。

到了华盛顿，给人的感觉就不一样了。已经深秋时分，华盛顿依然是一片葱茏绿意，树丛花圃草坪环抱着疏密有致的街道宅第，装点着纪念碑、喷泉、雕像耸立的广场、公园。一树树红叶、一片片绿草，构成一幅幅绚丽图案，在秋阳的照射下变换着色彩。一路看不见烟囱，大大小小的公园却有四五百座。人均占有绿地地面积四十平方米。整个华盛顿几乎是坐落在绿树丛中，绿化达到这样的密度，除了城市建设是严格按照规划进行的以外，还得力于严格的人口控制。作为世界头号资本主义国家的首都，它的人口只有 70 万人，这就使它给自己留下了足够的呼吸空间。

这个城市没有黑压压的摩天楼群，全市的最高不是商贸大厦、宾馆、政府办公楼，而是一座犹如一柄长剑刺向青天的纪念碑。在市区不管哪个方向的楼上向市中心眺望，映入眼帘的首先就是这座为纪念华盛顿而建立的高达 159 米的白色大理石纪念碑。其次是国会山上那座高 87 米的白色圆顶建筑。政府明文规定，市内一切建筑都不得超过国会大厦顶端的高度，更不谈企及华盛顿纪念碑之高了。在完成这两座建筑的当年作出这项规定也许不足为奇，可一百多年后的今天，它居然依旧得到严格执行而不被以这样那样的理由突破，在美国这个“喜新厌旧”的国家，这一现象也颇为耐人寻味。也许，历史不长的美国人对于宣扬自己的历史具有特别的热情。但就这两座建筑而言，与其说是宣扬历史，毋宁说是对英雄和英雄主义的尊崇和赞美。不只是这两座纪念碑，国会大厅正中悬挂的也是华盛顿的巨幅画像，在两边护卫着他的是自由女神和胜利女神。华盛顿领导美国独立战争功绩卓著是开国元勋，第一届总统。美国总统被特别挑出来在首都设纪念堂加以纪念的还有《独立宣言》的颁布者、第三届总统杰弗逊,《解放黑奴宣言》的颁布者、第十六届总统林肯。美国人崇尚创纪录的英雄，各行各业，各个层次，读书、打球、游泳、赛跑、赛车、爬山、渡水、唱歌、跳舞、写作、搞研究、喝啤酒，只要创造出了别人还没有达到的纪录，那就自己兴高采烈，亲朋欢呼庆贺，传媒推波助澜。电视台著名主持人，年薪 200 万美元，这是创造了一个高薪纪录。陪我访问的一位女士，她的丈夫是个内科医生，品尝过世界几十个国家的菜肴，在美食上也称创造了一个纪录，在激烈的竞争中每人都希望成为成功者，一个纪录就是一次成功。我问一位美国朋友，华盛顿、杰弗逊、林肯，你更尊崇谁？回答是，他们都不是无所不能的完人，只是各在自己所处的伟大时代创造了伟大纪录，因此他都给予同样的尊崇。华盛顿是种植园主，是奴隶占有者，他的遗嘱中有一条规定，要在他的妻子去世以后解放他家的奴隶。他本来希望在他生前解放他由祖上继承下来的奴隶，但后来发现，他家中的奴隶同“陪嫁的黑奴”有婚姻关系，而“陪嫁的黑奴”根据原有契约却是他无权解放的。华盛顿给美国赢得独立。黑奴解放是后来的林肯完成的伟业。

华盛顿生前反对为自己建造纪念碑，他去世 80 多年以后，几经周折才建成此碑。它一共 898 级，可乘电梯直达。拾级而上时，可看到内墙上砌有各州捐献的刻有州名的纪念性石板。华盛顿生前也有政敌，死后成了一面超越于党派斗争之上的全民的旗帜。统治者在以他的名字来维护资本主义制度，在凝聚人心上是做得成功的。美国一位学者说过，变化是美国社会一个永恒的主题。为变化而崇拜变化，把变化等同于发展，等同于进步。按照这个逻辑，在他们面前似乎没有一成不变的偶像。而对待华盛顿的崇敬，却经久不变。也许，华盛顿就是给美国社会带来巨大变化的人物，对华盛顿的崇拜，也就是等于对变化的崇拜。

华盛顿纪念碑东与国会大厦、西与林肯纪念堂处在一条中轴线上，由长达 3 200 米的宽阔的绿带连接起来。国会大厅四壁八幅绘画，介绍的是美国的历史发展。两院会议厅的旁听席，是展示美式民主的橱窗。会议厅不大，光线暗淡，大白天也要点蜡烛（现在是蜡烛形的电灯），议员们无休无止的辩论可以不觉得时间的流逝。参议院比众议院要气派一些。主席台上一面国旗一面参议院旗。四壁挂着历届副总统的画像。副总统都是参议员，可以在两派势均力敌时投下决定性的一票。议院开会，市民、记者、旅游者可在旁听席入座旁听。我来的时候恰逢休会。《文汇报》驻华盛顿记者朱幸福曾旁听多次，他告诉我议院开会时，座席上经常稀稀拉拉，旁听席上人也不多。但就某顶议案展开的辩论，议员先生依然口若悬河，滔滔不绝。他哪来那么大劲头？原来会议厅有两架摄像机对着，可以 24 小时不停地转播出去，议员自然不愿放弃这个自我表现的机会。借此也好向自己的选民交代。议员竞选时都有一二十人的工作班子，当选后得为工作班子的人安排工作。议会休会期间，议员回自己的选区，然后带着议案回来，又要展开新一轮喋喋不休的辩论。开设这个旁听席，像是给普通市民提供一个参与国家大事的机会，尽管实际情形并不如此，但至少使一些人获得某种程度的心理满足。

白宫的部分房间向公众开放，也是同样的意思。这座总统的官邸名气很响，样子却很朴素，是一幢两层楼房的白色建筑，正面两柱三窗三门，四周是宽大草坪，茂密的树丛花木，和比较像样的乡间别墅没有多少区别。总统的卧室、休息室在主楼。两翼是总统及其助手们办公的地方。每周二至周六上午 10 时至 12 时，对外开放的是东翼，是总统的会客室，每个房间 20 平方米左右，挂着历届总统的画像。房间的装饰、陈设，体现着不同总统和总统夫人的个性风格。人们到这儿来不是只要参观白宫的历史陈列，更大的兴趣是在现在的总统身上。克林顿夫妇的大幅生活照片自然挂在最显要的位置上。走过宴会厅，里面摆着四五张中国式圆桌，我问解说员："这个圆桌谁使用？"回答说，总统一家一周使用四五次。上午对外开放，下午使用。为了下午使用，可忙煞了那些特工人员。进门有安全检查，一个老太太被拦阻还莫名其妙，原来是眼镜盒带在身上了。每个房间的工作人员，在讲解的同时，不动声色地注视着游人的动静。游客走完还有一遍安全检查，游人涉足之处，警犬的鼻子都要伸过来嗅一遍。花这么大力气，无非是个橱窗展览，花的是纳税人的钱，也让纳税人知道这架机器是怎么运转的。总统和议会选举，两党竞争激烈，但是据说要"阳光操作"，互相攻讦抨击揭老底，怎么都可以，但是要明对明地干，偷偷摸摸做手脚，像水门窃听，被报纸抓住穷追不舍，尼克松只得离开白宫。这个纪录，让《华盛顿邮报》扮演了一次英雄的角色。政治生活中，政客们竞相以"阳光操作"相标榜，即使言不由衷，却也不能不小心翼翼，以免被人抓住辫子，成为栽倒在政坛中的倒霉蛋。

世界各国中，美国是华裔、华侨居住人数最多的国家，可华人的整体形象相当长时期走不出唐人街、中国城。耶鲁大学一位研究东方文化的著名教授称，"那是一个最不具吸引力的环境，好莱坞在这方面尤其推波助澜"。直到最近，一部名为《魔鬼英豪》的影片，又把中国城描绘成为帮派、人蛇、妓女混杂、种种不法勾当的渊薮。它造成的错误印象，会使游人望而却步。中国城是历史的遗留，那些语言不通无一技之长只以出卖劳力为生的移民，把这里当作安身立命之地，亲切的乡音，熟悉的面孔，挂在橱窗里油亮喷香的卤鸡、烤鸭，小店里的汤面豆浆、烧饼油条，往往使人昏昏然心安理得，恍如身处家园，终其一生也走不出去，甚至世代相传。龙凤牌坊地界以外的那个陌生的文化背景迥异的社会，虽然近在眼前，却像站在窗外，面前还隔着一着玻璃呢。近年来，这种状况有了很大改变了。华埠在进步，矗立起一幢幢大宾馆、大商厦，华人为把华埠建成文明繁荣社区作着不懈的努力。展览、演出，展示族群风貌的春节大游行，在争取主流社会的了解认同上起了很好的作用。然而不论华裔如何改观，一个界限分明的少数族裔居住区，在主流社会是无法取得平起平坐地位的，他们在美国社会政治生活中远未取得与他们经济力量相应的发言权。尽管大选期间，政客为了拉选票，也会做做姿态，来华埠拜会华裔人士，这也改变不了他们骨子里对华裔的另眼相看。可喜的是，80 年代以来，陆续加入美国社会的新移民和绿卡族，已经不把唐人街视为自己的栖息之地，也不把这里当作进入美国社会的一个中转站。他们大都是具有高等学历的专业人士，在从学校、医院、图书馆、到硅谷的实验室、百老汇的舞台、华尔街的银行、交易所的广泛领域内，站稳了脚跟，为自己争到一席之地。以纽约为例，30 余万华人，居住在唐人街的远不到半数。即便在美国几个大城市中唐人街最不起眼的华盛顿，如今也建起美丽壮观的中国城。一座中国式牌楼，两根立柱支撑着三层七个楼檐，高 47 英尺。和国内外已有牌楼相比，它等级最高，跨度最大，高度最高，牌楼是仿中国明清风格设计，用 7 000 多块黄色琉璃瓦和木石建造，由 270 多条金龙组成的“金龙和玺”彩绘，耗用黄金 1 000 两，“中国城”3 个金光闪闪的大字在光照下璀璨夺目。当年牌楼落成，典礼相当热烈隆重。北京派副市长专程参加。华盛顿市市长讲话中夸赞“这个巨大的艺术牌楼将使华盛顿变得更加美丽”，给华盛顿的经济发展带来更大的生机。牌楼作为一个象征，它标志着美国首都出现一座华裔社会可以为之感到骄傲的中国城，不再是传统观念里那种拥塞着饭馆、杂货店的陈旧脏乱的唐人街，而是矗立着大商厦，干净美丽，能够代表中国文化与风味的现代化华埠。华埠内十层楼的远东贸易中心，是拥有商场、宾馆、电影院、剧院效用的商住楼。按照建设中国城的整体规划，区内的楼房、路牌、广告及其他建筑物，都具有一定的中国特色。刻有中国十二生肖的路砖将遍铺于华埠街道上，路灯也将采用中国式宫灯。它使中国建筑的手法与美国的最新技术融为一体，既符合现代建筑的美学原则，又使人感受中国传统文化的熏陶。

主持中国城规划设计的建筑师刘熙告诉我，建设现代化中国城的努力并不那么顺当，它遭到美国许多房地产商的反对，但是华界人士联合起来显示出实力，他们也就无可奈何了。远东贸易中心投资 2 亿美元，34 位华裔工商界人士参与，成为全球各地华埠中国式建筑最大的一座，没有众多华裔人士的集体参与，就出现不了这样的大手笔。这座大厦建设的成功，使华盛顿市政府对保留和发展中国城信心大增。中国城是一个不容忽视的存在。近年来，华盛顿的市长和议员选举，候选人纷纷来到华埠拜会华裔人士，就是对这种存在的一种认可。那位市长先生在牌楼典礼上的讲话表明，他们欣赏中国城将使华盛顿变得更加美丽，其实更看重的是给华盛顿经济发展带来更大的生机。华埠的存在与发展，代表着华埠与华裔经济力量的存在与发展。以刘熙先生来说，他不仅是一名出色的建筑师，还是个成功的企业家，他经营的建筑设计公司位列美国东部最大的 20 家建筑设计公司之列。他还是华盛顿市区公民营机构合作开发委员会 15 位发起人中唯一的都市规划专家，也是唯一的亚裔。1989 年华盛顿纪念建城 200 周年，他是庆典筹备委员会副主席。经济实力加上这几重身份，才使他在中国城的设计规划上拥有很大的发言权。他本着使华埠成为保存中华风情、美观大方又具有经济效益的华盛顿一景的设想，殚精竭虑，多方游说奔走，才使华盛顿都市规划局接受他的设计规范，为中国城社区建设定下长久性的规划。

事业的成功，使刘熙在华裔社会也脱颖而出，他接替陈香梅被选为共和党亚裔全国委员会主席。他说他的目标，是要使亚裔团结起来，争取应有的政治权益。

很长一个时期，美国是个没有华裔及亚洲人组织的社会。人们刚刚移民到这里，为生存疲于奔命遑顾其他。今天美国亚裔已达 750 万人，其中华裔160万人。包括华裔在内的亚裔经济实力的增长，到了在大城市有选票力量的程度。但这股力量并未获得有效运用，华裔在美国政治生活中远未达到与他们经济实力相应的发言权。与犹太裔相比，华裔受高等教育的占30%，白领占52%，比例高于犹太裔，但政治上的发言权和对美国内外政策的制衡与影响力就无法和犹太裔相比了。刘熙先生的体会，在异邦创业不易，从政尤难。从政不只专业知识要好，人品要好，还得有股力量在后面支持你，这就是选民的基础。在这方面，我们就很薄弱了。华裔参与社会公共事务的热情不高，选举时投票人数太少。刘熙说，历年来的议员选举，华裔出钱出力颇为可观，但是也花了不少冤枉钱，一点效果也没有。有的人不熟悉美国社情政情，盲目捐款投票，结果当选的却是另一个。有的人只知道逢迎攀附，忙着给当选者送礼、一起拍照。刘熙说他当选亚裔全国委员会主席后，有人送他两万元捐款，让他引见总统，和总统一起拍张照片。刘熙告诉他，如果总统真的同意和你一起拍张照片，30秒钟后他就不知道跟他拍照的这个人是谁了。有的人没有机会和总统、议员一起合影，就用总统、议员的大幅照片代替，以假乱真。带着这种照片去中国吹嘘自己在美国如何如何。这样的选民基础，怎么会有力量？

刘熙说最近的一次议员选举，华裔成绩不佳，重要原因是投票的人太少。美国两党政治，不能逢迎张三而忘了李四。不管谁当选，自己先要团结成为一股政治力量，这才能在两党较量时表现四两拨千斤的能耐。刘熙先生要求自己，必须积极参与社区活动。他的信念是唯有参与才有沟通，有了沟通才有信任。华裔只有以自己的出色表现赢得美国人的重视尊重，才能为其主流社会接纳。而华裔在各行各业均有出类拔萃人物出现，才能进入美国社会主流而仍保有中华文化的风采。

纽约点滴

曼哈顿街头

去冬今春，纽约下了六场雪。多次经过曼哈顿街头，只见行色匆匆的路人对寒冷的感受非常不同：有鼓鼓囊囊的羽绒衫帽把自己包裹得严严实实，只露出一张脸蛋的；有四肢发达，只着短裤T恤衫，脑后拖着一条马尾巴，鼻端穿着圆环的大块头；有毛皮大衣下面裸露着一截长长玉腿的白领丽人；有衣服东一个窟窿西一个补丁，露出一个肚脐眼，满头都是小辫子的大女孩，穿在肚脐眼圆环上的一粒钻石，还在疲弱的阳光下闪闪发亮呢。他们的穿着又流行，又传统，又原始，又前卫，看不出谁在领导着时装的新潮流，谁对谁都不惊羡或鄙薄，谁对谁都不多看一眼，自个儿走着自个儿的路。在他们的眼里，一切都自自然然，世界本来就是这样。

这儿不仅呈现着美国的千奇百怪，也汇聚着世界的五光十色。有着红黄黑白不同肤色把奇异表现到极致的行人，有的可能来自地球上那些最小角落里的民族，他们都有自己的文化、自己独特的审美情趣。就像联合国大厦前迎风飘扬着的一百几十面旗帜，没有一面的颜色是统一的、图案是相同的，也没有一面因其代表的国家大小不同而超大或缩小，它们占据的是同样大小的位置。喜欢也罢，不喜欢也罢，世界上存在的无限多样性是谁也抹杀不了的现实。曼哈顿街头的行人不会要求同行者和自己对气候有同样的感受，因而要穿戴同样的衣饰。任何一个神经健全的人，也不会声称世界上的旗帜只有一种颜色，而他手中旗帜的颜色便是最美的颜色。

饮食习惯同样呈现着无限丰富的多样性。美国人用刀叉，中国人用筷子。麦当劳遍布美国各个角落，可是华人更多的还是喜欢上中餐馆或是在购物中心吃中式快餐，同样也有美国人在那里端着牛肉面或是蛋炒饭吃得津津有味。你能说用筷子吃汉堡包就文明、就进步？有人就是这样论证的。《华盛顿邮报》在一篇报道里比较今天中国和过去有什么不同时，就举例说，今天中国有了多少多少家麦当劳，而过去一家都没有。哈佛大学五位学者撰写了一本名为《麦当劳在东方》的书。书中的结论之一是，香港餐馆的厕所向来是肮脏的，直到 1975 年麦当劳在香港开业，才提高香港餐馆的清洁水准。又说，中国内地餐馆用餐者大声说话，随地扔弃骨头，也是到麦当劳在内地开业，人们进餐时的礼貌和社交行为才改善。《纽约时报》星期日书评副刊就此发表该报驻东京记者写的评论说："这也许是美国文化帝国主义侵犯亚洲，但是我们要感化亚洲的，如果是干净的厕所和进食时的礼貌，我猜想连最保护国家利益的亚洲人士，也难以指责我们。"这番话倒使我想起古代的中国皇帝，把中国以外都看成蛮夷之邦。今天你唯有开麦当劳，吃汉堡包，穿牛仔裤，听摇滚乐，还得有个反对党，采取他们的社会模式，和他们一样，才算进入文明进步的行列。美国的一些议员先生经常在那里指手画脚，以己之喜为喜，以己之恶为恶，动辄干涉人家的事，让人家非服从他的指令不可。这当然只能是一厢情愿。大千世界的五光十色，社会生活方式的复杂多样，怕是谁也改变不了的吧。

在百老汇看戏

在纽约住了半年，不大碰到排队的场合，可百老汇大道是个例外。多次上午走过这里，总有几家剧场门口排着几十个人的长队，等待剧院售票。有的还铺着毯子坐在地上，那是夜里就来排队的。老资格的观众可以轻轻松松，他们的票都是几个月前或一年前预订的，闻风而至的人可就得靠排队了。百老汇大道从第 41 街到第 52 街的地段上，分布着 40 余座剧院（大都会歌剧院所在的林肯表演艺术中心则在它的西面），在纽约一部分人的生活里，百老汇是一年甚至一月之内非光顾几次不可的地方。

这儿的剧院只有一座是以百老汇命名的。在百老汇剧院上演的剧目，看重的是长线效应，已经获得成功的当代的或者古典的优秀剧目，男女主角的知名度非常叫座，能保证演出的上座率经久不衰的，剧院的老板才有兴趣接受。如果一个新剧目首演后不能吸引大批观众前来排队购票，剧院老板会毫不犹豫地撤单。而那些能带来丰厚票房收入的戏，特别是容易受到欢迎的音乐剧，盛况经久不衰。《西贡小姐》1991年上演至今，依然座无虚席。开演前的几分钟，售票处前还有人在排队，这是在发售当场的余票。余票打对折，既满足了买廉价票者的需要，又能填满剧院的座席。担任这部歌剧男主角的华裔艺术家王洛勇的演唱，一炮打响，受到美国主流传媒的同声赞誉，《纽约时报》称他为“百老汇历史上百年来第一位当主角的中国人”。这个戏写了个美国大兵在西贡结识一名妓女闹出人命，随美军从越南撤出而逃回美国，妓女跟着也找到美国后，发现大兵已经结婚，于是绝望自杀。看上去是展现了一出完全由美国兵造成的悲剧，宣扬的还是美国至上。这个戏上演初期，亚裔妇女曾连续数日在剧院门口示威抗议，抵制展示亚洲妓女。不过这部歌剧用来吸引观众的还是声光化电的美式噱头，与实体无异的汽车、直升机都上了舞台，舞台空间之大令人叹为观止。阿姆斯特丹剧院是由一座成人电影院改建的，1997年起上演由电影改编的音乐剧《狮子王》，至今每天剧场门口几乎都有人排队。神话和童话的主题结构往往反映出一个民族的深层心理，这个戏说的是一只小狮子成长的故事，戏剧冲突中灌输给人的却是等级制度和绝对王权。在美国这样一个以世界霸主自居的国家里，这样的作品受到如此欢迎，透露的信息是意味深长的。这个戏没有什么高科技的花招，由人来表现的动物世界，用的是原始舞台手法，高帽子、高跷、各种风格化面具大行其道，这让观众换了口味、感到新鲜，这也是对它趋之若鹜的一个重要原因。

美国人热衷于追求新奇和刺激。顾及市场效应，艺术家们的创作演出，总是会挖空心思去寻找那些足以刺激观众情绪，造成轰动的人物故事、情节场面。不管哪种艺术形式，不如此就难以唤起群众兴趣。一些红极一时的明星，为了展示舞台表演的基本功和直接感受自己在观众中的魅力，也乐意到此一显身手，尽管这儿的酬金不能与主演影视相比。今春话剧《蓝色房间》的演出，预售票房高达400万美元，为正处于淡季的百老汇点了一把火。这部话剧是五个片段五场戏，五个男人和五个女人的扮演者只有两个人。扮演女主角的是澳大利亚影星妮科尔·基德曼（与丈夫汤姆·克鲁斯主演的《紧闭双目》近期在美又引起轰动），她一身饰演雏妓、大学生、妻子、模特和女歌星五个角色。这不是在夜总会，观剧者都是衣冠楚楚、有身份的男女，他们兴味盎然，场内不停地爆发出阵阵笑声。剧作者意在描写剧中男女主角的分合，枯燥乏味，可以算作一种对性的透视和反思。妮科尔·基德曼借助不同发型实现的“变脸”，成功地演活了五个不同类型的女人。著名演员在舞台上脱得一丝不挂，在百老汇早有先例。1969 年音乐喜剧《啊，加尔各答》首演把裸体动态展露在观众面前，曾引起激烈争论。有一个崇尚裸体的民间团体，甚至要求作为裸体观众前往观剧，剧院老板开始未允许，后来还是让他们包了全部座位，剧院为他们做了一次专场演出。一些演员成名前愿意在银幕、舞台上演裸戏，或者把自己的裸照登上《花花公子》杂志的封面，当上明星以后就不愿意再脱。如今这个惯例已经打破，妮科尔·基德曼照脱不误。《脱衣舞娘》就是大明星黛米·摩尔主演的，这位三个孩子的妈妈喜欢在银幕上炫耀她青春少妇般的丰满身材，甚至怀孕时还自豪地捧着大肚子上封面展览她的体态。超级名模兼电视主持人辛迪·克劳馥 10 年前裸照首次上杂志封面，功成名就之后仍不改初衷，去年 10 月她不顾顾问们的反对，又为同一本杂志宽衣解带。她撰文说，我的经纪人告诉我，你不应该再为这本杂志拍照，因为大家开始对你认真看待，我的想法是，多么可悲，为了被认真看待，我是否就要牺牲性感女人的形象？辛迪·克劳馥的心态并非绝无仅有，它有它生长的土壤，在这个问题上中西文化之间的差异是不言而喻的。

都市金刚

在纽约和美国其他一些城市的马路街头，看到的唯一一类携带手枪、穿着威风凛凛制服的人就是警察。他们膀粗腰壮，有的挺着个啤酒桶肚子，带枪的皮带只能束到肚脐眼下侧，有的耸着磨盘般的臀部，紧绷在它上头的裤子似乎随时都有绽线的危险。有时他们骑马出巡，庞大的躯体与高头大马相得益彰，那副尊神的架势真是赛过中国寺庙里守门的金刚。在冷僻的街区，他们则驾着亮着红灯的警车呼啸而来呼啸而去，一旦你行车超速或是违规停车，他就出其不意地停在你面前，给你个措手不及。花花绿绿的橱窗可以表现一个城市的风貌，看来警察的尊容也是城市风貌的一种展示。

警察担当的角色是维持社会秩序，保护公众生命财产的安全，马路上车子给撞了或是家里遭劫匪光顾，人们第一个反应是报警，向警察呼救。然而更多的时候，人们并不乐意与警察打交道，警察找上门来准没有好事。而你真正需要救助的时候，他们总是姗姗来迟，逮不着罪犯，倒反而把报警者缠住不放。一位友人就向我说了这样一场不愉快的经历。那天夜晚，他回家刚到门口，身后跟上来的人突然用刀顶住他的腰，拿走他口袋里的几十块美元，等警察赶到，抢匪早没了踪影。抢匪抓不着，他倒被警察烦个没完没了，一遍遍反复盘问，抢犯相貌如何、口音怎样；一旁有没有目击者？第二天又被叫到警察所，让他从一本本相册里辨认那个抢劫犯，相册上那密密麻麻的眼睛、鼻子搞得他头晕眼花，把他对抢劫犯的仅有一点模糊印象也消解得干干净净。一连几天的折腾，毫无所获，在钱财遭劫之后，还要经历这样一番折腾，这位朋友叫苦不迭。在一些好莱坞影片里，主人公遇到危难或是遭受冤屈，并不求助于警察，并不指望警察从天而降，而是靠个人的不屈不挠、舍生忘死、历尽艰险，最后把案情搞个水落石出、申冤报仇的。解决问题靠个人的勇敢，这既是美国教育竭力要灌输给人的东西，也反映了警察作用的局限性。

但是日常生活中的许多场合，警察表现出的权威不容你有丝毫质疑。最常见的是，车子停在不该停的地方，或是停车超时，就有一张单子塞在你车子的窗玻璃上，罚你没商量。这时警察并没有站到你面前，却未听说有人敢违拗这纸罚单抗命不交罚款的，除非你不想开车了。警察在这方面的执法绝对是铁面无私，不打折扣。今年年初起，纽约和相连的新泽西州实行一项新法，饮酒驾车者，车辆没收。不是说说吓唬人的，新法实行的第一天，就有车子被没收了。问题在于，警察的每次执法行动是否都准确无误呢？警察滥用权力的结果，老百姓就倒霉了。一位朋友上午到我的住处来看我，车子在门口停了一会儿，便载我一起出游；下午归来，又在我这里坐了一会儿，车子仍旧停在门口，两次停车不超过一小时，在允许的时间范围以内。友人走时我送到门口，停在马路一侧的车子已经不见，不是被窃，是被拖车拖走了。找到警察所，车子果然是他们拖走的，原来警车上午、下午两次经过这里，都看到这辆车，便判定这辆车从上午到下午一直停在这里，大大超过了规定时间。车子发还了，罚款单却让我们瞪大了眼，超时停车罚款 80 元，拖车费 40 元，合计 120 元。友人不服，申述是上午、下午两次停车，警察对此面无表情，他只相信他看到的。但友人在另处停过车是交了停车费的，那里很顺利地给开了证明，可一纸证明并不能使警察认错，只有对簿法庭。法庭受理了友人的申诉，开庭时间定在一月以后，恰巧友人那时要到欧洲出差，官司未打成，只有自认倒霉，白白赔了 120 美元冤枉钱。还有更荒唐的事呢，纽约州水牛城一居民汽车失窃立即报警，正等着警方能帮他找回他的车，市交通局却对该车先后开了 52 张停车罚单和 3 800 美元罚款，然后将车公开拍卖掉。原来车子找到了，失主却从未收到警方的通知。这类失误带来的还只是老百姓钱财损失，还有造成百姓无辜丧命的，就更骇人听闻了。今年 2 月初，纽约布朗士区一个 22 岁的非洲几内亚移民小贩，在住处前门内侧平白无故遭四名警察连开 41 枪击中毙命。这四名警察大概是发了疯，即使拘捕一名真正的逃犯，也犯不上使用如此猛烈的火力啊，这不表明他们的英勇，恰巧相反是表明他们的怯弱。这个事件顿时引起轩然大波，一连几个星期，抗议民众不断在案发地点举行反警方暴力的游行示威和集会，黑人民权领袖还在命案地点为死者举行祈祷守夜活动。迫于公众压力，警方公布了 1998 年警员开枪资料报告。报告显示，全年发生 247 起开枪事件，在纽约市 39 000 多名警员中，共有 200 多名警员开过枪，其中 110 件是射击冒犯者，78 件是对恶犬开枪，55 件是意外，4 件是自杀。开枪人数约占警员数的 1%，共打死了 19 人。开枪问题审查委员会在审查了这些案例后，发现有 16.1% 违反了纽约市警察局的规定。

这些恶性事件的发生，给警察形象蒙上一层阴影，一般市民对警察似乎没有什么好感，认为碰上警察要倒霉，于是自然对他们敬而远之。说句公道话，警察对那些盗匪暴徒还是具有威慑力量的。如果没有警察，在纽约这个枪支失控的都市，社会秩序不知会乱成什么样子，许多市民能够享有一份安宁，这里面就离不开警察日夜付出的辛劳。不过滥杀无辜，哪怕只是个别事件，终究使人胆寒。

中产阶级与狗

我在美国探亲时住处附近有座公园，早晚时分，前来走动的人大多牵着条狗，有年轻男女，也有上了年纪的老头老太太。房东老太太每去超市，买回的那一堆狗食罐头，光是花花绿绿的包装就够让人眼花缭乱，不但有丰富的肉食（不是人啃过的肉骨头），还有当甜点心的冰激凌呢。老太太甚至还买回供狗欣赏的录像带，当狗屁股贴着地毯、支着两条前腿瞪着荧屏上蹦跳的松鼠时，那副悠然自得的样子颇有一点绅士派头。

狗是人的伴侣，能营造一种与安宁、悠闲相关联的气氛，成为人的感情的一种寄托。但在美国，狗成了尊贵一族，是名副其实的宠物。街上可见无家可归的乞讨者，却找不到一条流浪街头的丧家犬。《纽约时报》年前登过一条新闻：旧金山防止虐待动物会花 700 万美元为狗造一座庇护所，“有一家庭式的公寓，内有电视机、波斯地毯、天窗、沙发椅和桌子”。旧金山有 1.5 万名流浪街头的无家可归者，这个会为了向人也表示仁慈，愿意开放庇护所，接待这些人在狗公寓过夜。但他们的着眼点首先在于狗，“因为居住庇护所的动物缺乏一起过夜的伴侣”。

狗阔得要找人来做伴了，贫困人口自然是养不起狗的。据说美国大多数人希望跻身于中产阶级。而中产阶级的理想生活是：“一幢房子两部车，三个孩子一条狗。”此话是总统夫人希拉里在乔治城大学授予她名誉博士学位的典礼上说的。是不是要三个孩子倒不一定，因为这并不完全取决于经济能力，希拉里也只有一个女儿，但狗是必不可少的。克林顿总统就新养了一条狗。美国有 5 200 万条狗，它们不但与人相互做伴，也成了中产阶级（自然也包括中产阶级以上）生活质量、身份地位的一种标志。

中产阶级是美国社会庞大的群体。美国商务部人口普查局的最新统计，年收入 10 万元以上的家庭占全美家庭总数的 11.8%，年收入在贫穷线以下的家庭（四口之家年收入以 1.6 万美元计）占全美家庭总数的

13%，剩下中间的 75.2% 的家庭，都属于广泛意义上的中产阶级。美国贫富两极极端悬殊，豪门与贫困户之间的收入差距不下亿万倍。政客们要拉到足够的选票，离开中产阶级的支持是不可想象的。力主减税的议员，着眼的是中产阶级的利益，提出："不能让越来越多的税金从越来越少的纳税人征得，现在是减少中产阶级纳税负担的时候。"狗作为中产阶级的一个标志，较之那些流浪街头的无家可归者，得到的庇护宠爱大概也会有增无减吧。

也当上一回纳税人

美国税法严密早有所闻，那是听听而已，跟我是搭不上界的。岂料去美短期探亲、访问期间，居然也当了一回纳税人，怎么回事呢？

给《侨报》副刊写去两三篇文章，刊登了，收到报社的稿费通知单，说根据联邦税务局规定，我必须提供我的社会安全号码，否则要为政府代扣 30% 的税款。社会安全号码有点类似我国的身份号，有了这个东西，你就可以在银行立账号，你的收入都要进入你的银行账号。我是临时住几个月就走的，哪会去申办什么安全号码。稿费 100 多美元，一下子扣掉将近 1/3，够厉害的。对外来的客人不仅不优待，反而苛刻。女儿在旁说，我来回信吧，用我的社会安全号码，让报社把稿费寄到我的银行账号上。过后不久，稿费寄来了，没有扣税。我颇为轻松，以为省掉一税。女儿在旁笑道，这笔税转到我头上了，按照我收入的税率，不会比 30% 少。"你为什么不早说？""为了让老爸高兴，拿到一笔完整的稿费啊。"

感动之余，我也发现自己不精细，再看报社寄来的通知单，括弧内明明写着这样一段话:30% 的扣款将转交政府，年底时会寄 1099Form 给您，您若合格，可向政府填表退回。所谓合格，是指年收入在标准线以下。女儿说，就按您没有社会安全号码扣 30% 的方式处理，到年底您填表申报没有其他收入，会给您退税的。这也够烦的，到年底填表、等批准，就是税务局不犯官僚主义，办事有效率，人家也早就走人了。

美国税法好比是一张巨网，网眼却又细又密。有一定收入的人谁也别想漏网。美国人的工资收入，告诉你的都是税前的。如年薪 6 万，实际拿到手的，也就四五万吧。收入越高税率也越高。税后的，才是你的钱，这是人人皆知的至理名言。一个做中国进口贸易的商人告诉我，前年赚了300万美元，给美国国税局拿走税金180万美元，言下颇为悻悻然。一个工薪族朋友做股票赚了万把元，因为是在一年内赚的，属短期资本利得，税率39.6%，如果是超过一年赚的，属长期资本利得，税率降到10%～20%。年收入在标准线以下的贫困户可免收入所得税，但只要进商店购物消费，还是免不了税。一瓶葡萄酒标价6.99元，付款7.40元，多收的0.41元便是税。一只磅秤标价12.4元，付款12.86元，多收的0.46元也是税。我在明尼苏达州农村的一个湖滨小镇游览，买了一张明信片，标价0.35元，多收的2分也是税。税真是如影随形，无所不在。这儿的人，自觉纳税成了习惯，但是把收入的一成、二成、三成直至一半以上缴了税，还是不免肉痛。所以到了岁末年初（直到4月中旬），填报税单就成为美国人生活中的头等大事，谁也不敢掉以轻心。如何报税省税，成为报刊的热门话题，许多会计师纷纷在文章中出谋划策，为读者提供种种省税法门。比如年收入达到一定的等级线就不要再突破，把去年获得的奖金延到今年稍后领取或加存退休金，以减低税率。一些基金会则吁请高收入者慷慨捐赠，以享受免税额，如此等等。所有这些，都只能在税法规定的范围之内，找出无可挑剔的依据，才能收到合法的减税效果，否则，弄虚作假、偷漏税款，后果就严重了。

美国的税法，不但严而细，而且年年有修改。国会每年都说要简化税法，实际是越简越复杂。什么可以减免税，经常有变。连专职的会计师对此也头大，说读税法像读大藏经。税改的目的，据说是要把国税局从收税酷吏的角色变成纳税人助手的角色，让它变得慈眉善目一点。然而它终究是纳税人眼中的阎罗王而非弥勒佛。值得一提的是，美国高收高征的累进税法的执行，可谓铁面无私。美联社报道国会的一项最新研究指出，年收入低于2万元的家庭（美国商务部的统计是16 000元，以四口之家计）可免缴所得税，年收入超过10万元的高薪阶层将承担每年62%的税赋。当然高收入者也在动脑筋，会采取各式各样合法的省税策略。美国贫富两极极度悬殊，严格的累进税制无疑是节制的一法，尽管这并不能阻止贫富之间的差距进一步扩大。

北美揽胜

尼加拉观瀑

瀑布飞洪，多处僻远之地，尼加拉瀑布也在边境，可从纽约出发，只需半天车程；从多伦多走，只要两个小时。便捷的交通，为它赢得了源源不断的游人。我们去的这天，碰上美国的感恩节，气温在零摄氏度以下，寒风凛冽，天又落雨，人们都窝在家过节了。尼加拉依然不乏成群游人，一个风景胜地，过分嘈杂喧嚷会令人败兴，人气不旺也不行，这样的天气还有这许多人，并不显得冷清，给人的感觉就很不错。

雨停了，传来隆隆涛声。先声夺人，这是所有瀑布、大潮共有的特性，原也不足为奇。尼加拉瀑布与我所见过的瀑布不同之处不是它的50米左右的落差，壶口瀑布也有这么高的落差，那是水面由二三百米突然收缩到四五十米向下奔泻的，更加狂野剽悍。这里是一片宽达300米的连绵不绝的瀑布群，这还是美国境内的一段，而被尼加拉河中小岛分割到另一边加拿大境内的，是一个更大的瀑布群，其宽度更达900米。这么宽的水流从50米的高峡断崖奔泻而下，其震耳的轰鸣，如千军万马奔腾呼啸。钱塘潮那道迅速移动的巨型水墙，也是从几百米宽的江面滚滚而来，但刹那间潮峰过去，江面就又归于平静。瀑布落差比潮峰高得多，在这么宽的河段雪岭崩塌一般昼夜不息地奔泻，在河面冲起千百条晶莹水柱，溅出万千丛雪白浪花，岸边全被朦朦水雾笼罩，湿漉漉一片，不凡的气势中又让人有轻软温润之感。

最能领略飞瀑雄伟气势的，是乘船河中观瀑。走近瀑布，紧逼飞流，船开始剧烈颠簸。虽然有雨衣把头和全身包得紧紧，迸裂巨涛倾盆大雨一般劈头盖脸打来，眼前景物消失，只剩下汪洋一片，人人都身不由己，也像海燕一般叫喊着、飞翔着，向暴风雨中心冲去，翅膀刮起波浪的飞沫。已经忘记自己是个游览者，全身心迸发出的是搏击的振奋与激情。

然而惊涛骇浪只是短暂的片刻，尼加拉给人的更多的是瑰丽的色彩、宁静平和的氛围。雨后日出，天空挂出一道绚烂的彩虹，浪花水雾全被浸染得瑰丽鲜亮，无数海鸥上下翻飞，河岸两侧瀑布公园区绿树浓荫相衬。如此一幅画面，你不能不佩服经营者的精心，听其自然不行，人工营造能顺其自然，达到人与自然的和谐，才引人入胜。

伊利湖水经尼加拉河以巨大落差冲向安大略湖流入大西洋的初始，北美还是一片荒野，没有任何归属，随着这片土地的开发，它分属美加两国。可是游人总是希望看到大瀑布的全貌才能尽兴，而且一条横跨河上的彩虹桥连接着两岸，方便两边游人来去。一位来美探亲的旅游者兴奋中随着旅游车过桥，没有受到阻拦，她乐了，那边既然可以放我过去，这边也自然可以放我回来。出乎她意料的是，不过一会儿工夫，归来时竟被拒于关口之外，费多少唇舌也无济于事。这边的亲人请了律师，奔走交涉，折腾数月，才让那位误入加境的女士又从这座桥上返回。尼加拉瀑布之游，给她留下的是一个不堪回首的噩梦和忧伤，大瀑布也不是自由的仙境，这同样是现实的人间。

俯探大峡谷

登山，远远可见巍峨的峰影；观瀑，远远可闻震耳的轰鸣。大峡谷给我的是完全不同的体验，近在咫尺仍不见其影不闻其声。没有任何预报，猛然惊觉时，已经站在它的边缘，尽管面前横着一道铁栏，还是心惊脚软。地球在这里出现一道大裂缝，它不让你产生一丝柔情，它使你感受到的是一个无声的喝令，站住！再跨前一步，你就跌进万丈深渊。

令人难以置信的是，造成这条裂缝的不是地震也不是火山爆发，而是一条河流。这条名曰科罗拉多的河流，像条细细的丝带，在700余米下的谷底轻绕，它文文静静，在视力不及的远方消失，你能想象吗？数百万年前它是何等的波澜壮阔、奔腾咆哮，数百万年日夜不息的奔流，不断的冲击，不断的切割撕裂，造成这长达40余英里的千谷万壑的大峡谷。

驻足谷顶边缘，令人晕眩震撼。每一次的遥望俯探，连绵不绝的峭壁悬崖惊心动魄，展露的是砍头断脚肢残体缺式的伤痕。你可以感觉那只砍削切割它的手，凶暴残忍，毫不留情。这只手何以要如此恣意妄为，是显示自身的无坚不摧、所向披靡，还是生性怪诞，不能与青山绿野在同一地界并存。

峡谷茫茫，景象万千，这儿没有海市蜃楼，一切都是沉甸甸的。穿岩而出的低矮的松树和高大的仙人掌，以及抖落在它们身旁的残雪，显示着在严酷环境里毫不畏缩的生命之绿。悬崖底宽顶窄叠垒而成的一座座阶梯，犹如尼罗河畔沙漠台地上的金字塔造型，这不是幻觉，它打开你的想象，引着你穿过时光隧道，把视野投向无限辽阔的远方。几百万年，日复一日，年复一年，晨曦揭开峡谷面纱的时刻，朝阳夹带着万丈光芒从它的顶端庄严升起，光与影明明灭灭。黄昏将近，火红的落日以其依然炫眼耀目的光芒浓重地笼罩着它，又从它那神秘的躯体上缓缓地滑向远方，完成着又一个日子的极尽辉煌的道别。

人们不满足于在谷缘俯探，他们要追寻奥秘。从谷顶到谷底并没有路，第一个走到谷底的，不知是原住这里的印第安人还是后来的探险者、入侵者，他们踏出了一条蜿蜒曲折的小路。夏日谷底有致命的高温，每年平均 20 人失足丧生的概率，这都阻吓不住勇敢者的脚步。

曾经不可一世的凶暴的河，也有衰竭的时候，如今它自沉谷底，像个身体干缩的老人，气息奄奄，再也无力改变它切割出的千谷万壑的走向，然而它已造成的残缺是再也无法回复的。被入侵者驱赶消灭的印第安人原住民，同样再也恢复不了往昔部族繁荣和曾经享有的安宁。那些成了这块土地主人的入侵者，从不发善心，他们赤裸裸地信奉的唯一的准则是弱肉强食。

犹如泰山十八盘、黄山天都峰的攀登者的行列中，蓝眼高鼻头朋友是稀有的一群。大峡谷的观光者中间，说着亲切乡音的黄皮肤同胞也成了稀有的一群。然而更稀有的是印第安人原住民，我一再注意寻觅，竟一个也没有觅着，而这原本是他们的土地、他们的峡谷。

迈阿密海滩

一边是幢幢耸立棕榈树间的星级宾馆，一边是一望无际的海滩，它们都依傍着通向大西洋的佛罗里达海峡。前者向有支付能力的宾客炫耀着豪华，后者对所有的光临者无一例外地敞开胸怀。

我国春节刚过，这里已是阳光明媚，闪耀的大海摇曳出和它同样湛蓝的天空的色调变化，朵朵飘移的白云在海面留下自己的倩影；大海波涛涌动，一波波银色浪花富有节奏地扑打着滩沿，一遍遍地滤洗着金黄色沙粒。这是北美的海，可并不让你感到陌生，跟粗犷豪放的北戴河、俊逸飘洒的青岛海、妩媚温柔的鼓浪屿一样，又让我看到那种熟悉的色彩，听到那种热情的呼唤。在美国的数月旅居，从曼哈顿街头到中西部农村小镇，没有一个地方像这里这样让我心旷神怡，让我沉醉在美的享受中而毫无身处异国之感。大海使人们变得热情友好，尽管星星点点蘑菇状遮阳伞下坐着躺着的都是些金发碧眼的男女，也同样不让你感到疏远。友伴和我想拍一张合影，一位女士不等邀请就主动从躺椅上站起为我们举起相机。离这不远的湾前公园里，竖立着友谊火炬，火炬背后排列着美国和拉丁美洲各国的国旗国徽，这是美国向拉美各国示好的标志。海峡对岸，古巴遥遥在望。严酷的政治现实和火炬所要象征的东西，实在相去甚远。在这广阔海滩上，才令人由衷感到人与人间的自然的亲近。

步入大海，一个浪头冲得我摇摇晃晃，这是大海特有的欢迎方式。扑入它的怀抱，一次次被浪头淹没，又一次次地破浪而出。那柔和的臂膀，那热烈有力的拥抱，那胸膛均匀的起伏，是我多熟悉的脉搏和频率啊！全世界的海，脾性也是相近的，我翻转身体，自如地躺在水波上，面对着辽阔的蓝天、浩渺的宇宙，我恍如又回到了北戴河。巨浪滔滔的北戴河此刻正是子夜，作息时间不同，给人感受到的是同样的高远宽广。

早春的海水，带着几分寒意，辽阔的海面上泳者稀稀落落。我也回到沙滩躺下，浅淡的天空，太阳温和得很，晒在身上并无炙热的感觉。那些皮肤晒得黑黑的男女，涂着防晒油，依然把身体隐在遮阳伞下，我想他们也许是娇贵得习惯了。友伴也租了一顶遮阳伞，我却把身体从遮阳伞下挪开，这种自以为何不充分享受一下阳光的聪明，临了被证明是一种无知和莽撞。几个小时以后，全身火烧火燎、针刺一般疼痛。离开迈阿密数月有余，它留在肌肤上的颜色依然层次分明。在温和的面具下，掩着的竟是这样厉害的毒太阳，这真出乎我的意料，北戴河的经验原来并不适用于这里。

拉斯维加斯一瞥

到拉斯维加斯一游的人是绕不开赌场的，如果你是从空中来，机场大厅让你第一眼见到的就是赌场。一排排吃角子老虎机诡谲闪亮的眼睛，硬币掉落铝盘引起的叮叮当当的声响，都是对你发出的呼唤。离开这个城市的人登机之前还可以最后碰一回运气，而下机伊始的人是不会有这样的兴趣的，可走进下榻的饭店，这样的场景又在你面前出现。不过场面更加宏大，闪闪烁烁的霓虹灯，纵横交错的老虎机、轮盘赌台，在一层层比足球场还大的楼面无尽地铺展开去。每一座星级豪华酒店就是一个庞大的赌场群落，每一座酒店赌场的面积远远超过客房，从早到晚，从深夜到黎明，轮盘在堆着高高筹码的台子上不停地悠悠转动，叮叮当当的声响此起彼伏不绝于耳。有一掷千金的，也有一次丢一个硬币的，那一双双紧盯着转动轮盘的眼睛，无论故作镇定还是捉摸不定，全都掩饰不住内心的紧张渴望、焦躁不安，高高一叠的筹码去了又来，来了又去，到手的钱财得而复失失而复得，平常的日子里，多少年的悲喜加起来也比不上这一刻引起的精神震荡来得激烈，来得热血沸腾，这是人生竞技场的缩影。普通游客明知白白送钱也忍不住上前玩它一把，横下心来的赌徒已把胜负置诸脑后，赢了成千上万浮出的灿烂笑容，输得一子不剩带来的悲壮，都不能让他们就此罢手，他们源源不断地朝这儿输送财源，他们是这儿的上帝。

来此一游的人并非都是赌徒，而不愿在赌场丢下一个子儿的人也对这儿发生浓厚的兴趣，就不能不归功于那在昔日沙漠中矗起的一座座瑰丽的建筑了。赌客确实是被当作上帝来对待的，设置着庞大赌场的每一座酒店就是一座座神奇的宫殿。一条条室内天桥和自动通道把它们相互连接起来，你在通道上站着不动，时空却在转移，你已从亚瑟王的城堡来到展示着巨幅古埃及壁画和狮身人面像的金字塔内。刚体验金银岛酒店神秘氛围，又来到诱人的海市蜃楼酒店，它不是虚假的幻影，而是坚固庞大的实体，它含蕴的历史文化气息把你带入梦幻般的境界，把城市照耀得透明的辉煌灯火让人眼花缭乱。看西游记里的火焰山依靠想象，这里造出的火焰山，熊熊燃烧的火焰，烤得近旁的阔叶树显出枯萎。海岛前激烈交战的三桅船火光冲天，被炮火击中的穿着海盗服的水手从高高桅杆跌落的身影让你心惊肉跳。从 18 世纪的海上回来，恺撒酒店前的青石板街、帝国皇帝与众神的巨大雕像，又把你带往沉没在历史烟尘中的赫赫不可一世的罗马帝国。回眸古罗马也许很沉重，市区中心那方映射着彩灯的清清水池就让你赏心悦目，悠扬乐声中几十条喷涌而出的水柱，在空中拉出长长短短的线条，变换着出神入化的舞姿。围涌在它外侧的游人，里三层外三层，大大超过任何一座赌场。与游乐场里的歌舞表演一样，这座音乐喷泉也是一个小时一班的快餐式，可这里的场子总是不散，我连着看了两场还不想离去。赌给这个城市带来巨额财富，堆积出这一座座神奇宫殿、豪华设施，历史的、文化的、审美的光华，又为赌城做了最巧妙的招徕，一年四季，来自全世界的巨量游客源源不断。我和许多人一样对赌深恶痛绝，但赌城设计者在不毛之地建起一座新城，而且把它装点得如此美丽、富有色彩，这就不能简单地嗤之以鼻了。不过，灯光下守在马路一侧的男女向过往行人硬塞上来印着脱衣舞女照片和电话号码的广告纸，也是这座不夜城的街头一景，这就不堪入目了。

走进巴黎圣母院

夏日的巴黎，晚上八九点钟，太阳不见西沉，塞纳河上游艇穿梭。紧挨着塞纳河，哥特式教堂的尖顶和护卫着它的两座雄伟钟楼在依然绚丽的阳光下直插蓝天。历经岁月风尘，巴黎圣母院还能保持如此恢宏气势，实在令我惊叹不已。

知道巴黎圣母院是读了雨果的同名小说，书中对这座建筑有极为详尽的描写。它“在巴黎各古老教堂中占据中心位置”，它是“石头交响乐”，“上边牢牢依附的众多雕像、雕刻、镂刻和那精细部位”展现的是“天才工匠的奇思妙想”“每一个立面，每一块石头，既体现本国历史，又标志科学和艺术新成就”“这是社会的产物，而非个人的创作；是全民族的结晶，不是神仙的旨意；是人类民族世世代代积累沉淀的产物”。如此伟大的一座建筑丰碑，在我想象里，神秘而又遥远。想象毕竟是想象，圣母院兴建距今近千年，雨果同名小说出版也近二百年，原来以为，那不过是一个年代久远的如今仅供参观的历史遗迹。当它如此雄伟、如此真实、如此可以触摸地出现在我面前，惊叹之余，更感到震撼。

强大的视觉冲击，首先来自圣母院 69 米高的正面，像石山巨壁，伟岸安详，神采飞扬。高大的壁柱和精雕细刻的束带纵横交错，横看是三个层面相叠，竖看是三个部分相连，既各自成篇又浑然一体。最下面三个哥特式风格的大门洞，中间门洞上方是一个直径 10 米的玫瑰窗。镶嵌细密的五彩斑斓玻璃上，耶稣被圣女、圣人及使徒环绕的图案，夕阳下闪烁着的异彩，绚丽而又神奇。

走进大门又让我意外，圣母院并不是一具只供游人观赏的保存得完好的艺术躯壳，它还活着。管风琴的沉缓乐音中，延续千年的弥撒还在举行。可容九千人的主堂，还有一些空位，外来的参观者随时可以加入。我也坐了下来，没有闭紧双目，没有凝望前方的圣坛，身披白色长袍的神父传道的铿锵声调，任它回响耳畔，我只是仰望着高大的圆拱穹顶。

穹顶彩绘、浮雕、雕像在一个巨大空间里所构成的辉煌与精致，那种令人敬畏的远离尘嚣的庄严大气，既震慑人，使人感到在上帝星空下的渺小与微不足道，又隐隐有一种把人往上提升的力量。这样的氛围，即使一个缺乏宗教情结的人，内心也不能不引起激荡。起坐回首，正堂两侧一座座小祭堂，幽幽烛光一排排、一列列相连成片，那是一个个卑微灵魂的祈祷与倾诉，在众多信徒心里汇成一种燎原之势。一位后来者步履缓慢，神态凝重，从摆在祭堂一侧的烛箱里取出一支蜡烛点燃，然后静静地坐下。烛火的光芒微弱，但它属于点燃者自己，是点燃者心灵的寄托。再把它汇入那一片幽幽烛光之林，就不显孤单了。

巴黎圣母院不是一座只供虔诚的信徒倾诉心灵秘密、接受上帝精神抚慰的教堂，它见证着几个世纪巴黎的历史。拿破仑称帝的加冕典礼，就是在这里举行的，它在法国建筑艺术和法国政治社会生活中的重要影响，可谓由来已久。但是，我们这群普通的观光者在这儿流连，是因为雨果给这个石头建筑注入血肉和生命，是他借用这里的场景展开的那个凄美的人间故事。隐约中，吉卜赛姑娘爱斯美拉达在我们面前飘然而过，圣母院台阶前，在人群和篝火间的大块空地上，又旋起她的千变万化的舞姿。卡西莫多从玫瑰窗的破洞中伸出棕红色头发盖住的大脑袋，这位外形的奇丑与内心的奇美都达到极致的钟楼怪人敲响的钟声，撞击着人们的心灵，他和美丽的爱斯美拉达为人的纯洁和尊严最终付出生命的代价。通过雨果波澜壮阔地展开的艺术长卷，通过电影、音乐剧种种艺术形式的普及，中世纪这个充满人性美的故事已经超越了宗教和国界，深深印在人们的心中。这支不朽的人性颂歌，为巴黎圣母院增添了永不熄灭的光辉。

欧洲国家著名的教堂还有几座。梵蒂冈的圣彼得大教堂，可容5万之众。科隆大教堂的双蒂尖塔，全欧洲第一。历史的悠久、规模的宏伟，较巴黎圣母院均有过之无不及。这是人跟上帝对话的地方，它的神圣，它在信徒心目中的崇高地位不难想见。但我们这些普通观光者却不把巴黎圣母院看作朝拜上帝的神圣殿堂，这里有浓厚的人间气息，我们跟它似曾相识，曾为它魂牵梦萦。雨果在他的故事里揭示的人间悲欢，他为这个世界弱者发出的呐喊，使我们每个有良知的人都经受了一次灵魂的洗礼。

走出巴黎圣母院，仿佛又读了一遍雨果的小说。宗教不等于艺术，艺术不同于宗教，但二者无疑都是人类情感中对于自身终极关怀的产物。在雨果的一部部作品中，对弱者命运的深切关注是一个贯穿始终的主旋律，他把社会如何对待弱势群体，看作社会文明进步程度的重要标志。他点燃的火炬，照耀着巴黎圣母院。雄伟的建筑也终有一天要倒塌，永恒存在于超物质的人文精神中。

水城看水

傍晚抵达阿姆斯特丹，大雨滂沱，车窗外一片迷蒙。只见马路一侧匆匆赶路的行人，骑自行车的裹着雨衣，步行的有的撑伞，有的光着脑袋、甩着膀子向前奔。我们的车一连穿过几条河，河边整齐地停着一排排游艇，河面就像路上的光头汉子，毫无遮挡地迎着大雨，身子欢畅地扭动。又是一条河，河面宽阔，停在岸边的一条气派不凡的三桅船隐隐也在晃动，导游说这是阿姆斯特河，这条船就是当年大名鼎鼎的东印度公司的阿姆斯特丹号。它似在提醒观光的人们，别忘记荷兰人的舰队与商船曾经耀武扬威于海上的日子。

阿姆斯特丹可看的景致多多，我感兴趣的是穿行市区的四通八达的运河。第二天天晴日出，便乘船逛河。这河一条挨着一条，大大小小，一百多条，全逛显然不可能。我们上了玻璃顶篷的白色汽船，走一条最佳线路，两岸楼宇和绿树的浓淡不匀的身影，掩映着微波荡漾的清流。坐在宽敞的软席上，听着中文录音解说，徐徐前行。忽然一阵清风，香气扑面，郁金香的花期已过，这条迎面驶过的船还装载着郁金香吗？此情此景，令人难以置信这是在一个喧嚣的市区荡舟。可船上的录音讲解告诉我，我们正在驶过的是一个著名的街区，游船与岸上的自行车、减速行驶的汽车结伴而行。两边的楼舍，几座花岗岩基座的建筑物特别引人注目，录音广播指点说这儿是银行，那儿是交易所，楼宇坚固别致，身价非普通楼宇可比。

最吸引眼球的还是民居，整齐洁净，一式的四层楼，赭红色的外墙与白色的门户、窗台相互映衬，线条清晰，色调鲜明。奇的是每栋屋宇的门面都十分狭窄，四楼屋顶临街墙上，都伸出一个金属钩子。导游告知，荷兰政府收取房产税是以屋宇门面的宽度计算，税法容许的最大宽度是 10 米，超过这个规定，就得缴重税，以此限制占用临街的土地。每户人家不想受罚缴纳重税，门面只能造得窄窄的，门面窄里面的楼梯自然也窄，大件家具搬不上楼，住户就用吊车吊家具，从每层楼的窗口搬入。楼顶的金属钩子，就是起降吊车用的。这应了那句“世界真奇妙”的广告语，阿姆斯特丹人的这一奇招，可谓急中生智、狭地求生。

说是逛河，实是逛街。穿行街区的条条运河，是这个城市独特的风景线。河道不是只供游览，更是城市交通干道。17世纪是这个国家的黄金年代，日益繁华的市区和发达的贸易，需要更多的水路运送货物，一条条运河便开挖出来。把一条条街道切开，切开的街若要再连接起来，这就有赖于桥了。阿姆斯特丹全市有桥300多座，一条河上，时见数桥横跨，桥与桥间距离不远，可以招手相望。还有古老的吊桥，用手摇动齿轮，桥面吊起张开，有桅杆的船也能通过。桥还有一个功用，桥洞里安装有抽水压缩机，调节着水的起降，吸走河中的漂浮物。怪不得河水不浑呢，阿姆斯特丹人是用现代技术调节水的清浊。阿姆斯特丹是一个另类的城市，不仅有“红灯区”，咖啡馆里还可以公开买卖大麻（据说还是欧洲吸毒率最低的国家之一）。荷兰又是世界上最早允许同性恋结婚和将“安乐死”合法化的国家，居然不怕引起社会混浊，就像调节河水一样，这个国家调节社会的清浊也别有一功。汽船继续在市区穿行，这儿是古老透着现代，现代支撑古老。几百年过去，条条运河依然着装讲究，像个绅士，在通衢大道来去自如。它们本身就是这个城市的橱窗和门面，有一条河就是以绅士命名，还有叫帝王、王子的，听这些名字，不难想象运河在这个城市中不同凡响的地位。

有一种说法，阿姆斯特丹是欧洲北面的威尼斯，可是比起拥有2 000多条大小河流的威尼斯，作为水城，阿姆斯特丹只能是小巫见大巫了。

远看威尼斯岛，像停泊水上的一艘巨轮。临水一侧，一条热闹的大街，楼宇整齐，商铺林立，是这座水城首先给人看的橱窗和门面。往前百米右拐，就是圣马可广场，它紧挨着圣马可大教堂。这个广场从平面到四边的楼宇全用大理石砌成，广场上成千上万只鸽子上下飞舞，你只要买包粟米撒向地面，鸽群飞来啄食之余，总有几只驻足你肩头，对你表示亲善。可是这里真正让人着迷的还是河上荡舟。这里街道不多，车辆难见，以河当路，以舟代车。这里的河不像阿姆斯特丹的河那样宽阔、那样直来直去，它是岛上自然生成的河汊，弯来绕去，纵横交错。船也不是宽敞明亮的汽船，是顶着烈日的无篷小舟。这种名曰“贡多拉”的小舟，两端尖尖地翘起，我曾在小三峡乘过的“神驳子”，也是两头尖尖，乘十余人，由四条汉子扳舵摇桨。贡多拉不同，乘6人，只有一个小伙子摇橹操舟，小舟如一把弯刀，划开平滑的河面，穿街过巷，缓缓前行。两旁临水房屋墙根浸在水中，高高的石墙把河紧紧夹在中间，如入幽暗的隧道。我们都不辨方向，在水上悠悠摇荡，远离市声尘嚣，恍惚中不知置身何地，今夕何年。眼看前行无路，一座小桥，带来柳暗花明。小舟最后摇到依傍那条热闹大街的河面，这就是上岛时经过的大运河。我们又从后院陋巷来到前庭大街，阳光灿烂，帆影绰绰，桅樯如林，条条小河都汇流于此，一幽一亮，反差强烈。大运河上横跨一座长桥，全用大理石砌成，桥身下的大单拱跨度60米，桥栏和桥上石篷雕刻精致。这桥建于16世纪，几百多年前能建成这样精美的桥，水城历史的光荣，它该是最好的见证者了。

威尼斯的水，风情迷人，水来去无痕，但它穿过的条条街巷、座座石桥，却都蒙上岁月的烟尘。这座水城的负载是很沉重的，它每年下沉一毫米，这样下去，有一天它将会沉没，这是人们难以想象、难以接受的。一项拦海筑堤救水城的计划在启动中，资金与技术都将是惊人的。威尼斯靠的是水，致命的也是水。环城打在水中的大量木桩五六年就得更换一次，这是一笔巨大的开支。我想，威尼斯人会创造新的奇迹留住这座古老的水城，并保持它的美丽、它永远迷人的风采。

打开欧洲地图，濒临北海的阿姆斯特丹和濒临亚得里亚海的威尼斯一北一南遥遥相望。同为水城，风景殊异，但它们有很大的共同点：它们都曾称霸海上，都张望着东方，都和东方结下不解之缘。阿姆斯特丹号当年向东方航行时，属英国人的东印度公司所有，在对华输入鸦片的肮脏贸易中，充当了不光彩的角色。从威尼斯出发的马可·波罗，沿着丝绸之路，到达元朝的大都（今日的北京），带来的是友谊和对东方繁荣富庶的倾慕。他那本游记引起的对东方的向往，才有了后来的航路，列强的坚船利炮，终于轰开闭关锁国“以尽善尽美的幻想来欺骗自己”（马克思语）的天朝的大门。我们这个星球的几块大陆都被水环绕着，没有任何一道长城能把大陆和海洋隔开，这两座风景殊异的水城都是依傍海洋走向世界的。

第五辑

回望

上　路

那是一个北风凛冽的冬天，沿街一排排民居，屋檐拖挂着串串尺把长的冰棍，行人寥寥，都缩着脑袋，双手交插在棉袄袖筒里。忽然，街头出现士兵，一个、两个、三个、四个，不成队形，不扛枪，不拉炮，穿着单衣，身上只披着一条毛毯，小跑着前进，身子还是瑟瑟发抖。就像当时一首歌唱的“蒋军兵败如山倒”，这是 1948 年冬，淮海战役刚刚结束，县衙门空了，人员鸟兽散了，故乡全椒宣告和平解放。

当时我是初三学生，许多家境宽裕的同学都南下过江当流亡学生去了，县城东关的汽车站上，挤满了拖着箱包抢着上车的逃亡的人群。忽然我心里一怔，曼丽也出现在人群中。她是我初中同班同学，课桌在我前面一个位子，我一抬眼，看到的就是她乌亮短发，她却从未转过头来。一次，她一只蝴蝶标本掉落，恰巧落在我的脚旁，我帮她捡起，她这才第一次转过头来，以微笑表示谢意。又一次微笑是在校园操场的主席台上。那是学校的一个规定动作，每晨早操后，校长上台，拿着点名册，点到谁的名字，这个学生就要上台，背一篇英语课文。这天我中了彩，叫到了我，我背出了，却出了洋相，Long Long Ago 念成“狼狼而过”，被调皮鬼一丑化，就成了狼来了。曼丽没有参加说笑，却帮我纠正发音。她的好意让我难忘。没想到她要走了。她也看见了我，走过来问我，你怎么打算呀？我说我不会走的。她上车时还回过头来朝我招手。

我的父亲曾当过全椒唯一的一所中学校长。家中堂屋正中悬挂着全椒中学全体师生所赠的题为“坚苦育才”的匾额。日寇侵占全椒县城，全家逃难途中，父亲不幸病死乡下，这时我才 6 岁。母亲过度悲痛，眼疾几近失明，生活无依，只好带着我回到沦陷了的县城，家中还有几间草房出租，靠着房租和零星活计，艰难度日。我无路可逃，也升学无望。我们一群家境贫困的同学，感到前途茫茫，看到县军管会贴出的一张布告，军分区所在地定远新建津淮中学招收新生，食宿全免，我们心存疑惑，决定去军管会问个究竟。我们几个十五六岁的孩子，告诉军管会门口警卫，我们要找主任，警卫指着小院里的一间房子说，就在那里，我们走进房间，只见办公桌子，不见人，一会儿，一个勤务人员提着热水瓶进屋，我们以为主任在开会，便问主任什么时候来？他温和地看了我们一眼，你们要找主任，我就是，我叫刘健挺（我们在布告上看到过这个署名），好，坐下来谈。一看凳子不够，又到另外房间搬了两只过来。这场交谈持续一个多小时，他并不把我们当作几个幼稚的孩子，而是平等交流思想的小朋友，说革命形势，道我们最关心的个人前途，告诉我们，进了军分区这所学校，你们就是参加革命了，前程远大。他的黑红、不时微笑的面孔，那身褪色的灰军装（这时我才注意到是带四个兜的），真的是主任，过去就是县太爷，县里最大的官啊。这场谈话，没有一句官腔，口吻亲切，把我们整个儿俘虏了。我们决定进这所学校，参加革命。春节一过，我们就出发北上。公路上潮水般的解放大军日夜不停地南下开往渡江前线。我们一行八人反向而行，走的是丘陵小道，沿途还有匪特出没，军管会刘主任派了一名武装战士一路保护我们，出发时是1949年1月，我16岁。我身无分文，刚学会打的小小背包里只有一条棉毯。丘陵小道走了两天，吃住在农民家里，由战士为我们付粮票、华中币。晚上稻草打铺，睡得很香，一切都是那么新鲜。我感到生活有了希望。

设在定远、凤阳两地的津淮中学实际是一所干校，干校的校歌是："干校，干校，孕育着新的力量，学习革命理论，结合改造思想，到群众中去，到实际中去，把我们锻炼得更坚强。"学习生活活跃丰富，几乎每天下午都有篮球赛和歌咏活动，同学们都激情满怀，在晚会上，我居然男扮女装演了个《朱大嫂送鸡蛋》表演唱。插秧时节，我们就开去插秧，回来每人写一篇作文。学习了半年，我们每人都做一份鉴定，先是小组依次个人谈，大家提意见，最后小组成员每人签字盖章，毕业后，我们编成农村工作团，下分六支工作队，到了地区所属六个县农村，我们就分散开了，一个人进驻一个村（一度带枪），大一点的行政村，有四五百户，我是住在一个光杆老雇农家里，一个冬天跟他睡一个稻草铺。伙食我们两人一起动手做。开村民大会做报告，我这个名副其实的小史，一身粗灰布制服，头顶发黄的草帽，脸晒得黑红，却被叫作“老史同志”。当年淮河洪水，部分地区灾荒严重，一个村子晚上不见一盏灯，锅里不见一粒米，我带着村民下浅河浜里摸到鱼虾，无油无盐，只能白煮着吃。救济粮下来了，是豆饼，村民掺着野菜一煮一大锅，肚皮撑不起，没饿死，倒胀死了。在这样的灾情下，居然还有人违法乱纪。一天深夜，村长领着一个女人进屋把我叫醒，女人抱着一堆衣服，哭哭啼啼，说村里民兵队长要强奸她，她把这个人哄上床脱光了衣服，便抱着一堆衣服去拉着村长到我这里来报案了。这个女人原是地主的小老婆，一个人住，我和村长便跟着来到她家，寒冬腊月，无衣别想出门，民兵队长还蜷缩在被筒里。事后处理，有人说是地主小老婆施的美人计，我认为得按强奸未遂处理，撤掉民兵队长职务，他的丑行上了镇政府门前的黑板报。我们工作队隔几天集中开一次会，就能看到一份油印的群运快报，内容是交流信息，介绍经验，我是给这份快报投稿的积极分子。新中国成立的大典，毛主席在天安门城楼宣告中华人民共和国成立，中国人民从此站起来了的洪亮声音，是多年后在纪录片里才看（听）到的。这年冬天，1950年1月，我不到党章规定年龄，被提前接收入党。3个月后，我被从村里上调滁县地委农村工作团团部组织股。虽说进了机关，但一年的绝大部分时间是跟随团长在地区所辖六个县的农村转，随同的还有一位警卫员。团长王守基，中等个儿，脸孔瘦黑，看上去严肃，一张口说话，就跟你没有一点距离感了。对我这个随从，更是关爱有加，到哪儿谈工作，免不了介绍我两句，什么多大年纪、方兴未艾呀。发现新鲜经验，就让我仔细记录，回去在地区内刊上发表。这样的稿子我写了多篇，每次都得到他的鼓励，稿子发出前都经他看过，有的地方还经他改动，有一次稿子话题比较重要，我建议用他的名字发表，他不同意，说，小干事也能谈大一点的话题嘛。如此平易近人、关心、爱护年轻人成长的领导干部，使我难忘，写到这里，我仿佛又看到他、听到他说话的口气。

省委组织部

在反匪反霸、生产救灾、土地改革结束后，农村工作团建制取消，我被调入滁县地委组织部，次年又被上调皖北区党委即随后的安徽省委组织部，荣幸的是和部长李世农（后为省委副书记）编在一个党小组，他不高的个头，参加小组会，话不多，听大家发言，神情专注，偶尔插几句，也很平常，并没有使人感到是什么指示、警句。那时我所在的党员管理处又是整党建党办公室，新中国成立才三四年，党员干部思想不纯组织不纯问题，已经引起党中央高度重视，贪腐分子刘青山、张子善被处决事件更是一记警钟。部里有《大公报》，我还写了一封读者来信刊登在这家报纸读者来信栏的头条。我的经常工作是下乡调研，抓典型，这一段时间，对我的锻炼很大，我只是一名干事，但领导对我很放手，一份全省整党工作总结让我执笔，以省整党工作办公室名义在《解放日报》发表。

一次，我从中组部来的通知中得知当年高考考生不够，可以允许在职的青年干部报考。我考虑自己文化知识底子太薄，建设时期，会越来越适应不了工作需要。我写了一个报告给部领导，要求允许我离职报考大学。没有想到，部长很快找我谈话了。他态度和蔼，语气不紧不慢。你在组织部表现不错，你还年轻，以后会把你输送出去发挥作用的。你要求去读书，这也是好事。可以批准你去报考，考上了，让你去。考不上，一门心思好好工作。我告诉处里了，给你两周时间温习功课。建设时期最需要科学家，我根据自身实际情况，考理工科没希望，平时喜欢看一些文史方面的书，只能考文科。文科我最有兴趣的是新闻。新中国成立前夕，我们县城有一个简陋的只容七八个人的报刊阅览室，我每日下午放学路过，都要走进去翻翻报纸，《大公报》上登的北平美军强奸北大女学生事件，武汉美军勤工大楼集体强奸中国妇女事件，在我国民众中激起强烈愤怒，多地举行大规模游行抗议，这让我看到了报纸的巨大力量。还有一件事也印象很深。国民党面临崩溃之际，一些报纸盛传重庆的杨妹九年不食，有人相信，要找杨妹求不食之方，也是《大公报》记者经过深入调查，发现了杨妹偷食痕迹，揭穿了骗局。当时民谣盛传，怪事年年有，唯有今年多。这使我感到，报纸造起谣来影响恶劣，辟谣、消除坏影响还得靠报纸。我参加革命后买的第一本书就是华中新华书店出版的《新闻工作文献》。这都培养了我对新闻工作的兴趣。我报考志愿是复旦新闻系。新生录取名单是登在《解放日报》上的，当时我正在乡下调研，部里同志一个电话打来，说我录取了。我完成乡下工作回到部里，处里同事为我祝贺，说部长交代过了，让你去读大学，还为我开了欢送会，合了影。部长不在照片里，我第一个想到的是他的面孔。深切感受到了革命队伍这个大家庭里的温暖。进大学后，原单位供给制改为工资制，我 19 级每月可拿工资 82 元，读大学的调干生津贴每月 25 元，我 19 级，每月 29 元。我要从中拿出 10 元寄给母亲做生活费。省委组织部同事来信，说经济情况大为改善，结婚建立小家庭，过上“三十亩地一头牛，老婆孩子热炕头”的生活了。我认为我这样年纪，最要紧的，是打下一点知识的基础，今后才能更好地工作。我能够一心读书，情绪丝毫未受影响。

省委组织部欢送上复旦，前排右起第二人为作者

调 干 生

考进复旦的 1954 年，是大学四年制最后一届，我们一个年级四个班一百余人，调干生占了 70%，有机关干部、中学教师、志愿军复员战士等，年纪最大的一位 35 岁。我被指定为年级党支部书记。第二学期起，党组织确定我半脱产学习，担任系团总支书记。让我免修两门课，延长一年毕业。我提出我免修俄语、体育，仍旧四年毕业，被同意了。

1956 年以前，大学校园还是比较安静的，朝气蓬勃，读书风气浓厚，每天晚饭后，从宿舍通向图书馆、自修教室的大道上，涌动着潮水般的人流，迟到一步，就抢不到座位了。哪知只读了三年半，我就被提前毕业到校党委宣传部工作了。同届同学毕业时每人一纸毕业证书，我没有，也没往心里去。多年后学校过意不去，给我补发了一纸毕业证书，证书上校长的名字已经不是陈望道，而是谢希德了。

一日我接到一封寄自交通大学的陌生字迹的来信，拆开一看，是 1949 年年初一别之后就断了联系的初中同学曼丽写的，她是在报纸上看到我写的文章打听后写来的，说初中一别，转眼七八年过去，没想到我们都进大学了，我在报上看到你写的文章，你比我进步了，很佩服。放下信，想起当年纯真岁月，特别是早操时被点名叫到土台上背诵英语课文的场景又浮现眼前，我立马回信，约请见面聊聊。我是在校门口等她的，一位齐耳短发，白衫蓝裙，戴着白底红字校徽的姑娘下车张望，我迎上前，当年分别时她是含苞待放的少女，眼前是鲜花怒放了，眼里是我熟悉的盈盈笑意，我领着她在校园漫步。她称赞我们校园宽广美丽。突然问我："你是党员吧？"我点头称是。"你比我进步啊。""不能这么说，这不是进步唯一的标志。你一定是名优秀生。""我也有苦恼。功课虽好，被人说成不关心政治，只专不红。""如果真有这个倾向，那就注意一点呗。""我学的是物理专业，我的学习榜样是居里夫人。我想我不入党也是可以的。"人各有志，我自然不会劝说她，"我祝愿你成为一位杰出的物理学家。现在党中央正号召向科学进军呢”。

我们学习最美好的岁月是1956年，党的八大决议指出：“我国的无产阶级同资产阶级之间的矛盾已经基本上解决，几千年来的阶级剥削制度的历史已经基本上结束，社会主义的社会制度在我国已经基本上建立起来了。”党中央发出向科学进军的号召，国家制订了规模宏大的“十二年科技规划”。全国大学都掀起了向科学进军的热潮。新闻系学生也纷纷制订五年、十年规划。新闻系学生都以老系主任曾是陈望道而自豪，把他视为努力的方向。我进校时他是校长，年事已高，不讲课也不做什么报告了。向科学进军热潮掀起时，我代表同学请他给全系同学讲一次话，他爽快答应，那一次他是大大地破例，足足讲了两小时。他讲了一个人事业要有所成的几个条件，我印象最深的是时间观念，做学问要有时间，时间要用对地方，也不是做死读书的书呆子。他说他读书、写作疲劳了，就放下来出去坐有轨电车转一圈，放松放松。他要求大家在大学期间，能够踏踏实实地读一点书。

不过几个月时间，陈望道先生话音刚落，反右派运动开始，物理系走在最前面，先是“大鸣大放”，接着大辩论，怎么看待苏共二十大成了不同观点同学辩论的焦点。在交通大学读物理的曼丽，给我来信说，有人说我不问政治，只专不红，这次我响应号召，几位同学向政治辅导员提意见，不要把我们当幼儿园的小朋友，我也在这张大字报上签了名。收信后的第二天，《人民日报》发表社论，对鸣放中的言论批判开始。我担心曼丽会不会被波及。

由于开始是号召大家提意见，帮助党整风，向党的组织提意见、建议的人也有党员领导干部。新闻系系主任王中，是三八式老党员，应邀去几个省报做讲座，他提出，党的报纸不是单纯的宣传工具，它也是五分钱一件的商品，你报纸上登的东西读者喜欢看，他才愿意掏五分钱买你这份报纸。我们不能把报纸办成布告牌、黑板报，老百姓是不要看的。他的这番“离经叛道”言论，也成了向党进攻，被戴上右派帽子。学生中几个提出“不能事事听长者教训”“我们要独立思考”口号的，也都不能幸免。我当时是年级党支部书记，奉党委、党总支、年级政治辅导员之命，主持了两次年级的批判大会。自己内心是很矛盾的，是党组织号召大家鸣放的，说错了，你不听就是了，对这几个朝夕相处的同学批判批判，他们自己认个错，也就过关了。他们哪里会反党呢！绝未想到，戴上右派分子帽子，竟成了敌我矛盾。工作也不分配了，要下去劳动改造，以后谁还敢讲话呀？遭批斗的老师更多，徐先生教学中注意听取学生反映，与学生平等交流，受学生爱戴，变成了腐蚀拉拢学生。戴上右派帽子后我再也没有见到他。改革开放后一次新闻系邀我去讲一次课，我在讲台上一抬眼，发现教室最后一排的座位上坐着一位戴深度眼镜的先生，啊，徐先生，就是他。课后我快步走过去，紧紧握着他的手。他从书包里抽出一本厚厚的书，说肤浅得很，请你指教。我说一定认真拜读。原来他戴上右派帽子后，从轻处理，被放到资料室，他利用这个条件，研究积累，完成了这部厚重的新闻史著作。

我想起了曼丽，她也在向政治辅导员提意见的大字报上签名的，去信问她，没有回信。一天我赶到她所在学校，她正在寝室收拾行囊，笑容不见，话也不多，那张大字报被批判为射向党组织的一支毒箭，几个写的人都被戴上右派分子帽子。面对着她，我除了深深自责，还能说什么呢！直到新时期到来，她才得到平反昭雪，摘去右派帽子，正式分配工作。按她当年的优异成绩，在物理专业上本可大有作为的，最有创造力的青春岁月荒废了，所幸艰难时期她没有抛弃书本，还能在物理系当一名老师。

反右以后，“大跃进”来了。全民打麻雀的浪潮也卷进了校园，全校师生课不上了，实验不做了，校园里人声鼎沸，人们吆喝着，挥舞着竹竿、彩旗、敲打着锣鼓、面盆，攀墙爬树，向一切可能栖息、躲藏麻雀的地方，发起毁灭性的进攻。侥幸惊飞的麻雀，从东逃到西，刚一落枝，又惊飞而起，最后纷纷从空中坠落，不是饿死就是累死了。灭雀的姑娘小伙子越战越勇，上了年纪的教授先生们累得气喘吁吁同样不甘落在年轻人的后头。

接着又来了全民大炼钢铁，校园里建起几座土高炉。我所在的校部机关也大干快上建起一座，几名年轻干部，被派脱产炼钢。我们谁也没有炼过钢，临时去郊县土高炉现场学习取经，边干边学。我们 24 小时三班倒，拼着命上了。值班的吃在炉前、睡在炉前，双眼不敢离开炉子，不说累，还担惊受怕。要不断给炉子添燃料，保持炉内高温，炉温不够，炼出的铁水凝固后质地酥脆，有很多小气孔，是渣铁混合的豆腐渣块，就一点用处也派不上了。更严重的是，炉子冷却，铁水凝固流不出，炉子就报废了。我们是一万个小心，即便这样，我们土高炉炼出的就是堆铁疙瘩，别说拿去炼钢，就是一口铁锅也造不出来。是不折不扣的劳民伤财。两三个月后，土高炉拆除，不留一点痕迹，也听不见一声议论，经过反右派运动，没有人敢唱反调了。

新时期到来已经是二十年以后。反右派运动最严重的后果是人们不敢讲话了。我那时是一个普通党员，是跟着党委的指挥棒转的。班级里打了几个右派，除了积极奔走使他们及早得到改正，也没有做过什么，我是内疚的。没有想到，报应紧接着来了，三年大饥荒，大大小小城市里的居民，吃穿用等日常生活中的必需，都得发票证。家里不能来客人，没有粮票的人，哪里也去不成。大学生物实验室，喂兔子口粮无法供应，实验也没法做了。教授们怨声不少，为了安抚一批高级知识分子，市里开放文化俱乐部餐厅，给一些特批的专家、学者发放就餐券，让他们每周可以带家人去就餐一次。一位领导说，给他们吃点肉，嘴上抹点油丝，他们就不发牢骚了。为拿到这份就餐券，这些知识分子争得面红耳赤，拿到的眉开眼笑，拿不到的垂头丧气。市里开文教群英会，供应午餐，十人一桌，上了一碗红烧肉，每人一小块，大家一扫而光，有人舍不得吃，把一块肉拿纸包起来带回家分给家人。

困难时期

在复旦党委宣传部工作了两年。主要工作是抓校刊、校广播台，听取各系政治学习情况汇报，编写学习简报，担任《解放日报》《光明日报》等报的特约通讯员、作者，负责学校的所有新闻报道，并两次参加高考政治课的评卷工作。

当时贯彻“教育为无产阶级政治服务，教育与生产劳动相结合”方针，各系学生都下乡参加农业劳动。我被派往浙江农村和哲学系学生一起劳动了一段日子，虽然中断了理论学习，但他们和理科学生不一样，在劳动中还能运用哲学观点去分析问题，和理科教授们大呼劳动荒废学业还是有所不同，我回校写了调查报告，提出文理科学生参加劳动时间可以有所区别。这个建议被校领导采纳。

1959 年国庆 10 周年，我和同学王发冀举办简朴的婚礼。此时困难时期已经开始，“大跃进”的高温已经退烧，街上商店货架空空荡荡，结婚喜糖，托人好不容易才买到 2 斤。

1960 年 4 月，我被杨西光同志指名调入上海市委教育卫生工作部，先后在办公室、高教处做文字秘书和联络员工作。主要工作是写简报，为正副部长起草讲话、工作报告等，第六人民医院陈中伟为受伤工人断手再植成功，上海召开庆功大会，市委第一书记柯庆施出席讲话，稿子是教卫部提供，由我执笔。为了推动全市计划生育工作的开展，我接受指令起草了一份全市计划生育工作讲话，市委书记处书记石西民、杨西光召集部分专家讨论，石书记让起草人读稿子，我读完，他问我，你这个写的人有几个孩子？我回答还没有。他说好，老家伙已经不能起带头作用了，计划生育靠年轻人了。稿子讨论通过后，在《解放日报》刊登，印发到县、区基层，家喻户晓。

1962 年，北京召开全国省、地、县领导七千人大会，刘少奇工作报告定调，造成三年困难的，是三分灾荒，七分人祸。总结经验教训，全国进入干部轮训年。市教卫部负责轮训全市高校和卫生、体育部门的处以上干部，让我担任轮训班办公室负责人，每期一个月，一年 12 期。

轮训班学习内容主要是对“大跃进”的看法，摆工作中的问题，中央通知规定不抓辫子、不戴帽子、不打棍子，特别是还有一条小组会发言不做记录，让大家放心讲话，畅所欲言。许多总支书记消除顾虑后，大胆地摆了单位不按教学、医疗规律办事造成的许多后遗症，听者无不摇头叹气，伤心落泪。

轮训班每一单元学习情况，都写简报上报，学员反映不按教学、医疗规律办事的种种偏差，引起领导的高度重视，高教部全面纠偏的高教工作 60 条下达，上海又按照自己的实际情况，多次召开高校领导和专家座谈会，会上又进一步摆出了高校工作中的种种乱象。下乡下厂时间过长，学生书不读了。医学院把十几门课程合并成正常生理学和疾病防治学两门课程。脑外科著名教授史玉泉认为这是乱弹琴，医学院不是培养万金油的，不是培养什么全科医生，就是要培养尖子，手术刀不是个个医生都能拿，有的医生见了手术刀就发怵，你能让他上手术台？理工科教授提出搞所谓的“单科突进”是不可行的，单科是突进不了的。中文系教授说，学生编中国文学史，是政治挂帅，不是学术。音乐学院学生琴不练了，歌不唱了。音乐学院院长贺绿汀大声疾呼，学生手上长老茧，琴不练了，歌不唱了，这样的学生分配出去是误人子弟，他们学院向高教部、市教卫部正式报告，让这届学生延长一年毕业，以保证学生质量。这些学生后来都是教学骨干，为上海音乐学院日后培养出一大批优秀音乐人才和屡获国际大奖的尖子打下了坚实的基础。上海市从自己的实际情况出发，制定了上海高教工作 60 条，明确提出学校工作必须以教学为主。我依照条例精神为《解放》杂志撰写的《关于教学规律的几个认识问题》,《光明日报》全文转载。在教学工作中教师积极性调动起来了，开始重新发挥主导作用。高校掀起一股狠抓教学、医疗质量的新风。

哪知时过不久，“千万不要忘记阶级斗争”的号角吹响了，雷声隆隆，一场大风暴在迅速孕育中。

风暴来了

1966 年夏初，“文革”爆发，当时我正在上海县莘庄公社明星大队参加农村“四清”，一个电话提前叫回机关。我预感到了不祥之兆，《人民日报》社论横扫一切牛鬼蛇神，火已经从批“三家村”延烧到了一切旧思想旧风俗旧习惯。一进机关办公大楼，我更蒙了，我定了定神，没错，我的名字上了大字报碗口大的标题，同时出现在六楼层面走廊过道的十几张大字报上，我写过的一些文章和文艺作品被剥开“画皮”，层层解剖。一篇写苏步青执着追求的报告文学被判为资产阶级知识分子涂脂抹粉，我成了“修正主义苗子”“修正主义教育路线的忠实吹鼓手”“资本主义复辟的社会基础”！标题都有碗口大。我越看越不懂。罪有应得的惩罚，人们在面对时大约都有某种程度心理准备。譬如你贪污腐败或做了什么见不得人的事，东窗事发，必然心惊肉跳，坚固的精神防线顷刻崩溃。而你一贯积极努力，奋发向上，清白做人，自然不会心虚胆怯，所谓为人不做亏心事，半夜敲门心不惊。而大字报上的揭发批判，统统是十足的胡扯，它成了一面哈哈镜，一切正常的东西被它扭曲变形变得丑陋不堪，面目可憎。我不由得想起 1957 年，那些成了右派分子的人，大概也就是我此时此刻的心情。那时我是学生，扮演的是积极分子的角色，看待那些受到揭发的老师、同学，我的眼睛差不多也是这样的哈哈镜。此时，我的办公桌被清理，但没有揭出大的问题，还是“革命群众”，工作没有完全靠边。由于对运动反感、抵触，此时大量人民来信雪片般涌来，就让我处理人民来信，来信中反映的大量问题都是基层的混乱瘫痪，工人不干活，学生不上课，实验室的实验中断了，我便把这些问题摘编成简报上呈。接着人们不写信，直接涌来市委机关接待站，于是又从机关抽调人员，接待站大大扩充，我又被扩充进去成了一名接待员。接待大厅原是大礼堂，早晨八点一开门就乱哄哄，挤满了人，来访者有的是老劳模，愤言厂里都乱套了，只有我和几个老实人还在坚持上岗。老劳模问我运动何时是个头，我无法回答，只能给他读一句语录：我们应该相信党。有来访者声言单位盖子未揭开，要求接待站支持他们揭盖子。有一位接待员在这类问题上不慎表了态，被厂里另一派找上门来安上支持厂里老保翻天的罪名，要揪到厂里批斗，被接待站领导坚决顶住。有一位中学教师来询问，听说学校要停课了，有没有这回事？我回答说，小道消息，不要相信。哪知第二天中央关于大中学校停课闹革命的通知就下达了。我又回到了机关。

我已被打入另册，熟悉的同事成了陌生人，碰面当作没有看见。处以上干部原来是在大楼里中灶饭厅用饭的，后来都被赶到院子另一边的大饭厅去吃饭了。去吃饭的人本是七零八落的，却也有排成长长一列的，有人领着，那就是那些大大小小走资本主义道路的货色了。我是一个独行者，到了饭厅，走到窗口，买了饭菜，一个人躲到角落里。谁也不想看见。

北京南下的红卫兵，把火点进机关大楼，大门两侧一副对联：庙小菩萨大，池浅王八多。大院内贴满大字报，喝问堂堂市委机关，竟看不见一张宝像，是典型的修正主义大染缸。一批批红卫兵小分队占领了不同楼层办公室，雪白墙壁被墨汁涂写得一塌糊涂。

为防止红卫兵冲击，机关党委采取了一些紧急措施，连夜把人事档案和一些重要文件资料装了一二十只麻袋用卡车运往基层单位封存。机关当时还是“内外有别”，批判我的那些大字报也被装进麻袋了，要是让红卫兵看到这些大字报，那就要被拉出去批斗了。部里处以上干部都躲起来了，我还能作为革命群众和大家一起跟红卫兵展开辩论。

一日午饭时间，遇到宣传部平日没有什么来往的小刘，他把我拉到饭厅一角，边吃边说，我看到批判你的那些大字报了，你是受压制的，你要起来造反。市委机关造反派近日要开一个大会，造市委陈曹杨的反，景贤让我通知你，你是杨西光的材料袋子，这次你受压制，受压制者最革命，你要起来造杨西光的反。这是景贤在关照你。徐景贤和我是同一幢大楼上班，每天午饭或晚饭后经常在机关游泳池相遇。他家和我家住一条线上，每天下班后，常常同走一段路，相互谈谈见闻，评评影剧，算是谈得来的朋友。此时是市委写作组的党支部书记，有张春桥这个后台，当时是红人了。

刘见我不搭腔，继续说，你不要害怕，这不是1957年的反右派，完全翻过来了，是抓党内的走资派。发言的事，你考虑考虑，给我一个回音。我在想，杨西光办公室隔壁就是张春桥，昨天两人还一起开会，学同样的文件，发一样的言，怎么一觉醒来，一个红得发紫，一个变得乌黑。我实在没有这个“路线斗争觉悟”，没有接受这个关照，去“后院起火，心脏爆炸”造反大会去放一个响炮。造反大会是“革命群众”都要参加、机关干部整队去的。可容万人的文化广场人声鼎沸，火烧、打倒的口号声，波涛汹涌，此起彼伏。我目睹了上海市委书记、市长陈曹杨在台上俯首帖耳站成一排，任由主持大会的徐景贤领呼口号激发全场怒火，一个个造反派代表冲上台指着他们的鼻子，揭发他们镇压群众，推行资产阶级反动路线的罪行。

教卫部机关造反派对杨西光的批斗会，被一群红卫兵闯进会场冲掉，红卫兵宣称机关干部是明批实保，他们绑架杨西光，把他押解到虹口体育场全市红卫兵批斗大会现场，推搡着他沿着场内圆圈小跑，杨很快跌翻在地，连眼镜也跌碎了。在上海市的几个市领导中，他是苦头吃得最多的一个。

历史上发生的事件永远不会只有第一次。它总是在这样那样的时候、这种那种程度上被不断重演，“文革”就是反右派运动在60年代全国更广大规模、更严重意义上的重演，它矛头所向是文化、知识人，只是表现形式具有魔幻色彩，以至于完全用当年经验看待这次运动的领导们上了大当，那些扔到别人身上的火把忽然随风转向，烧到了他们自己身上，把他们一个个烧得焦头烂额。与此同时，“破四旧”，抄家风愈演愈烈。就在我们机关附近，就有两户老宅被揭发院子里地下埋有金条，我路过看了，院子里被掘了几个深坑，并没有找到金条。还有一些电影界人士被抄家，不仅家里保存的30年代的所谓防扩散的电影资料被拿走，特别是那几个和江青一起拍过电影的演员，人也被绑架关进监狱了。

由于运动转向走资派这个重点目标，我这个运动初被大字报轰击的靶子，已经不是打击重点。我参加革命时年轻，头上没有辫子，屁股上没有尾巴，只是写过一些“错误观点”文章的一般干部，一番“内查外调”后，没有新的发现，便仍被归入“革命群众”中的一员。我还能报名参加机关组织的横渡黄浦江活动。

横渡黄浦江

毛主席畅游长江的壮举鼓舞着全国各地争先恐后地组织横渡江河活动，上海自不例外。我是我们市委教卫部唯一报名的参加者。我去报名时，管报名的人用惊异的目光看着我，可我是响应毛主席伟大号召，他不敢不让我报名。这是运动以来心情最舒畅的日子。那天天气晴朗，江面无风也起浪，一个浪头把人淹没，一个浪头又破浪而出，游完全程 1 700 米。大字报也是浪，我现在被大字报淹没了，我一定有破浪而出的时候。上岸后乘公交车照常上班。又一日忽来义务献血的号召，人家还在犹豫推托，找出不好献血的种种借口，我却冲在头里，立马报名，自然获得批准，也不用体检，即到不远处的华东医院一次抽血 300 毫升。事后我拿到个小纸袋，内装 30 元营养费。妻子拿它买了只高价老母鸡，哪知煮出来的鸡汤像白开水，一丝油花也没有，推断这是只病鸡，不敢吃，倒掉了。鸡没吃成，营养没补上，但这却是让我扬眉吐气的一件事，也被“学习、致敬”了一次。我至今还保留着一件堪称“文物”的小纸袋，长 13 厘米，宽 9 厘米，已经陈旧发黄，但正面的颜色仍很鲜艳，上印有头像和题词：救死扶伤，实行革命的人道主义。纸袋背面，印有最高指示：备战备荒为人民。下面是向光荣献血的同志学习致敬！

新的权力机构市革命委员会成立后，教卫部造反派头头调去市革会教卫组，我们这些“老保”便留在旧机关搞所谓“斗、批、改”，那时几乎每天都有最新最高指示发表，我们这些人就上街游行欢呼，开始还有行人观看，后来就没人感兴趣了。这期间还发生一件差点置我于死地的事。1968 年 4 月 12 日上海发生炮打张春桥事件，当天我去复旦大学校园看炮打的大字报，当晚回机关大家一起议论时，我也提了几个问题，如写作组是不是在搞“结党营私”等，并用纸片写下，忽然造反派传来消息，中央“文革”已表态，炮打是逆流，我立马把纸片撕掉。造反派不放过我，说我“是自己跳出来了”，把我撕掉的纸片拼接起来，第二天要来抄我的家。当晚，意外的是，平素交往不多的一位同志向我透风，回去把东西清理一下。这样的时候，还有这样不怕风险的好心人，犹如黑暗夜空中还有星星闪亮。我到家清理了一些笔记、资料，把日记本销毁，造反派只抄走一些无关紧要的笔记、剪报。还是对我展开了大会批斗。全市各个单位掀起一股反击“逆流”风。张春桥怕搞得过头对自己不利，下令适可而止，我这才在几场批斗后逃过此劫。

我们这些进不了革命委员会的人，整日价讨论斗、批、改，学习最新最高指示，还有就是在劳动中接受改造。先去的是北火车站。在行李房劳动，上的是夜班，行李房总是堆得满满的，在上海短暂停留又不住店的旅客，就把行李存放在车站，走时领取，一批行李领取了，又有一批行李存放进来，这里劳动强度不高，却是一个了解“文革”形势的窗口。一日，一个穿军便服的年轻人，过来把一个掉了色的樟木箱子临时存放一下，他要去打一个公用电话，约莫过了一个多小时，年轻人陪着一个中年妇人前来领箱子，妇人看到这个箱子，伸出双手，俯身把着箱子，失声痛哭。几个月前，在上山下乡一片红的热潮中，她送女儿带着箱子从这儿上车，现在回来的是这只箱子，她女儿在一次武斗中丧生，再也不会回来了。妈妈的伤痛深深触动了我，有多少本该在校园课桌前的孩子，在这场无谓的运动中丢掉了性命。车站劳动结束，我们又被送到上港三区“战高温”，也是上夜班。到外轮上搬钢锭，上船就是一个坎，怎么上？甲板上挂下来的绳梯，十来米长，看着心跳，脚踩上去就摇晃，一失足就掉江里了，平时缺乏锻炼，只能咬着牙，双手紧紧抓住杯口粗的绳子，拼着命上啊。有位不算年轻的女同志，见到要上这样的梯子就昏倒了。这位女同志，是市长曹荻秋的夫人，对她来说，这真是上刀山下火海。我们没人讥笑她，这种恶性惩罚她怎么受得了啊。

上了船，下到底舱里搬钢锭。长方形的锭子，一块30斤，从底舱搬上甲板，一趟一趟，一干一个通宵，早上下班回到家里，双臂酸痛，筋疲力尽。这样的夜班战高温劳动，连着干了两周。码头工人是长年累月，几十年如一日，都是这样的。要知识分子、干部矮化自己，老老实实，不要翘尾巴，最有效的办法就是让他们参加劳动，改造思想。说好听点，是到劳动中给自己照镜子，找差距，增强劳动人民的思想感情。对机关工作人员来说，也许有这样的效果，可那些科技人员中断持续性极强的研究，去工厂、农村参加体力劳动，造成的损失也是显而易见的。人类社会的进步，是越来越使人摆脱繁重的体力劳动，这是依靠知识、智力、人才来实现的，脑力劳动和体力劳动差别的消灭，不是让脑力劳动退回到体力劳动，相反，是让体力劳动日益增加技术含量，靠近脑力劳动，劳动高尚、光荣是不该有体脑之分、高下之分的。可是长期来事实上是把劳动当作一种惩罚手段了。

“五七”干校

最新最高指示来了，“广大干部下放劳动这对干部是一种重新学习的极好机会”，全国各地大办“五七”干校。新的权力机构能够接纳的干部毕竟有限，那些造反没捞到一官半职、失意的头头们没有别的选择，只能响应号召，带领自己的造反派战友、有这样那样错误的干部和“革命群众”下农村建“五七”干校。我又成了一名“五七”战士。

我所在的是市委机关直属干校。我们要在东海之滨开垦盐碱地、种棉花。第一步是盖草棚，让人住下来。草棚一间能住二三十人，四面透风，刮大风的时候，还得栽桩子用铁丝把屋顶绑定。一排茅舍虽说是一间间隔开的，但连风都能穿过的墙篱笆却为声波的流动敞开了通道。每间里的声响都近在咫尺，此起彼伏的鼾声，如小提琴的齐奏，突然哪把琴的弦断了，只听得咯咯磨牙声像锉刀样锉着人的神经，“哎哟哎哟”，老关节炎发出的痛苦呻吟令人心惊肉跳，轰隆隆——一大块头雷公的轰鸣震得屋顶上的油毛毡都瑟瑟抖动，“我都交代了，我都交代了”，白天被翻了旧账的那个老同志，絮絮叨叨，为自己辩白。还好，他在梦里没有说什么多余的话，不然，明天对他的揭批又会增添新的材料。茅舍里的人绝无隐私可言。人们处在相互监督之下，连梦话也不能幸免。属于“人民内部矛盾问题”的我辈，则要排除封资修的“毒焰”，清除自己身上的“污浊”。

我早年在农村工作，参加过农村劳动，以后多年生活在大城市，早已四体不勤。建“五七”干校，首先就要过劳动关，干重活，挑河泥，一副担子两头尖，压在肩头百来斤；干脏活，从粪池里舀粪水、水泥船运粪水；干险活，肩挑百来斤的粪桶，从长长的不到一尺宽的跳板上岸，步子稍有闪失，就连人带桶摔到河浜里，想想就后怕。自己是犯了错误的“老保”“修正主义苗子”，长着近一米八的大个，还有脸胆怯、甘做二等公民受人嘲弄？不走也得走，大不了摔跤落水，摔就摔，落就落吧，狠心一咬牙，这跳板居然走下来了，身没歪，粪没泼，当然一身大汗，棉毛衫都能绞出水来，体力劳动真是能把人炼成钢铁的。人只要不顾自己的尊严，在无路可走时，身上迸发出的那股惊人的力量，连自己事先也很难想象。这时我又感到了周围那异样的眼光，可是意味完全不一样了。

高温“双抢”季节，我们要到附近生产队帮助社员抢收抢种，一周时间，自带干粮，早出晚归。顶着炎炎烈日，或收割或插秧，前进、后退，都得弯着腰，满身大汗，直累得腰都直不起来了。农民就是一辈子这么累过来的，我们这才干几天啊。没有人叫苦。还传开这样一个故事。文化干校一舞蹈演员在田埂上负责向田里摔捆扎好的秧苗，一束一束，由近而远，姿势接近“采茶扑蝶”的舞蹈造型，引得插秧人直起腰来观看，造反派头头发现，马上上纲上线，称这是“文艺黑线回潮”，在田头开起批斗会。头头在全校大会上传达市领导指示，声色俱厉，全校又掀起大批判高潮。干校广播台一日三次播放着战况。各个连队每次批斗会后，都会写出报道，写的人不一定是造反派，有时也指定有这样那样问题但还没有戴上走资派帽子的人来写，一位当过《解放日报》副总编辑的老同志，接此任务后，提心吊胆，字斟句酌写好报道送到广播台后，回来走到半路，还是不放心，又返回广播台，把稿子仔仔细细再看一遍，并无不妥文字，这才回连队，直到听到广播后，没有人提意见，这才放心。

尽管如此，同志相互间还是存在着友谊的。昔日领导，今日成了平起平坐老张老李，你饭票没了，我给你几两救急，我挑河泥的筐子上不了肩，你扶上一把，真个是互相关心，互相帮助。夜晚在海堤上巡逻，天气突变，一片黑蒙蒙的，方向迷失，不敢轻易迈步，忽然前面出现萤火虫，萤火虫越来越近，啊，不是萤火虫，是风灯，是战友手执风灯接我来了，我浑身充满温暖。多年以后，在澳大利亚与一位定居当地的“五七”战友相遇，忆及这段往事，深感烂泥塘里也是能长出绿叶的。

任何学校都是有学习期限的，“五七”干校却是无期干校。什么“五七”道路不能只走一阵子，而是要走一辈子；什么脚踩污泥，胸怀世界，苏联卫星上天，红旗落地，我们红旗高扬，似乎就是因为有了我们这一班人在盐碱滩上的茅舍里撑着。大家在这样的会上，慷慨激昂，竞相表演，充当贴着红色标签的阿Q，无非是给头头一个改造好了的良好印象，以求早日脱离干校，获得重新分配工作机会。由于一些部门恢复职能的需要，陆续从干校调出一些人员，但是大批的并不是回到工作岗位，而是到工厂里"战高温"，到黑龙江等省市去插队落户。干校主要任务变成轮训在职干部，我则从连队调进校部政宣组，成了一名办校人员。除了写写简报，主要工作还是劳动。

在干校已经待了三四年了，就这么下去，这个人生就虚度了。一位主编过《解放》杂志的老同志对我说，你是喜欢写文章的，再荒废下去，你就什么也写不出了。想来想去，这么多"五七"战士在劳动中抢挑重担抢干重活的精神面貌，感人的小故事不少，我能写一部长篇小说。我又没写过长篇小说，再说哪来的时间，简直是白日做梦了，可这念头一起，就消失不掉。后来我被批准边劳动边创作。我提出写小说不能局限在一个干校，要走出去看看。这也得到批准。第一步，去崇明参观访问了几个区的干校。第二步，去了全国最著名的黑龙江柳河"五七"干校，还有吉林省"五七"干校、天津市"五七"干校、延安南泥湾"五七"干校、江西进贤中央办公厅"五七"干校。我庆幸我竟有机会去了这么多全国著名的"五七"干校，大大开阔了视野，跟上百名新老"五七"战士做了访谈，明明都是被目为修正主义黑线上的人驱逐下来的，回去的日子遥遥无期，依然没有人有什么怨言，却一身轻松，不停地斗私批修，把亲手种出的稻米一粒粒拣出来送往北京。这是极左思想调教的结果。但绝不能忽略的一个因素是，除了"走资派"、牛字派人物外，不少人虽然职务没了，而给他们的工资还是照发的。上海干校附近农民是这样来说他们眼中的"五七"战士的："衣服破来兮，钞票多来兮，吃得好来兮。"在柳河"五七"干校，我看到那些一家老小从省城一锅端来的"五七"战士，住着宽大的屋子，养着成群的下蛋母鸡，简直是在安居乐业了。人是有惰性的，只要有路可走，就不会再生非分之想。在磨灭新老干部反抗错误路线的斗争意志上，"五七"干校被证明是极其有用的场所。

我写的《熔炉》这部长篇小说，40万字，也已完成。责编是上海文

干校大门前，左起第一人为作者

艺出版社张森，书已上机待印。粉碎“四人帮”消息传来，我即建议出版社停印。那个时代已经成为过去。我进文汇报社后，曾把小说清样和印好的封面交组织审查，结论是没有问题。虽然是一场无效劳动，但对全国“五七”干校以及整个“文化大革命”的深入了解认识和写作上的锻炼，却是一次极好的机会。也算那十年干校岁月没有完全虚度。

“文革”十年，真是具有魔幻色彩，带来的后果是人们难以想象的。历史是不能忘记的，“文革”的灾难绝不能从我们的记忆中抹去。

《文汇报》的影响

凭借《文汇报》宣传报道在社会上产生的广泛影响，《文汇报》还举办了一系列大型社会文化活动。如全国电视剧奖、新时期十年电影奖、全国金翼奖、全国新歌奖等，均为《文汇报》首创。我挨家到广电部、全国音协，一大批著名艺术家家里汇报筹备情况，沟通协调，得到广电部、上海电视台、全国音协、上海音协，贺绿汀、夏衍等全国一大批艺术家的热情支持。尤为影响广泛的是新时期十年电影奖。评选采取电影厂推选与群众和专家相结合的方式进行。全国十六家电影制片厂按照评选的五个项目，即最佳影片、最佳导演、最佳男演员、最佳女演员、最佳处女作导演，根据提名标准提出参选名单有：最佳故事片 46 部，最佳导演 25 名，最佳男演员 45 名，最佳女演员 41 名，最佳处女作导演 25 名。这份名单连同选票在文汇报、中国电影时报同时刊登，读者从报纸上剪票填写后，直接寄往上海精密计量测试研究所。不到两个月时间，研究所即收到来自全国各个省（区、市）的 26 万多张选票，还有上千封来信。不少选票是一个车间、一个班级、一个连队、一个家庭，经过热烈讨论，才郑重其事地填写的。这种生动情景，反映了群众对新时期电影事业的喜爱和支持，对电影工作者创造性劳动的充分肯定和赞扬。

上海精密计量测试研究所计算结果，按得票多少为序，提出一份最佳影片、最佳导演、最佳男演员、最佳女演员、最佳处女作导演的前十名名单和得票数字，交“新时期十年电影奖”顾问委员会审查认定。顾问委员会由电影界专家和有关部门领导夏衍、丁峤、陈荒煤、钟惦棐、于伶、张骏祥、沈蒿生等 35 人组成。在北京、上海分别开了会，经过认真讨论，顾问们一致认为，按评议办法规定，每项得票最多的前三名为最佳获得者，但考虑到十年中拍摄影片近千部，可将得奖影片扩大到前十名。十部最佳故事片《高山下的花环》《人到中年》《少年犯》《人生》《野山》《喜盈门》《骆驼祥子》《城南旧事》《孙中山》《红衣少女》，基本包括了十年故事片之精华，比较全面地反映了新时期电影发展的水平；最佳导演、最佳男女演员获奖者，均属这些年驰骋影坛之俊秀，最佳处女作导演史蜀君、陈凯歌、黄建新，还有一批荣誉奖获奖者。他们获得这一荣誉，当之无愧；观众投票选出的获奖影片和获奖人顺序，很有眼力，相当准确，体现了广大观众的水平。获奖影片现实题材占了七部，艺术形式多样，一个主调，多种色彩。因此，顾问委员会怀着十分满意的心情认可了这张群众评出的获奖名单。

1987 年 3 月 11 日，在上海举行了授奖大会。广电部副部长丁峤出席授奖大会，热情洋溢地肯定了这次评奖。他说，从这次评奖结果来看，比较全面地反映了新时期十年电影事业所取得的成绩。十部最佳故事片要比三部更能体现这个成绩。这次评奖设立了处女作奖，作为对青年人的鼓励和肯定，是不错的。电影局局长石方禹说，我充分尊重观众的意见，这个奖是由观众评的，就由观众去定。不少获奖影片，如《喜盈门》《人到中年》《红衣少女》《城南旧事》，已经放映了好多年，观众还记得，说明这些影片经过了实践的考验，时间的考验，观众的考验，是站得住脚的。

这次评奖，采用电影厂推选和群众与专家结合的评选方式，首创由新闻单位主办的电影评奖活动，影响广泛，《瞭望》杂志做了专题报道，并约我写了一篇专文《十年电影创作成果的一次检阅》。我到中宣部文艺局汇报评奖情况，碰上部长朱厚泽进来，他称赞说，你们新闻单位办了一件好事。这位部长曾在报纸发表一篇提倡“三宽”（宽松、宽容、宽厚）的文章，当时正值清除“精神污染”，作家、艺术家的神经又绷紧了，文坛顿时趋于沉寂，新时期十年电影奖的评选就更具有积极意义，就是这位部长说的好事。《中国电影时报》还举办一个“金翼奖”评选活动。它和中国电影发行放映公司联合主办全国十佳城市影院经理和十佳农村放映员“金翼奖”评选，为我国电影发行、放映战线 50 万大军首次举办的评奖活动。9 月 1 日在上海举行授奖大会，为 20 位电影放映战线的无名英雄颁奖。这些人不少来自偏远农村，到了上海，大开眼界，兴奋不已，说更懂得做好电影放映工作的意义，一定要做好电影放映工作，让更多的村民看到电影。

这些大型的社会文化活动，对于在全国扩大《文汇报》的影响起了积极作用。

在改革开放大潮中

在做好本职工作的前提下，我坚持业余文学创作。20世纪80年代写的短篇小说《烛》，《人民日报》以整版篇幅刊登，被改编为短电视剧在中央电视台播出。在《人民文学》发表的短篇小说《改选》，由《中国文学》发行了英、法文版。《贺绿汀传》被定为中华读书活动阅读书目。美国《国际日报》（中文）以半年时间全文连载。

在改革开放的大潮中，1992年我第二次访美。最难忘的，就是在华盛顿参观美国国会图书馆，中文藏书部管理人员胥浩功先生一听我来自中国，热情倍加。他介绍说，中文部的五名职员，管理着70万册藏书，包括文汇报、文汇月刊在内的相当数量的中文报刊。一般保留两年后，拍成微缩胶卷。他领着我参观一间间书库，带着神圣的神情打开密室，向我展示善本、孤本、珍本。用布包裹着的《永乐大典》，是我国历史上最老最庞大的类书，手抄本形式，由2 000多名学者于1403—1407年合力编竣，共有22 877卷，分成121 095册，当年仅抄成两部保存。一部在明朝末年被毁坏殆尽，另一部1900年八国联军攻陷北京时被焚毁。所余残卷还有多少，说法不一，最多也不过数百卷而已，这里却有残卷41卷，称得上是中国本土以外的最大收藏者。

国会图书馆每天还在源源不断地接纳来自中国的图书。其程序是先由图书进出口公司提供书目，图书馆研究人员从中选择有价值的确定进口，每年达到数千种。“都进了些什么书呢？”见我对这个问题发生兴趣，胥先生说：“要查一本看看吗？”他让我报一个书名和作者名字。我报了《贺绿汀传》，他坐到电脑前按了几按键盘，不过一分钟，屏幕上就出现这本书的英文编目卡片。由于还查了作者，编目上还出现作者在这前后出版的另一本散文集。胥先生特意把编目卡复印一份赠我留做纪念。

1984年10月，我参加由《人民日报》《光明日报》《文汇报》《北京日报》《陕西日报》五报组成的中国新闻代表团访问奥地利，这是我第一次走出国门，走在维也纳的大街上，有人把我们当成日本人。我们受到了奥地利政府、人民、企业家的热情欢迎。这让我对我国打开国门，实行改革开放政策的意义有了更真切的体会。两周访问归来，我出版了一本散文集《音乐之邦散记》。这是我第一次比较完整地观察一个异域国家留下的印象。

在中央党校

1984 年上半年，我被报社党委派往中央党校新闻班学习半年。这是改革开放大潮初起的日子。课堂气氛肃静，学员聚精会神，却又思想活跃。一张小纸条，传上了讲台，“允许一部分人先富起来会不会导致两极分化”？马克思没说过。这是中国共产党人在新时期实践中所要解决的任务。经历了社会主义理论受到亵渎、玩弄、语录与语录相互打架的年月，农村生产责任制的遍地开花，城市经济体制改革的滚滚涛声，使人们认识到社会主义不是一成不变的模式，一切关于最终的绝对真理和与之相应的人类绝对状态的想法，和真正的唯物主义都是格格不入的。哲学需要对实践中不断出现的新事物做出回答，做出总结。老师和学生的讨论，从课堂延伸到学生的寝室，已经夜深了，热烈的讨论还在继续。这是教学相长，这是平等探讨，坦诚交谈。问题理解错了，意见有了偏颇，没有人抓你的辫子，戴你的帽子。在这里，你得到的是同志式的信任，你尝到的是友情的醇酒，你感受到的是家庭般的温暖。大教室里，《第三次浪潮》的电视录象，吸引着大批学员。校园里的新华书店，挤得水泄不通。《马恩选集》、黑格尔的《美学》、萨特的存在主义、李约瑟的《自然科学史》《大趋势》《日本战后经济起飞的秘密》等，都成了抢手货。知识就是力量，任何高谈阔论，都不能代替知识的武装。弥漫在校园里的，是对知识的渴望与追求的狂热。当火红晚霞染遍楼群和杨树茂密枝叶的时候，晚饭开过，夜自修还早。纵横交错的干道和曲折幽深的林间小径上，人们似乎漫无目的地走着，海阔天空，南腔北调，忽而为了一个问题争得面红耳赤，不可开交，忽而又笑声朗朗，一起哼起了《我的中国心》。步鑫生，《松绑》、厂长责任制，争得最多、思考得最多的是改革。他们在探讨改革中的种种难题，同时也在谋划回去以后如何在改革大业中一展鸿图。这是我度过的一段提高认识、汲取精神滋养的美好时光。我担任新闻班党支部副书记，和授课老师有过几次沟通，深受教益。特别难忘的是，王震校长一次在大礼堂做报告，生动地讲述陪同邓小平同志考察南方开发区受到群众热烈欢迎的情景，一口一声老爷子，兴奋的神情让我这个听的人也受到深深感染。这年国庆 35 周年，天安门广场恢复集会游行，我们观看电视转播，不见一排排高举的领导人画像，忽然北京大学的队伍中冒出一条“小平您好”的横幅，广场一片欢腾。第二天的《人民日报》刊登了这幅照片。这是历次游行队伍中从来没有过的。以直呼其名的“小平您好”代替万岁，一下子把国家领导人从高高在上的神坛拉回到普通人中间，把领导人当自己的亲人、朋友一样看待，也就是把领导人当成是和自己一样的人。那几个学生是拿自己的床单写这条横幅的，没有谁布置他们这样做，不出于一种发自内心的感情，发不出这声亲切问候。国庆后几天，我参加中国新闻代表团出访从北京出发，听到人们还在议论这件事。《文汇报》50 周年报庆，邓小平题词：文汇报五十年。没有一个多余的字。经历 50 年风雨、灾难，新旧两个时代，仍

中央党校新闻班，后排左起第五人为作者

能健康地存活下来，这就足证了这张报纸的生命力。邓小平没有戴什么英明、伟大的桂冠，最为人们熟知的称号是改革开放的总设计师。他以副总理身份访美，美国人以国家元首规格接待，这也是没有先例的。回顾当年中央党校那一段学习的日子，我自然又想到了这位改革开放的总设计师。

1993 年，我荣获国务院有突出贡献专家的荣誉证书。我永远不会忘记报社内外一批师友对我的教诲、帮助和友情。我还不会忘记的，是《光明日报》发表的《实践是检验真理的唯一标准》引发的全国性大讨论，这一场思想领域破冰壮举，为改革开放的巨轮开辟了航道。2015 年 5 月，复旦大学与光明日报社以“从复旦到光明”为题，在北京联合举行杨西光诞辰百年暨杨西光铜像揭幕式座谈会，除两个单位领导、相关人士，还特别邀请两位老复旦人参会，一为金冲及，另一个是我。我们被指定做 15 分钟发言，我的发言题目是《音容笑貌今犹在》，那清癯的面孔，黑框镜片后那淡淡的笑容和思索，又在我眼前闪现。《光明日报》总编在发言中说，真理标准讨论是《光明日报》创刊以来最大的亮点。我看也是杨西光一生革命生涯最大的亮点。在“两个凡是”当道的情况下，敢于对着干，主持修改、发表《实践是检验真理的唯一标准》，表现出了非凡的勇气，这跟他对“文革”的灾害有深切体验是分不开的。全国报纸总编辑立铜像的，我不知道还有没有第二个。党中央肯定的这场讨论，帮助我们破除了思想禁锢，正是在思想解放、改革开放这个时代提供的平台上，我才能在《文汇报》岗位上有一分热、发一分光。

离休后的日子

1998年年底离休，有两个单位约我，一是市委组织部部长叶尚志同志约我去当一个老干部刊物的主编，给我来了三次电话，还约我去他家里谈过。二是当时兼任浦东新区的党委书记赵启正同志，约我去他办公室谈过，也是当一个刊物的主编。这两约我都婉言相辞。离休了，我要自己支配自己的时间了，以前是业余创作，现在可以集中精力，好好写点东西。有些社会文化活动，我有选择地应邀参加了两次：一是《浙江日报》举办中国杂文学会年会，二是《江西日报》举办的中国杂文学会年会。江西会议期间，举办一次参观井冈山活动，中午从南昌发车，原本都是乘大巴的，《文汇报》马达夫妇和我被特意安排乘了一辆中型吉普，并由副总编辑杨西璘及其夫人（高级记者）陪同。哪知，车行一小时即出了大祸，翻车了，整个儿翻了个360度，我躺在车里，伸手寻找出口，忽听副驾驶座上的杨副总编哇地大哭一声，我也从车里爬出，才发现坐我后排的杨夫人满头鲜血，已被夺去生命。杨副总编跪在一旁悲痛欲绝。马达夫人也负重伤，身体不能动弹，马达和我轻伤，我戴的手表表带断折抛出很远。我们就近呼救，被接到附近县医院就医。接着给报社去电话，次日被接到南昌，马达夫人丘枫住院治疗。直到马达和我回上海后，丘枫才被接回上海继续住院治疗。这次我是侥幸大难不死。以后就不再应邀去外地参加活动了。

离开工作岗位不是离开社会生活。我一直担任社区离休干部联谊会会长，在徐汇区离休干部联谊会工作经验交流会上，我的发言获二等奖。近两年大家走动困难，联谊会停止活动。我没让头脑闲着。我还在写作，出版了《暂憩园》《隔世》《隔洋》《才子》四部长篇小说，散文随笔集《每一个今天都是年轻的》，得到《人民日报》等一些报刊和网站的积极评价。

从16岁开始，70年悠悠岁月，经历了丽日蓝天，也遭遇了狂风暴雨，乾坤颠倒。在一片混乱中，曾经的旧友，随着情势变易，因缘际会，有的

第 21 届全国杂文年会暨发扬鲁迅杂文精神研讨会

一步登天，又急剧坠落，大起大落，上得高，跌得也惨；一夜暴富者，破产往往也在一夜间。碌碌如我辈者，是人间的大多数，既不曾大起，也就说不上大落，小人物抵挡不了大潮，左右不了形势，但可以左右自己，把控自己。在大批斗的高潮中，我没有迷失方向，没有写过一张大字报，信口雌黄，把昨日的师友当敌人。别人倒霉的时候，我没有落井下石。我受到批判的时候，我没有嫁祸于人。我挨批后，没有伤筋动骨，与众多关牛棚、受迫害的人相比，就不值一提了。我依旧一如既往，平平实实地做着自己的一份工作（包括体力劳动）。努力了，问心无愧，但遗憾不少。

最大的遗憾是独立思考能力欠缺，对社会事物缺乏正确的认知。接受的教育，所读的书刊，提供的基本是单一的信息，看不见真实的世界，不了解社会的实情。任何时候都是“风景这边独好”“我们一天天好起来，敌人一天天烂下去”。我们从来没有出过错，也就谈不上认错。实践是检验真理唯一标准的一场全民大讨论，使我们从愚昧状态中醒觉，这是一次新启蒙。但发展很不平衡，不同的人醒觉程度是不同的，有的人有的角落似乎没被触及，他们的认知仍然冰结在几十年前的寒冬。今天，我们仍然需要启蒙，仍然要破冰解冻，面对新的实践中遇到的问题，不回避，不绕道走，要多思考，多动脑子，不跟风，不盲从。多说真话，少唱颂歌。历史是不能忘记的，不能忘记我们所做的一切都要经受实践的检验，历史的检验。

后　记

到了人生边上，还没有放下笔杆，思维还没有停止运转，手还能敲键，自感是值得庆幸的。

离休多年，我并没有脱离社会，面对社会生活的急剧变化，时有所感，时有所思，这本集子的第一部分，便是选取近年发表在报刊上的所感所思的散文。

人事有代谢，往来成古今。记叙谢世前辈师友的一组文字，抒发是我对他们深深的怀念。他们风范长存，他们的精神品格之花，不会在我心中谢去。尽管他们离去愈来愈远，在我心中的位置一如既往。

“美哉江山”一组文字也是选自旧作，它们仍是我晚年的向往，我一直记住对它们的礼赞。它们在我心中仍很鲜活。

20 世纪风云变幻，浅看那边风景写到的几个国家，是一个小小的缩影。

岁月不可能重温，但是可以留下记忆。这本集子中回望的几个片段，便是过往岁月的记忆。

史中兴

2024 年 7 月

图书在版编目（CIP）数据

生命的色彩 / 史中兴著. -- 上海 : 文汇出版社, 2025. 3. -- ISBN 978-7-5496-4453-7

I. I267

中国国家版本馆CIP数据核字第2025Z0B247号

生命的色彩

著　　者 / 史中兴
责任编辑 / 鲍广丽
封面装帧 / 王　峥

出 版 人 / 周伯军

出版发行 / 文匯出版社
上海市威海路755号
（邮政编码200041）
经　　销 / 全国新华书店
排　　版 / 南京展望文化发展有限公司
印刷装订 / 启东市人民印刷有限公司
版　　次 / 2025年3月第1版
印　　次 / 2025年3月第1次印刷
开　　本 / 640 × 960　1/16
字　　数 / 280千字
印　　张 / 19.25

ISBN 978 – 7 – 5496 – 4453 – 7
定　　价 / 78.00元